TOTEM

Peter Swanson est né en 1968. Il publie en 2014 un premier roman très remarqué, *La Fille au cœur mécanique*, élu meilleur premier roman policier de l'année par le *Washington Post*. Son deuxième roman, *Parce qu'ils le méritaient*, est finaliste du Ian Fleming Steel Dagger 2015 et lauréat du New England Society Book Award 2016. Il remporte un immense succès aux États-Unis. En France, *Vis-à-vis* (2020) et *Huit crimes parfaits* (2021) ont conquis un large public. Il vit aujourd'hui avec sa femme à Somerville, dans le Massachusetts.

HUIT CRIMES PARFAITS

Maîtrisant à merveille l'art du rebondissement, évoquant avec gourmandise les polars emblématiques de nos bibliothèques, Peter Swanson nous donne envie de faire un festin de classiques, ravive notre appétit pour les grands maîtres du suspense et s'impose comme leur digne héritier. Après le crime parfait, place au polar plus que parfait !

*Livres hebdo*

*Huit crimes parfaits*, jouant sur plusieurs registres, se révèle en effet à la fois comme un ingénieux *whodunit* teinté de nostalgie, comme un vibrant hommage à un roman policier classique, truffé de clins d'œil aux maîtres du genre, et comme une réflexion malicieuse sur la possibilité ou pas de commettre un meurtre sans se faire pincer.

*Le Figaro Magazine*

Il y a tous les ingrédients du roman policier à énigmes, comme ceux d'Agatha Christie et ces vieux livres qu'on adorait.

*Europe 1*

DU MÊME AUTEUR

*Vis-à-vis*, 2020 ; totem n°177

Peter Swanson

# HUIT CRIMES PARFAITS

Roman

*Traduit de l'américain*
*par Christophe Cuq*

TOTEM

TOTEM N°205

Ouvrage publié sous la direction de François Guérif
*Titre original:* EIGHT PERFECT MURDERS



Publié aux États-Unis par William Morrow, New York



ISBN 978-2-35178-836-3
ISSN 2105-4681

Illustration de couverture © Riki Blanco
Conception graphique de la couverture: Valérie Renaud

*Pour les rois et les reines, et aussi les princes…*
*Brian, Jen, Adelaide, Maxine, Oliver et Julius*

# MÉMOIRES

## AVERTISSEMENT

Le récit que vous vous apprêtez à lire repose en grande partie sur des faits réels, cependant, certains événements et dialogues ont dû être reproduits de mémoire. Quelques noms et détails identificatoires ont été changés pour protéger des innocents.

# I

La porte d'entrée s'ouvrit et j'entendis l'agente du FBI taper ses pieds sur le paillasson. La neige commençait juste à tomber et une rafale d'air lourd s'engouffra à l'intérieur du magasin. La porte se referma derrière l'employée fédérale. Elle devait être à deux pas lorsqu'elle m'avait appelé car cela ne faisait pas plus de cinq minutes que j'avais accepté de la rencontrer.

J'étais seul dans la librairie. Je ne sais plus très bien pourquoi j'avais décidé d'ouvrir ce matin-là. Une tempête était annoncée et on attendait soixante centimètres de neige d'ici au lendemain après-midi. L'administration des écoles publiques de Boston avait d'ores et déjà déclaré qu'elles fermeraient de bonne heure et que les cours seraient annulés. J'avais appelé mes deux employés – Emily, censée assurer la tranche de la matinée ; et Brandon, celle de l'après-midi – pour leur dire de rester chez eux. Je venais de me connecter au compte Twitter de la librairie et j'allais indiquer que Old Devils serait fermée pour la durée de la tempête, mais quelque chose m'avait arrêté dans mon élan. La perspective de passer la journée seul dans mon appartement peut-être. Et puis je n'habitais qu'à sept cents mètres du magasin.

J'avais donc décidé d'ouvrir. À défaut d'autre chose, je pourrais toujours tenir compagnie à Nero, mettre de l'ordre sur les étagères ou emballer quelques commandes en ligne.

Sous un ciel granit menaçant, j'avais déverrouillé la porte de ma librairie de Bury Street, dans le quartier de Beacon Hill. Nous ne sommes pas situés dans une zone très passante, mais Old Devils est une librairie spécialisée – livres d'occasion et neufs – et la plupart de nos clients trouvent notre adresse sur Internet ou commandent directement sur notre site. Un jeudi de février ordinaire, je ne verrais rien de surprenant à n'avoir qu'une dizaine de clients, à moins bien sûr que nous n'organisions un événement. Cela dit, il y avait toujours à s'occuper. Sans oublier Nero, le chat de la librairie, qui détestait rester seul. Je ne me souvenais d'ailleurs pas si je lui avais laissé assez de nourriture en partant la veille. Probablement pas, car à peine eus-je franchi la porte qu'il accourut sur le parquet pour m'accueillir. C'était un chat roux, d'âge indéterminé, dont la disposition à accepter les caresses des inconnus (la propension à les réclamer, même) en faisait la mascotte parfaite. J'avais allumé la lumière, nourri Nero, puis je m'étais préparé du café. À onze heures, Margaret Lumm, une de nos clientes habituelles, avait poussé la porte de la librairie.

— Pourquoi vous êtes ouvert ? demanda-t-elle étonnée.

— Pourquoi vous êtes sortie de chez vous ? répliquai-je sur le même ton.

Elle montra deux sacs d'une épicerie fine de Charles Street et déclara de sa voix patricienne :

— Des provisions.

Nous avions discuté du dernier roman de Louise Penny. Enfin, surtout elle. J'avais fait semblant de l'avoir lu. Je faisais souvent semblant d'avoir lu un roman. Je me contentais en fait de consulter les critiques dans les revues spécialisées et de me rendre sur des blogs. L'un d'eux, *Conclusion canapé*, publie des critiques de livres récents dont les lecteurs débattent de la fin. S'il m'arrivait à l'occasion de relire un roman fétiche de mon enfance, les policiers contemporains, en revanche, ne me disaient plus rien, et j'aurais eu bien du mal à me passer de ces blogs littéraires. J'aurais évidemment pu me montrer honnête et dire aux gens que je m'étais tout simplement lassé des romans policiers, que désormais je ne lisais plus pour l'essentiel que des livres d'histoire, et de la poésie avant de me coucher, mais je préférais mentir. Les rares personnes à qui j'avais dit la vérité avaient toutes voulu savoir ce qui m'avait détourné des romans policiers, et c'est un sujet que je ne pouvais aborder.

J'avais renvoyé Margaret Lumm chez elle avec un exemplaire d'occasion de *Meurtre indexé*, de Ruth Rendell, qu'elle était à quatre-vingt-dix pour cent certaine de n'avoir jamais lu. Puis j'avais mangé le sandwich poulet salade que je m'étais préparé. Je m'apprêtais à fermer pour la journée quand la sonnerie du téléphone avait retenti.

— Librairie Old Devils, dis-je en décrochant.

— Pourrais-je parler à Malcolm Kershaw ? demanda une voix de femme.

— C'est lui-même.

— Ah, très bien. Je suis l'agente spéciale Gwen Mulvey, du FBI. J'aimerais que vous m'accordiez un peu de votre temps pour répondre à quelques questions.

— D'accord.

— Maintenant, c'est possible ?

— Eh bien, oui.

Je pensais qu'elle voulait parler au téléphone, mais elle répondit qu'elle arrivait et raccrocha aussitôt. Je restai un moment immobile, le téléphone à la main, essayant d'imaginer à quoi pouvait ressembler un agent du FBI prénommé Gwen. La voix râpeuse à l'autre bout de la ligne m'évoquait une femme imposante et revêche en imper brun, approchant l'âge de la retraite.

Quelques minutes plus tard, l'agente Mulvey qui poussa la porte du magasin n'avait rien à voir avec ce que j'avais imaginé. Âgée tout au plus d'une trentaine d'années, elle portait un jean rentré dans une paire de bottes vert forêt, une parka et un bonnet en tricot blanc à pompon. Elle tapa ses bottes sur le paillasson, ôta son bonnet et marcha jusqu'à la caisse. Je vins à sa rencontre et elle me tendit la main. Sa poigne était ferme, mais sa paume était moite.

— Agente Mulvey ? demandai-je.

— Oui, bonjour.

Des flocons de neige étaient en train de fondre sur son manteau vert, laissant à leur place des taches sombres. Elle secoua la tête pour égoutter ses cheveux blonds et fins.

— Je ne m'attendais pas à vous trouver encore ouvert, dit-elle.

— J'allais justement fermer.

— Oh, dit-elle. (Elle fit passer la lanière de son sac en cuir par-dessus sa tête puis descendit la fermeture

Éclair de son manteau.) Vous avez tout de même une minute ?

— Oui. Je suis un peu curieux. Peut-être préférez-vous qu'on aille discuter dans mon bureau ?

Elle se retourna vers la porte du magasin. Les muscles de son cou se tendirent sous sa peau blanche.

— Vous entendrez si un client entre ?

— Je doute que ça arrive, mais si c'est le cas, oui, j'entendrai. Suivez-moi.

Mon bureau au fond de la librairie était plus un recoin qu'autre chose. Je dégotai une chaise pour l'agente Mulvey et m'installai derrière le bureau dans mon fauteuil inclinable en cuir, dont la bourre s'échappait par endroits. Je me positionnai de manière à l'apercevoir entre deux piles de livres.

— Excusez-moi, dis-je, je ne vous ai rien proposé à boire. Il reste du café.

— Non, ça ira, répondit-elle en retirant son manteau et en posant à ses pieds son sac – plutôt un attaché-case, en fait.

Elle portait un pull noir à col rond. Maintenant que je la voyais mieux, je me rendis compte que sa pâleur ne se limitait pas seulement à sa peau. Ses cheveux, ses lèvres, ses paupières presque translucides, même ses lunettes à fine monture métallique semblaient disparaître dans son visage. Ses traits étaient difficiles à cerner, un peu comme si un peintre les avait estompés sous son pouce.

— Tout d'abord, j'aimerais vous demander de garder pour vous ce dont nous allons discuter. Certaines de ces informations sont publiques, mais pas toutes.

— Maintenant vous piquez réellement ma curiosité, dis-je. (Je sentis mon pouls s'accélérer.) Entendu, je garderai ça pour moi.

— Parfait. Merci. (Elle prit place sur la chaise et planta son regard dans le mien.) Êtes-vous au courant de ce qui est arrivé à Merle Callahan ? demanda-t-elle.

Merle Callahan était une présentatrice du journal télévisé local qu'on avait retrouvée tuée par balles dans sa maison de Concord, à une quarantaine de kilomètres au nord-ouest de Boston, un an et demi plus tôt. Depuis, l'affaire n'avait pas quitté la une de l'actualité régionale, mais aucune arrestation n'avait encore été effectuée, malgré les soupçons qui pesaient sur un ex-mari.

— Vous faites allusion à son meurtre ? J'en ai entendu parler, évidemment.

— Et Jay Bradshaw ?

Je réfléchis un moment, puis secouai la tête.

— Je ne crois pas, non.

— Il habitait à Dennis, sur la péninsule. En août dernier, on l'a retrouvé battu à mort dans son garage.

— Je l'ignorais.

— Vous êtes sûr ?

— Oui.

— Et si je vous parle d'Ethan Byrd ?

— Ce nom me dit quelque chose.

— C'était un étudiant de UMass Lowell qui a disparu il y a plus d'un an.

— Ça y est, je vois.

L'affaire m'était revenue en mémoire, même si les détails restaient flous.

— On a retrouvé son corps enterré dans un parc à Ashland, la ville dont il était originaire, à peu près trois semaines après sa disparition.

— Oui, je m'en souviens. L'affaire a fait les gros titres. Y a-t-il un lien entre ces trois meurtres ?

Elle se pencha en avant et glissa la main dans son sac, puis la ressortit subitement, comme si elle venait de changer d'avis.

— On ne le pensait pas au départ, en dehors du fait qu'aucun d'eux n'ait été élucidé. Puis quelqu'un a remarqué les noms des victimes. (Elle marqua une pause, comme pour me permettre de l'interrompre, puis reprit :) Merle Callahan. Jay Bradshaw. Ethan Byrd.

Je réfléchis un moment.

— J'ai l'impression d'être en train de sécher à un examen.

— Prenez votre temps, dit-elle. Sinon je peux vous donner la réponse…

— C'est le fait qu'ils aient tous un nom en rapport avec les oiseaux ? demandai-je.

Elle acquiesça.

— Exact. Merle, Jay, et Byrd*. C'est un peu tiré par les cheveux, je vous l'accorde, mais… Sans entrer dans les détails, après chaque meurtre, le poste de police de la ville a reçu… ce qui semblait être un message du tueur.

— Donc les meurtres sont bien liés ?

— Apparemment, oui. Mais il y a peut-être un autre lien. Ces meurtres ne vous rappellent rien ? Je m'adresse au spécialiste des romans policiers.

* En anglais, *bird* signifie "oiseau". (Toutes les notes sont du traducteur, sauf indication contraire.)

Je réfléchis un moment, les yeux levés vers le plafond.

— Eh bien, je dirais qu'ils me font penser à un scénario de fiction, à une histoire de tueur en série par exemple ou à un roman d'Agatha Christie.

Elle se redressa un peu.

— Un titre d'Agatha Christie en particulier ?

— Le premier qui me vient à l'esprit, c'est *Une poignée de seigle*, mais je ne saurais dire pourquoi. Est-ce qu'il y est question d'oiseaux ?

— Je ne sais pas. De toute manière, ce n'est pas celui que j'avais en tête.

— Ça me rappelle également la trame d'*A.B.C. contre Poirot**, ajoutai-je.

L'agente Mulvey sourit, comme si elle venait de remporter un prix.

— Voilà. C'est à celui-là que je pensais.

— Car rien ne relie les victimes entre elles à part leurs noms.

— Exact. Mais aussi parce que la police a reçu des courriers. Dans ce roman, Poirot reçoit des lettres du tueur signées A. B. C.

— J'en déduis que vous l'avez lu ?

— Absolument, quand j'étais ado. À quatorze ans, j'avais lu pratiquement tous les Agatha Christie, celui-là y compris.

— C'est l'un de ses meilleurs, déclarai-je après un bref silence.

Je n'avais jamais oublié la trame de ce roman : une série de meurtres se produit, avec pour seul point commun le

* Voir les titres originaux des huit crimes parfaits p. 345. *(N.d.É.)*

nom des victimes. La première a pour initiales A. A. et se fait assassiner dans une ville dont le nom commence aussi par un A. Puis une autre personne – B. B. – est assassinée dans une ville commençant par un B. Vous saisissez l'idée. À la fin, on découvre que le tueur n'a jamais eu qu'une seule cible, mais qu'il voulait faire passer la série de meurtres pour les crimes d'un déséquilibré.

— Vous le pensez vraiment ? demanda l'agente.

— Oui, c'est sans conteste l'une de ses meilleures intrigues.

— Je compte le relire, dit-elle, mais pour le moment, je me suis contentée d'aller sur Wikipédia pour me rafraîchir la mémoire. Il y a un quatrième meurtre...

— Je crois, oui. La dernière victime porte un nom qui débute par un D. À la fin du roman, on découvre que le tueur s'est arrangé pour faire croire que les meurtres étaient l'œuvre d'un fou, alors qu'il ne visait en réalité qu'une seule personne. Les autres meurtres n'étaient que des diversions.

— Oui. C'est ce qu'explique le synopsis sur Wikipédia. Dans le roman, la cible est C. C.

— D'accord.

Je commençais à me demander pourquoi l'agente Mulvey s'était adressée à moi. Était-ce simplement parce que je tenais une librairie spécialisée en romans policiers ? Voulait-elle se procurer un exemplaire du livre ? Mais dans ce cas, pourquoi souhaiter me parler à moi expressément ? Si elle voulait juste discuter avec quelqu'un qui vendait des romans policiers, elle n'avait qu'à entrer dans la première librairie spécialisée venue et s'adresser à n'importe quel employé.

— Avez-vous quoi que ce soit d'autre à me dire sur ce livre ? demanda-t-elle, avant d'ajouter : En tant que spécialiste.

— Spécialiste ? Pas vraiment. Mais que cherchez-vous à savoir au juste ?

— Je ne sais pas. N'importe quoi. J'espérais que vous pourriez me l'apprendre.

— Eh bien, à part qu'un type bizarre entre chaque jour dans cette librairie et nous achète un nouvel exemplaire d'*A.B.C. contre Poirot*, je ne vois pas ce que je pourrais vous apprendre.

Elle leva un instant les yeux, avant de comprendre que je plaisantais, ou que j'essayais, du moins. Elle esquissa un sourire.

— Vous pensez qu'il y a un lien entre le livre et ces meurtres ? demandai-je.

— En ce qui me concerne, oui, répondit-elle. Tout ça est bien trop romanesque.

— Alors d'après vous, quelqu'un se serait inspiré du livre pour commettre un meurtre sans se faire prendre ? Merle Callahan, par exemple, aurait été la véritable cible, et on aurait tué les autres pour faire croire à l'œuvre d'un tueur obsédé par les oiseaux ?

— C'est possible, dit-elle en se frottant l'aile gauche du nez, puis le coin de l'œil.

Les mains de l'agente Mulvey étaient petites et pâles elles aussi, ses ongles dépourvus de vernis. Elle s'était à nouveau tue. C'était un entretien très étrange, entrecoupé de nombreux silences. Je suppose qu'elle espérait que je les comble. Je décidai de ne rien dire.

Elle finit par reprendre :

— Vous devez vous demander pourquoi c'est à vous que j'ai souhaité parler…

— C'est vrai.

— Avant de vous répondre, j'aimerais vous interroger sur une autre affaire récente.

— Je vous écoute.

— Vous n'en avez sans doute pas entendu parler. La victime se nomme Bill Manso. On a retrouvé son corps près d'une voie ferrée, à Norwalk dans le Connecticut, au printemps dernier. Il prenait régulièrement un train circulant sur cette ligne. Au premier abord, tout laissait penser qu'il avait sauté du train, mais il semblerait en fait qu'il ait été tué ailleurs, et qu'on ait déposé son corps le long des rails.

— Non, dis-je en secouant la tête, je n'étais pas au courant.

— Cela vous rappelle-t-il quelque chose ?

— Qu'est-ce qui est censé me rappeler quelque chose ?

— Les circonstances de sa mort.

— Non, répondis-je.

Ce n'était pas tout à fait vrai. Cela m'évoquait effectivement quelque chose, mais je n'arrivais pas à mettre le doigt dessus.

— Je ne crois pas, ajoutai-je.

Comme elle laissait passer un nouveau silence, je demandai :

— Vous voulez bien me dire pourquoi vous m'interrogez ?

Elle tira une feuille de papier de son sac en cuir.

— Vous souvenez-vous d'une liste que vous aviez composée pour le blog de cette librairie, en 2004 ? Une liste intitulée “Huit crimes parfaits” ?

## 2

Je suis libraire depuis la fin de mes études, en 1999. Après un bref passage dans une grande enseigne de Boston, j'ai occupé les fonctions de directeur adjoint puis de directeur chez Redline, l'une des dernières librairies indépendantes de Harvard Square. Amazon venait d'imposer son hégémonie et la plupart des indépendants avaient été balayés comme des fétus de paille. Mais Redline avait tenu bon, d'abord parce que sa clientèle, essentiellement des gens âgés, n'avait pas encore l'habitude d'acheter en ligne, mais surtout parce que son propriétaire, Mort Abrams, possédait également le petit immeuble en briques où la librairie avait ses quartiers et n'avait par conséquent aucun loyer à payer. Je suis resté cinq ans chez Redline, dont trois comme responsable des achats. Ma spécialité était la fiction, et plus particulièrement la fiction policière.

C'est durant cette période que j'ai rencontré celle qui allait devenir ma femme. Claire Mallory avait été engagée comme vendeuse peu après avoir décroché de l'université de Boston. Nous nous sommes mariés l'année où Mort Abrams a perdu la femme qu'il avait épousée trente-cinq ans auparavant, emportée par un cancer du sein. Mort et Sharon, qui habitaient à deux rues de la librairie, étaient devenus des amis proches, comme des parents de substitution, et le décès de Sharon avait été un coup dur, surtout pour Mort, qui avait perdu toute envie de vivre. Un an plus tard, il m'avait annoncé son intention de fermer la librairie, à moins bien sûr que je ne souhaite la reprendre. J'avais réfléchi à sa proposition, mais à l'époque, Claire avait déjà quitté la librairie pour rejoindre la chaîne câblée locale, et pour ma part, je n'étais pas prêt à assumer la surcharge de travail, ni le risque financier de gérer mon propre commerce. J'avais contacté Old Devils, une librairie spécialisée dans le policier, et John Haley, le propriétaire, m'avait créé un poste sur mesure. Mon rôle serait d'organiser les événements, mais aussi de produire du contenu pour le blog qu'il venait de lancer, une espèce de site destiné aux amateurs du genre. Mon dernier jour chez Redline avait coïncidé avec le dernier jour d'activité de la librairie. Mort et moi avions fermé la porte d'entrée ensemble, puis je l'avais suivi dans son bureau où il avait sorti la bouteille poussiéreuse de single malt que lui avait offerte Robert B. Parker. Je me souviens d'avoir pensé que, sans Sharon, et désormais sans sa librairie, Mort ne passerait pas l'hiver. J'avais tort. Il avait survécu à l'hiver, ainsi qu'au printemps, et s'était débrouillé pour mourir l'été suivant, dans sa maison au bord du lac Winnipesaukee, une semaine avant notre visite.

"Huit crimes parfaits" était le premier article que j'avais écrit pour le blog de Old Devils. Mon nouveau patron m'avait commandé un inventaire de mes romans policiers favoris, mais au lieu de cela, je lui avais proposé une liste des meilleurs crimes tirés de romans policiers. Je ne sais plus exactement ce qui m'avait gêné dans le fait de partager mes livres préférés, mais je me rappelle avoir pensé que mon sujet générerait sans doute plus de trafic. C'était l'époque où plusieurs blogs commençaient à décoller, apportant fortune et gloire à leurs auteurs. Je me souviens d'une blogueuse qui réalisait chaque jour une des recettes de la chef et animatrice télé Julia Child ; son idée avait donné naissance à un livre, et peut-être même à un film. Je crois qu'assez naïvement, j'avais la folie des grandeurs et j'imaginais que ce blog ferait de moi un aficionado de romans policiers reconnu et respecté du public. Claire m'encourageait en me répétant que le blog avait vraiment du potentiel et que je venais de trouver ma vocation : critique de littérature policière. En vérité, j'avais déjà trouvé ma vocation, du moins le pensais-je : j'étais libraire. Les centaines de micro-échanges qui forment le quotidien d'un libraire suffisaient à mon bonheur. Et ce que j'aimais par-dessus tout, c'était lire… C'était ça, ma véritable vocation.

Je n'avais pas encore écrit une ligne de mes "Huit crimes parfaits" que je commençais à accorder à cet article plus d'importance qu'il n'en avait. Il donnerait le ton du blog et serait l'occasion de me révéler au monde. Je le voulais parfait, non seulement dans la forme, mais aussi dans le contenu. Ma liste mêlerait titres connus et titres obscurs. L'âge d'or du roman policier y tiendrait une place de choix, mais il faudrait aussi que j'y inclue un roman contemporain. Pendant plusieurs jours d'affilée, j'avais sué sang et eau à la remanier, ajoutant des titres, en supprimant d'autres, me documentant sur des livres que je n'avais pas encore lus. Je crois que je ne l'aurais jamais terminée si John ne s'était pas mis à râler : "C'est juste un blog. Contente-toi de pondre une liste de bouquins et de la poster. Tu passes pas un examen."

Le texte fut mis en ligne – ça ne pouvait pas mieux tomber – le jour d'Halloween. Je tique un peu quand je le relis aujourd'hui. Le style est ampoulé, voire pompeux par moments. Le besoin d'approbation y est presque palpable.

Voici l'article tel qu'il fut publié :

## HUIT CRIMES PARFAITS
par Malcolm Kershaw

Pour reprendre l'inoubliable réplique de Teddy Lewis dans *La Fièvre au corps*, le néo-noir fort sous-estimé de Lawrence Kasdan sorti en 1981 : "À chaque fois que tu tentes un acte criminel, il y a au minimum cinquante façons de le louper. Et si t'arrives à en prévoir vingt-cinq, alors t'es un génie. Et toi, t'es pas un génie." C'est très juste, et pourtant l'histoire du roman policier est jonchée de criminels, morts ou incarcérés pour la plupart, qui ont tous tenté le presque impossible : commettre le crime parfait. Parmi eux, beaucoup ont choisi le crime ultime, à savoir le meurtre.

Ce qui suit est une sélection des meurtres les plus intelligents, les plus ingénieux, les plus infaillibles (si tant est qu'il y en eût) dans l'histoire du roman policier. Ce ne sont pas mes livres favoris du genre, et je ne prétends pas qu'il s'agisse des meilleurs. Ce sont

simplement ceux où le meurtrier se rapproche le plus de l'idéal platonicien du crime parfait.
Voici donc ma liste personnelle des "crimes parfaits". Je vous avertis par avance qu'en dépit de mes efforts pour ne pas vous gâcher le suspense, je n'y suis pas tout à fait parvenu. Si parmi ces livres, il en figure certains que vous n'avez pas lus et que vous désirez aborder avec l'esprit vierge, je vous suggère donc de les lire avant de découvrir cette liste.

*Le Mystère de la maison rouge* (1922) de A. A. Milne
Bien avant qu'il ne donne naissance à sa création la plus durable (Winnie l'ourson, au cas où vous l'ignoreriez), Alan Alexander Milne avait écrit un roman mettant en scène un crime parfait. Dans cette intrigue policière sur fond de manoir, Mark Ablett voit son frère oublié refaire surface après des années pour lui demander de l'argent. Un coup de feu retentit dans une chambre close, et le frère est tué. Mark Ablett disparaît. Ce roman comporte certes quelques éléments de supercherie grotesques – parmi lesquels des personnages déguisés, ainsi qu'un passage secret –, mais le plan du meurtrier repose sur une idée terriblement astucieuse.

*Préméditation* (1931) d'Anthony Berkeley Cox
Connu pour être le premier roman policier "inversé" (le lecteur apprend d'emblée l'identité du meurtrier et de sa victime), ce livre est une étude de cas sur la manière d'empoisonner sa femme sans se faire prendre. Le fait que le meurtrier soit un médecin de campagne ayant accès à des drogues mortelles est évidemment bien commode. Son abominable

épouse n'est que la première de ses victimes, car une fois qu'on a commis un crime parfait, la tentation est grande de recommencer.

*A.B.C. contre Poirot* (1936) d'Agatha Christie
Hercule Poirot est sur la piste d'un "tueur fou" qui semble être obsédé par l'alphabet. Il a assassiné une Alice Ascher à Andover, puis une Betty Barnard à Bexhill, et ainsi de suite. Nous avons là l'exemple type du meurtre ciblé et prémédité camouflé derrière plusieurs autres homicides, dans le but de détourner les soupçons des enquêteurs vers un déséquilibré.

*Assurance sur la mort* (1943) de James M. Cain
Ce livre est mon préféré de Cain, principalement en raison de sa fin sombre et fataliste. Mais le meurtre au centre du roman – Phyllis Nirdlinger, femme fatale, conspire avec un agent d'assurances pour tuer son mari – est brillamment exécuté. C'est une mise en scène classique : le mari est assassiné dans une voiture, puis déposé le long des rails pour donner l'impression qu'il est tombé de la voiture de queue du train. Walter Huff, l'agent d'assurances et amant, se fait alors passer pour le mari à bord du train, en s'arrangeant pour que des témoins puissent attester de sa présence.

*L'Inconnu du Nord-Express* (1950) de Patricia Highsmith
Voici celui auquel je décerne la palme de l'ingéniosité. Deux hommes désirant chacun la mort d'une personne décident de s'échanger les meurtres, en s'assurant que l'autre ait un alibi au moment du crime. L'absence totale de lien entre les deux hommes – en dehors d'une

brève conversation dans un train – rend les meurtres parfaitement insolubles. En théorie, bien sûr. Quelle que soit l'intelligence de l'intrigue, Patricia Highsmith s'intéresse davantage aux notions de contrainte et de culpabilité, et à ce qui pousse un homme à imposer sa volonté à un autre. Au final, on obtient une histoire à la fois fascinante et pourrie jusqu'à l'os, comme souvent dans l'œuvre de Highsmith.

*Le Bouillon rédempteur* (1963) de John D. MacDonald
MacDonald, à mes yeux le plus sous-estimé des maîtres du polar des années 1950-1960, s'est rarement essayé au roman à énigme. Il était bien trop captivé par l'esprit criminel pour cacher ses méchants jusqu'à la fin. Ce livre représente donc une singularité dans son œuvre, et réussie qui plus est. La tueuse imagine un moyen de noyer sa victime afin de faire passer son crime pour un accident.

*Piège mortel* (1978) d'Ira Levin
Ici, il ne s'agit pas d'un roman, mais d'une pièce de théâtre. Je vous encourage vivement à la lire ainsi qu'à vous dénicher le film sorti en 1982*. Vous ne regarderez plus jamais Christopher Reeve de la même façon. Nous avons là un thriller théâtral brillant et drôle qui parvient à la fois à respecter les codes du genre et à les tourner en dérision. Le premier meurtre – l'épouse au cœur fragile – est non seulement ingénieux dans sa construction, mais aussi infaillible. La mort par crise cardiaque est une mort naturelle, quand bien même elle serait préméditée.

* Réalisé par Sidney Lumet. Titre français : *Piège mortel. (N.d.É.)*

*Le Maître des illusions* (1992) de Donna Tartt
À l'instar de *Préméditation*, voici une autre énigme policière inversée dans laquelle un groupe d'étudiants en lettres classiques d'une université de Nouvelle-Angleterre tue l'un des leurs. Nous connaissons l'identité du tueur bien avant de découvrir son mobile. Le meurtre en lui-même est simple dans son exécution : Bunny Corcoran est poussé du haut d'un ravin au cours de sa traditionnelle randonnée dominicale. Ce qui rend le crime remarquable, c'est l'explication qu'en donne Henry Winter, le meneur du groupe : ils "laisseront Bunny choisir les circonstances de sa propre mort". Sans aucune certitude quant à l'itinéraire qu'il a prévu d'emprunter, les étudiants attendent leur camarade à un endroit où il est susceptible de passer, afin de donner l'illusion d'une mort accidentelle plutôt qu'intentionnelle. S'ensuit une exploration glaçante des mécanismes du remords et de la culpabilité.

En vérité, cette liste avait été compliquée à établir. J'imaginais qu'il serait plus facile de choisir des exemples de crimes parfaits dans la littérature policière, mais ce n'était pas le cas. C'est pourquoi j'y avais inclus *Piège mortel*, qui n'est pas un roman mais une pièce de théâtre. Je n'avais jamais lu le texte original d'Ira Levin ni vu la pièce, j'avais juste aimé le film. En regardant cette liste aujourd'hui, je me rendais compte également que *Le Bouillon rédempteur* – un livre que j'adore – n'y avait pas vraiment sa place. La tueuse se cache au fond d'un lac avec une bouteille d'oxygène, puis tire sa victime vers les profondeurs. L'idée est amusante, mais très improbable, et loin d'être infaillible. Comment sait-elle où attendre sa victime ? Et supposons qu'il y ait quelqu'un d'autre dans le lac ? Certes, une fois le crime accompli, il ressemble à s'y méprendre à un accident, mais je pense que je l'ai seulement mis sur la liste parce que j'aime beaucoup John D. MacDonald. Je crois aussi que je voulais y placer un titre un peu plus obscur, un roman qui n'ait pas été porté à l'écran.

Une fois l'article mis en ligne, Claire l'avait trouvé vraiment bien écrit ; John, lui, était tout simplement soulagé que le blog soit enfin lancé. J'avais attendu l'arrivée des premiers commentaires, en rêvant déjà que ma liste déclenche une frénésie sur Internet, où des lecteurs du blog interviendraient pour défendre leurs meurtres favoris. Je me voyais déjà invité à la radio pour discuter du sujet. En fin de compte, l'article suscita deux commentaires. Le premier venait d'une certaine SueSnowden qui avait écrit : "Waouh ! Tous ces nouveaux livres à ajouter à ma pile !" et le second d'un dénommé ffolliot123 : "Quiconque rédige une liste de crimes parfaits sans y mettre au moins un titre de John Dickson Carr ne connaît manifestement rien à la littérature."

Le problème avec John Dickson Carr, c'est que ses livres ne m'accrochent tout simplement pas, même si l'internaute en question avait probablement eu raison de signaler leur absence. Carr s'était spécialisé dans les énigmes en chambre close et les crimes impossibles. Ça peut paraître ridicule aujourd'hui, mais sur le moment, ce commentaire m'avait agacé, sans doute parce que j'y souscrivais dans une certaine mesure. J'avais même envisagé de donner une suite à ma liste, quelque chose comme “Huit crimes encore plus parfaits”. Au lieu de cela, mon article suivant avait été une liste de mes romans policiers préférés de l’année passée, que j’avais bâclée en une heure. Entre-temps, j’avais aussi découvert comment intégrer des liens hypertextes aux titres de livres afin de renvoyer vers notre magasin en ligne. John avait beaucoup apprécié. “Notre but, Mal, c’est de vendre des bouquins, avait-il dit. Pas de lancer des débats.”

# 3

L'AGENTE MULVEY me tendit une feuille de papier imprimée. Je pris la liste que j'avais moi-même rédigée, y jetai un coup d'œil et déclarai :

— Je m'en souviens, oui, mais c'est vieux.

— Vous rappelez-vous les livres que vous aviez choisis ?

Je parcourus à nouveau la liste, et mes yeux tombèrent aussitôt sur *Assurance sur la mort*. Je compris tout à coup pourquoi l'agente était là.

— Ah, dis-je. L'homme retrouvé le long des rails. Vous pensez qu'on s'est inspiré d'*Assurance sur la mort* ?

— Je crois que c'est possible. Bill Manso avait l'habitude de prendre ce train. Il a été tué ailleurs, mais on a voulu faire croire qu'il avait sauté en marche. Quand j'ai entendu parler de cette affaire, j'ai immédiatement pensé à *Assurance sur la mort*. Au film, du moins, parce que je n'ai pas lu le livre.

— Et vous vous adressez à moi parce que je l'ai lu ?

Elle cligna rapidement des yeux et secoua la tête.

— Non. Je suis venue vous voir parce que quand je me suis rendu compte que ce crime s'inspirait peut-être d'un film ou d'un roman, j'ai fait une recherche sur Google en combinant les mots ASSURANCE SUR LA MORT et A.B.C. CONTRE POIROT. Et c'est comme ça que je suis tombée sur votre liste.

Son regard cherchait le mien, semblant attendre une réponse. Instinctivement, je détournai les yeux pour contempler son front large et ses sourcils presque invisibles.

— Suis-je un suspect ? dis-je, avant de rire.

Elle se pencha en arrière sur sa chaise.

— Pas officiellement, non. Autrement je ne serais pas venue seule. Mais j'enquête en effet sur la possibilité que tous ces meurtres aient été commis par une même personne, et que cette personne imite délibérément ceux que vous citez sur votre liste.

— Je doute que ma liste soit la seule à rassembler *Assurance sur la mort* et *A.B.C. contre Poirot.*

— Eh bien si, pour être honnête, c'est pratiquement la seule. En fait, la vôtre est la plus courte à contenir ces deux titres. Ils figurent tous les deux sur d'autres listes beaucoup plus longues. Il y en a une par exemple intitulée : "Les cent romans policiers à lire avant de mourir", mais la vôtre sort du lot. Elle traite du crime parfait. Elle mentionne huit livres. Vous travaillez dans une librairie spécialisée en littérature policière de Boston et tous les meurtres ont été commis en Nouvelle-Angleterre. Bon, je sais que tout ça n'est probablement qu'une coïncidence, mais je me suis dit que ça valait la peine de creuser.

— Je veux bien admettre que quelqu'un s'est clairement inspiré d'*A.B.C. contre Poirot*. En revanche, penser à *Assurance sur la mort* juste parce qu'on a retrouvé un corps près d'une voie ferrée… me paraît excessif.

— Avez-vous encore le roman en mémoire ?

— Oui. C'est un de mes préférés.

C'était vrai. Je l'avais lu vers l'âge de treize ans et le livre m'avait tellement plu que j'avais essayé de mettre la main sur l'adaptation cinématographique avec Fred MacMurray et Barbara Stanwyck sortie en 1944. Ce film m'avait ensuite ouvert la porte sur un horizon insoupçonné de films noirs. J'ai passé mon adolescence à écumer les vidéo-clubs qui proposaient ces classiques, mais aucun des films noirs que j'ai découverts grâce à *Assurance sur la mort* ne l'a surpassé. Il me semble parfois que la bande originale de Miklós Rósza restera gravée à vie dans mon cerveau.

— Le jour où on a retrouvé le corps de Bill Manso sur les rails, une des vitres de secours avait été brisée au moment où le train était passé à cet endroit.

— Donc il se peut qu'il ait vraiment sauté ?

— Impossible. D'après les techniciens de scène de crime, Manso a été tué dans un autre endroit, puis transporté sur les rails. Et le coroner a confirmé qu'il était mort d'un trauma crânien dû à un objet contondant, sans doute une arme.

— D'accord.

— Ça veut dire que quelqu'un – le meurtrier ou un complice – était à bord du train et qu'il a brisé la vitre de secours pour donner l'impression que la victime avait sauté.

Pour la première fois depuis le début de l'entretien, je ressentis une légère palpitation. Dans le roman et dans le film, un agent d'assurances s'éprend de la femme d'un patron de société pétrolière, et ensemble, ils organisent son meurtre. Ils le font par amour, mais aussi pour l'argent. Walter Huff, l'amant, s'arrange pour faire signer une police d'assurance accidents à Nirdlinger, l'homme qu'ils projettent d'assassiner. Le contrat comporte une clause de "double indemnité" qui double le montant du dédommagement si la mort survient dans un train. Walter et Phyllis, l'épouse infidèle, brisent la nuque du mari, puis Walter se fait passer pour lui et monte à bord du train. Comme le vrai Nirdlinger vient de se casser la jambe, Walter porte un faux plâtre et marche avec des béquilles. Il se dit que c'est l'accessoire idéal, car les autres passagers se souviendront de l'avoir vu, mais ne se rappelleront pas forcément son visage. Il se rend alors dans la voiture de queue et saute de la plate-forme à l'arrière du train. Phyllis et lui déposent ensuite le mort le long des rails, pour faire croire qu'il est tombé.

— Vous êtes donc absolument certaine que le meurtre a été mis en scène de manière à rappeler celui d'*Assurance sur la mort* ?

— En ce qui me concerne, oui, répondit-elle. Mais je suis la seule à être convaincue du lien.

— Avaient-elles quelque chose de particulier ? demandai-je. Je parle des autres victimes.

L'agente Mulvey leva les yeux vers le faux plafond de l'arrière-salle puis répondit :

— A priori il n'y a aucun lien entre elles, hormis le fait qu'elles sont toutes mortes en Nouvelle-Angleterre, et que les meurtres semblent imiter des œuvres de fiction.

— Tirées de ma liste, précisai-je.

— Exact. Votre liste est un des liens possibles. Mais il y en a un autre. À vrai dire, c'est plus une intuition. J'ai l'impression que toutes les victimes… sans être à proprement parler des personnes mauvaises, n'étaient pas exactement des gens bien. Il me semble qu'aucune d'elles n'était vraiment appréciée.

Je réfléchis un moment. Il faisait de plus en plus sombre au fond de la librairie ; machinalement, je vérifiai l'heure sur ma montre, mais nous n'étions qu'au début de l'après-midi. Je me retournai vers la réserve derrière moi et vis que la neige s'était accumulée sur le carreau des deux fenêtres donnant sur la ruelle. Le peu de jour que je distinguais paraissait aussi sombre qu'au crépuscule. J'allumai ma lampe de bureau.

— Prenons Bill Manso, continua-t-elle. C'était un courtier en investissement, divorcé. Les inspecteurs qui ont interrogé ses enfants, tous deux adultes, rapportent qu'ils ne l'avaient pas vu depuis plus de deux ans, et qu'il n'avait pas exactement l'instinct paternel. De toute évidence, ils ne l'aimaient pas. Et pour ce qui est de Merle Callahan, comme vous l'avez sûrement lu, c'était quelqu'un d'assez controversé.

— Rafraîchissez-moi la mémoire, demandai-je.

— Eh bien, je crois qu'il y a quelques années de ça, elle avait brisé le mariage d'un de ses collègues, et le sien par la même occasion. Après quoi, elle avait écrit un livre dans lequel elle s'élevait contre la monogamie – ça date un peu. Mais beaucoup de gens ne l'aimaient pas. Si vous tapez son nom sur Google…

— Je ne sais pas si…

— Évidemment, aujourd'hui tout le monde a des ennemis. Mais pour répondre à votre question, je pense qu'aucune des victimes jusqu'ici n'inspirait beaucoup la sympathie.

— Selon vous, dis-je, quelqu'un aurait donc lu ma liste et décidé de s'inspirer des méthodes qui y sont décrites ? Et ce quelqu'un aurait tenu à s'assurer que ses cibles méritaient d'une manière ou d'une autre de mourir ? C'est votre théorie ?

Elle pinça les lèvres, les rendant encore plus incolores.

— Ça paraît ridicule, je sais.

— Ou peut-être pensez-vous que j'ai composé cette liste, puis décidé de tester moi-même ces méthodes de meurtres ?

— C'est tout aussi ridicule. Mais reconnaissez qu'il ne semble guère plus probable qu'un tueur copie l'intrigue d'un roman d'Agatha Christie, et que dans le même temps, un autre mette en scène un meurtre ferroviaire inspiré…

— … d'un roman de James Cain.

— Exact, dit-elle.

Son visage, à la lueur jaune de ma lampe, donnait l'impression qu'elle n'avait pas dormi depuis deux ou trois jours.

— Quand avez-vous établi ce lien entre les crimes ? demandai-je.

— Vous voulez dire, quand ai-je trouvé votre liste ?

— Disons ça comme ça, oui.

— Hier. J'ai déjà commandé tous les romans, et lu tous les résumés. Et puis je me suis dit que le mieux était de venir vous parler. J'espérais que vous pourriez m'apporter un éclairage, peut-être relier d'autres crimes récents non résolus à votre liste. Je sais que c'est peu probable…

J'examinai la feuille qu'elle m'avait remise, en tentant de me souvenir des huit livres de ma sélection.

— Parmi ces meurtres, dis-je, il y en a qu'on ne pourrait pas véritablement reproduire. Enfin on pourrait, mais ils seraient difficiles à repérer.

— Comment ça ?

Je parcourus la liste.

— *Piège mortel*, par exemple, la pièce d'Ira Levin. Vous connaissez ?

— Oui. Mais rappelez-moi l'intrigue.

— L'épouse se fait tuer d'une façon particulière : elle est victime d'une grosse frayeur et meurt d'une crise cardiaque. Le meurtre est orchestré par le mari et son amant. C'est évidemment un crime parfait parce qu'on ne pourra jamais prouver qu'une personne décédée d'une crise cardiaque a en fait été assassinée. Mais supposons qu'on veuille reproduire ce crime. Déjà, c'est assez compliqué de provoquer une crise cardiaque à quelqu'un, et ça le serait encore plus pour vous de découvrir le subterfuge. Je suppose que vous n'avez trouvé aucune victime de crise cardiaque suspecte ?

— Eh bien si, en fait, répondit-elle, et pour la première fois depuis qu'elle était entrée dans la librairie, je vis une lueur d'autosatisfaction dans son regard.

L'agente Mulvey était convaincue de tenir une piste.

— Je ne sais pas grand-chose sur cette affaire, poursuivit-elle, mais une femme nommée Elaine Johnson est morte chez elle d'une crise cardiaque, en septembre dernier, à Rockland, dans le Maine. Comme elle était cardiaque, on a classé ça en mort naturelle, mais son domicile présentait des traces d'effraction.

Je me frottai le lobe de l'oreille.

— Vous pensez à un cambriolage ?

— C'est ce que la police a dit. Pour eux, quelqu'un s'est introduit chez elle pour la voler ou l'agresser, mais dès qu'elle a vu le ou les intrus, son cœur a lâché. Alors il a filé.

— Sans rien prendre ?

— Non. Rien n'a été volé dans la maison.

— Je ne sais pas trop…, dis-je.

— Réfléchissez-y tout de même, insista-t-elle en se penchant vers moi. Imaginons que vous vouliez assassiner quelqu'un en lui provoquant une crise cardiaque. D'abord, vous choisissez une personne ayant des antécédents, ce qui était le cas d'Elaine Johnson. Ensuite, vous vous introduisez dans sa maison, où elle vit seule. Puis vous enfilez un masque terrifiant et surgissez brusquement d'un placard. Elle tombe raide morte et vous avez votre meurtre, exactement comme dans le livre.

— Et si ça ne marche pas ?

— Dans ce cas, le tueur s'enfuit en courant avant qu'elle puisse l'identifier.

— Mais elle aurait signalé l'incident à la police…

— Évidemment.

— Quelqu'un a-t-il signalé un tel incident ?

— Non. Pas à ma connaissance. Mais cela peut très bien signifier que ça a marché du premier coup.

— C'est vrai.

Elle resta un moment silencieuse. J'entendis un cliquetis sur le parquet qui indiquait que Nero venait dans notre direction. L'agente Mulvey, qui l'avait entendu aussi, se retourna et regarda le chat. Elle le laissa sentir sa main puis lui caressa la tête d'un geste familier. Nero s'affala sur le sol en ronronnant.

— Vous avez des chats…, devinai-je.

— Deux, répondit-elle. Celui-ci rentre avec vous ou il reste dans la librairie ?

— Il reste ici. Son univers se résume à deux pièces remplies de livres et à un défilé d'inconnus, dont quelques-uns le nourrissent.

— Il m'a tout l'air d'avoir la belle vie.

— Il n'est pas malheureux. La moitié des gens qui entrent dans cette librairie viennent pour lui.

Nero se releva, étira ses pattes arrière, l'une après l'autre, puis regagna la salle de devant.

— Qu'attendez-vous de moi, au juste ? demandai-je.

— Eh bien, si quelqu'un s'inspire réellement de votre liste pour commettre des crimes, ça fait de vous un expert.

— Je n'en suis pas si sûr.

— Je veux dire que vous êtes un expert en ce qui concerne les livres de votre liste. Ce sont vos livres préférés.

— Sans doute, oui, mais j'ai établi cette liste il y a très longtemps, lui rappelai-je, et parmi tous ces titres, il y en a que je connais beaucoup mieux que d'autres.

— Quoi qu'il en soit, avoir votre opinion est toujours utile. J'espérais que vous pourriez jeter un œil à ces quelques affaires que j'ai rassemblées. Il s'agit de crimes non résolus survenus en Nouvelle-Angleterre au cours des dernières années. J'ai préparé ça rapidement hier soir, ce sont juste des résumés, dit-elle en tirant de son sac un paquet de feuilles agrafées. J'espérais que vous accepteriez de les parcourir et de me dire si, selon vous, certains crimes pourraient avoir un lien avec les livres de votre liste.

— Volontiers, répondis-je en prenant les pages. Ces affaires sont également… confidentielles ?

— La plupart des informations résumées ici sont publiques. Si l'un de ces crimes vous semble suspect, j'examinerai l'affaire de plus près. Pour être franche, j'avance à tâtons sur ces dossiers. Je me suis déjà penchée dessus plusieurs fois. Mais étant donné que vous avez lu les livres…

— Je vais devoir en relire certains, moi aussi, dis-je.

— Alors vous acceptez de m'aider ?

Elle se redressa un peu et esquissa un sourire. Lorsqu'elle ouvrit la bouche, sa lèvre supérieure courte dévoila ses gencives.

— Je vais essayer.

— Merci. Et… une dernière chose : j'ai commandé tous les livres, mais si vous en aviez quelques-uns ici, je pourrais d'ores et déjà m'atteler à les lire.

Je vérifiai le stock sur l'ordinateur ; nous disposions apparemment de plusieurs exemplaires d'*Assurance sur la mort*, d'*A.B.C. contre Poirot* et du *Maître des illusions*, ainsi que du *Mystère de la maison rouge*. Nous possédions également un exemplaire de *L'Inconnu du Nord-Express*, mais il s'agissait d'une première édition datant de 1950, en parfait état, valant au moins dix mille dollars. Tous nos livres estimés à cinquante dollars ou plus étaient sous clé dans une vitrine près de la caisse, mais le livre ne s'y trouvait pas. Il était rangé dans mon bureau, dans une autre vitrine fermée à clé où je conservais les éditions dont je n'étais pas encore tout à fait prêt à me séparer. J'avais en moi un côté "collectionneur", ce qui n'était pas forcément une bonne chose pour un libraire habitant un appartement mansardé dont les étagères étaient pleines à craquer. Je faillis répondre à l'agente Mulvey que nous n'avions pas le livre de Patricia Highsmith, mais décidai qu'il valait mieux ne pas mentir à une employée du FBI, du moins pas sur un détail aussi anodin. Je lui annonçai combien il valait et elle répondit qu'elle attendrait de recevoir son édition de poche. Restaient donc *Le Bouillon rédempteur*, que j'étais certain d'avoir chez moi, et *Préméditation*, que j'avais peut-être également à la maison. J'étais sûr de n'avoir aucun exemplaire du texte de *Piège mortel*, ni ici ni chez moi, mais je savais qu'il existait. J'expliquai tout cela à l'agente fédérale.

— De toute manière, je ne peux pas lire huit livres en une nuit, dit-elle.

— Vous rentrez…

— Non, j'ai réservé dans un hôtel à deux pas d'ici, le Flat of the Hill. Je m'étais dit qu'une fois que vous auriez regardé la liste, demain matin peut-être… nous pourrions nous revoir, et vous me diriez si vous avez pensé à quelque chose.

— Pas de problème. Par contre, je ne sais pas si je vais ouvrir demain, vu le temps…

— Vous n'avez qu'à passer à mon hôtel. Le FBI vous offrira le petit déjeuner.

— Très bien, répondis-je.

Juste avant de partir, l'agente Mulvey précisa qu'elle tenait à payer les livres qu'elle emportait.

— Ne vous embêtez pas. Vous n'aurez qu'à me les rendre quand vous les aurez lus.

— Merci, dit-elle.

Au moment où elle ouvrait la porte, une bourrasque tourbillonnante souffla dans Bury Street. La neige s'y accumulait, le vent formait des congères.

— Soyez prudente, lançai-je.

— C'est à deux pas. Demain dix heures, d'accord ? dit-elle pour confirmer notre rendez-vous.

— Entendu, répondis-je, et je restai debout dans l'embrasure de la porte, la regardant disparaître dans la neige enveloppante.

# 4

J'HABITAIS SEUL sur la colline qui s'élevait depuis Charles Street, dans un appartement au dernier étage d'un brownstone que me louait une Brahmane de Boston* nonagénaire parfaitement ignorante de la valeur réelle de son bien. Je lui payais un loyer scandaleusement bas, dans la hantise du jour où elle mourrait en léguant son bien à l'un de ses fils plus avisé.

En temps normal, il me fallait moins de dix minutes pour marcher de la librairie jusqu'à mon appartement, mais ce jour-là, j'avançais en pleine tempête avec des chaussures usées. La neige me brûlait le visage, le vent faisait ployer les arbres et sifflait dans les rues désertes. En arrivant sur Charles Street, j'envisageai un instant de passer voir si le Sevens était ouvert, histoire d'y prendre un verre, mais je décidai finalement d'entrer chez le marchand de vins et de fromages, où j'achetai un pack de Old

* Surnom donné aux grandes familles bourgeoises de Nouvelle-Angleterre descendant des premiers colons.

Speckled Hen et un sandwich baguette jambon fromage pour le dîner. J'avais initialement prévu de faire cuire les côtelettes de porc que j'avais sorties du congélateur ce matin-là, mais il me tardait de rentrer pour lire la liste de l'agente Mulvey.

Arrivé au pied de mon immeuble, je gravis les marches du perron encore enneigées, tapai mes chaussures devant la lourde porte en noyer puis tournai la poignée en fer forgé. Une autre locataire, sûrement Mary Ann, avait déjà trié le courrier, qu'elle avait laissé sur la table d'appoint du vestibule. Dégoulinant sur le carrelage fissuré, je ramassai mes prospectus détrempés pour cartes de crédit et grimpai les trois volées d'escaliers jusqu'à ma mansarde aménagée.

Comme toujours durant les mois d'hiver, il y faisait une chaleur étouffante. J'ôtai ma veste et mon pull, puis entrouvris les deux fenêtres situées sur chaque versant du plafond afin de laisser entrer un filet d'air froid. Je rangeai cinq bières dans le frigo et décapsulai la sixième. Mon appartement avait beau n'être qu'un studio, il offrait assez d'espace pour y ménager un salon clairement délimité. Je m'allongeai sur le canapé, posai les pieds sur la table basse et entamai ma lecture.

La liste était classée dans l'ordre chronologique, chaque cas présenté de la même manière, un en-tête indiquant les date et lieu du meurtre et le nom de la victime. Ce n'était qu'une suite de résumés compilés à la dernière minute, mais constituée de phrases complètes, et qui se lisait comme un article de journal. L'agente Mulvey n'avait probablement jamais obtenu de note inférieure à un A durant ses études. Je me demandai ce qui l'avait attirée vers le FBI. Elle me paraissait plus à sa place dans un cadre universitaire, comme professeur de littérature peut-être, ou chercheuse. Elle me rappelait un peu Emily Barsamian, mon employée toujours fourrée dans ses livres, qui n'arrivait pas à me regarder dans les yeux quand nous discutions. L'agente Mulvey n'était pas si empruntée, seulement jeune et manquant d'expérience, sans doute. Impossible de ne pas penser à Clarice Starling (encore un nom d'oiseau*) dans *Le Silence des agneaux*. Mon esprit fonctionnait presque toujours de cette façon, cherchant un lien vers un livre ou un film. C'était ainsi depuis que j'avais commencé à lire. Et Mulvey, à l'instar de son homologue fictive, semblait trop sage pour ce travail. On avait du mal à l'imaginer dégainer son pistolet en un éclair ou cuisiner un suspect.

*Elle a bel et bien cuisiné un suspect, cela dit. Elle t'a cuisiné, toi.*

Je chassai cette idée de mon esprit, bus un peu de bière et revins à la liste, parcourant rapidement les en-têtes avant de m'attarder sur le contenu. Je constatai vite qu'il n'y avait pas grand-chose dans ce dossier, du moins rien qui saute aux yeux. La plupart de ces crimes non résolus avaient été commis au moyen d'une arme à feu. Ils impliquaient en majorité des jeunes en milieu urbain. Un de ces faits divers m'interpella, mais la description donnait trop peu de détails. Un certain Daniel Gonzalez avait été abattu alors qu'il promenait son chien dans la réserve de Middlesex Fells. Le crime s'était produit de bonne heure, un matin de septembre, l'année dernière, et l'agente Mulvey avait noté qu'il n'y avait aucune piste. La seule

* *Starling* signifie "étourneau" en anglais.

raison pour laquelle ce crime avait retenu mon attention était qu'il me rappelait le meurtre du *Maître des illusions*. Dans le roman de Donna Tartt, les meurtriers, étudiants à l'université, décident d'éliminer leur camarade Bunny Corcoran de peur qu'il ne fasse des révélations au sujet d'un précédent meurtre. Au cours d'une bacchanale dionysiaque dans les bois, les étudiants en lettres classiques ont – accidentellement ou non – tué un fermier. Bunny n'a pas participé au rituel, mais lorsqu'il découvre leur crime, il se met à faire pression sur ses amis fortunés pour leur soutirer divers cadeaux : dîners au restaurant, voyages en Italie. Les étudiants craignent également qu'il ne parle sous l'effet de l'alcool. Ils fomentent alors un plan pour le tuer. C'est Henry Winter, le cerveau du groupe, qui en règle les paramètres. Sachant que Bunny effectue de longues randonnées tous les dimanches après-midi, les étudiants se postent à un endroit où il est susceptible de passer, sur un sentier bordant un profond ravin. Lorsqu'il arrive, ils le poussent dans le vide, espérant faire croire à un accident et masquer la préméditation en laissant décider le hasard.

Le meurtre de Daniel Gonzalez, tué lors de son jogging matinal, pouvait-il avoir un lien avec le roman ? Le fait qu'il ait été abattu rendait l'hypothèse peu probable, mais peut-être le tueur imitateur cherchait-il seulement quelqu'un qui se livrait à une activité régulière. J'ouvris mon ordinateur et trouvai la nécrologie de Daniel Gonzalez. Il était professeur adjoint dans un *community college*[*] de la région et enseignait l'espagnol. Rien à voir avec le

* Établissement d'enseignement supérieur de proximité, plus abordable que les grandes universités.

latin ou le grec, mais il était tout de même professeur de langues. Il y avait un lien possible, et je résolus donc d'en parler à l'agente Mulvey le lendemain matin.

Je passai en revue le reste des crimes en cherchant plus particulièrement un cas de noyade. Je pensais au livre de John D. MacDonald, *Le Bouillon rédempteur*. Évidemment, si une noyade criminelle était maquillée en accident, alors elle n'apparaîtrait probablement pas sur une liste de crimes non élucidés.

Il n'y avait aucun cas d'overdose, la méthode utilisée dans *Préméditation*. Dans un premier temps, le meurtrier, médecin, rend sa femme morphinomane. Après quoi, il s'assure que certaines personnes découvrent son addiction et qu'elles en fassent courir le bruit. Il la tue alors en lui administrant une overdose. Évidemment, les morts par overdose en Nouvelle-Angleterre au cours des dernières années devaient se compter par centaines, voire par milliers. Comment savoir si l'une d'elles cachait un meurtre prémédité ? Le problème avec cette liste était que j'y avais réuni des crimes si ingénieux que leur auteur était presque assuré de ne jamais se faire prendre. Par conséquent, si quelqu'un réussissait à imiter certains de ces meurtres, ils seraient indétectables.

Je pris deux bouchées de mon sandwich puis m'ouvris une autre bière. L'appartement était trop silencieux, mais je ne voulais pas allumer la télévision, alors je mis de la musique. *24 Postcards in Full Colour* de Max Richter. Je m'étendis sur le canapé, les yeux fixés sur le haut plafond, où une mince fissure zigzaguait sous la moulure ; c'était une vision familière. Je songeai à ce que j'allais dire à l'agente Mulvey. J'évoquerais le meurtre de Daniel

Gonzalez et le lien possible avec *Le Maître des illusions*. Je lui suggérerais de s'intéresser aux morts par noyade, en particulier celles qui s'étaient produites dans des lacs ou des étangs, et aussi de se pencher sur les morts par overdose, spécialement celles où l'on s'était servi d'une seringue.

L'album terminé, je le relançai avant de me rallonger sur le canapé. Mon esprit se dispersait, alors je décidai de prendre les choses l'une après l'autre. D'abord, faire le point sur les postulats de départ. Premier postulat : quelqu'un s'inspirait de ma liste pour tuer des gens au hasard. Enfin, peut-être pas au hasard. Toutes les victimes méritaient pour une raison ou une autre de mourir, du moins dans l'esprit du meurtrier. Deuxième postulat : même si j'étais un suspect probable, je ne constituais pas un suspect sérieux. Comme l'agente Mulvey l'avait elle-même souligné, elle ne serait pas venue seule si cela avait été le cas. Le but de sa visite était de tâter le terrain et de me cerner. Si elle me croyait impliqué, je supposais qu'à notre prochaine rencontre – au petit déjeuner, ou un peu plus tard –, elle serait accompagnée d'un autre agent du FBI. Troisième postulat : l'auteur de ces meurtres ne se contentait pas de s'inspirer de ma liste. Il me connaissait. D'une façon ou d'une autre.

Si je pensais cela, si j'en étais convaincu même, c'était parce que la cinquième victime dont avait parlé l'agente Mulvey – la femme morte d'une crise cardiaque dans sa maison de Rockland, Elaine Johnson – ne m'était pas étrangère. Je ne la connaissais pas très bien, mais dès que j'avais entendu son nom, je sus qu'il s'agissait de la même Elaine Johnson, de Beacon Hill, qui fréquentait ma librairie et qui n'avait jamais manqué une seule des lectures que nous organisions avec les auteurs. Je savais que j'aurais dû en informer l'agente Mulvey, mais je ne l'avais pas fait, et tant que je ne le jugerais pas nécessaire, je ne prévoyais pas de le faire.

J'étais convaincu qu'elle me cachait des choses. Je ne comptais pas tout lui dire non plus.

Il fallait que je commence à protéger mes arrières.

# 5

Constatant que je m'endormais sur le canapé, je me levai, rinçai les bouteilles de bière, jetai le reste de mon sandwich, me brossai les dents et enfilai mon pyjama. J'allai ensuite jusqu'à ma bibliothèque et mis la main sur le livre que je cherchais: *Le Bouillon rédempteur*. Je possédais l'édition de poche originale Gold Medal, imprimée en 1963. Elle arborait l'une de ces couvertures illustrées aguicheuses communes à presque tous les romans de poche de John D. MacDonald sortis dans les années 1950-1960. Sur celle-ci, on voyait une brune en bikini blanc et deux mains qui agrippaient une de ses jolies jambes et la tiraient au fond des eaux troubles et verdâtres. Comme toutes ces couvertures, elle promettait deux choses: du sexe et des morts. Je laissai courir mon pouce sur le bord du livre, frottant les pages, et cette odeur de moisi piquante propre aux vieux romans de poche parvint jusqu'à mes narines. J'ai toujours aimé ce parfum, même si le collectionneur en moi sait que c'est le signe d'un livre dont on n'a guère pris soin au fil des ans, un livre qui a probablement séjourné au fond d'un carton oublié dans une cave humide. Cette odeur me ramenait instinctivement à Annie's Book Swap, la librairie où j'avais acheté mes premiers livres. J'ai grandi à Middleham, à environ quarante-cinq minutes à l'ouest de Boston. L'année de mes onze ans fut aussi celle où j'eus le droit de parcourir à vélo les deux kilomètres sur Dartford Road qui me séparaient du centre-ville de Middleham. On n'y trouvait que trois commerces : une supérette qui se faisait appeler "Middleham General" afin de se donner une consonance pittoresque ; un magasin d'antiquités ouvert dans les locaux de l'ancienne poste, et une librairie d'occasion franchisée tenue par un Anglais nommé Anthony Blake. Annie's Book Swap vendait principalement des livres de poche grand public – ces petits volumes qui tiennent précisément dans la poche arrière du pantalon – et c'est là-bas que j'ai acheté les romans de Ian Fleming, Peter Benchley et Agatha Christie, qui m'ont aidé à traverser mes jeunes années. C'est là que je suis presque certain d'avoir acheté *Le Bouillon rédempteur*, après m'être procuré tous les titres de Travis McGee, la célèbre série de John D. MacDonald. Il était rare de tomber sur des MacDonald hors-série, mais un lecteur du coin féru de romans policiers avait dû rendre l'âme à l'époque de mes premières visites à vélo car la librairie s'était vue subitement inondée de romans de gare, pas seulement de John D. MacDonald mais aussi de Mickey Spillane et Alistair MacLean, ainsi que de la série des 87e District d'Ed McBain. Je me limitais à trois livres par expédition, et presque tout mon argent de poche y passait. En ce temps-là, il me fallait moins d'une semaine pour lire trois livres – trois jours suffisaient même parfois –, mais je prenais toujours plaisir à les relire. Je n'avais sans doute pas relu *Le Bouillon rédempteur* depuis ma prime adolescence, mais la trame principale du roman m'avait marqué.

La méchante – et quelle méchante – était une secrétaire très pieuse qui sublimait son énergie sexuelle refoulée par le sport. Elle tuait tous les pécheurs dans son entourage. L'une de ses victimes était une femme mariée qui avait eu une liaison avec son patron. La tueuse l'avait attendue, tapie en tenue de plongée au fond d'un lac où sa proie nageait. Puis elle l'avait attrapée par la jambe et tirée au fond de l'eau. Je n'avais jamais oublié ce meurtre. Quand j'avais composé ma liste des crimes parfaits, il m'était tout de suite revenu en mémoire. N'ayant jamais relu le roman, je décidai de me remettre l'histoire en tête.

J'allai me coucher avec le livre, puis lus le premier paragraphe et ses mots d'une familiarité obsédante. Les livres sont comme un voyage dans le temps. Tous les vrais lecteurs savent cela. Mais ils ne vous ramènent pas seulement à l'époque où ils ont été écrits, ils peuvent aussi vous ramener à d'autres versions de vous-même. La dernière fois que j'avais ouvert le livre que je tenais entre les mains, je devais avoir onze ou douze ans. J'aime à penser que c'était l'été et que je veillais à une heure tardive, dans ma chambre exiguë, sous un simple drap, un moustique bourdonnant sûrement dans un coin de la pièce. Mon père écoutait ses disques dans le salon, trop fort, en fonction de son degré d'ébriété. La plupart des nuits se terminaient de la même façon, ma mère lui baissant sa musique – généralement du jazz, même s'il lui arrivait d'écouter des groupes de fusion, comme Frank Zappa ou Weather Report – et mon père râlant qu'elle ne le comprenait pas. Mais tout cela n'était qu'un bruit de fond, car je n'étais plus vraiment là, dans ma chambre. J'étais en Floride, en 1963, traînant parmi les promoteurs immobiliers véreux, les divorcées sexy, à boire de grands verres de bourbon. Et voilà qu'aujourd'hui, à bientôt quarante ans, mes yeux lisaient les mêmes mots, mes mains tournaient les mêmes pages que près de trente ans plus tôt, ces pages qu'un homme d'affaires ou une ménagère avaient tournées il y avait cinquante ans. Un voyage dans le temps.

Je terminai le livre vers quatre heures du matin. Je faillis me relever pour en prendre un autre de la liste, mais décidai plutôt d'essayer de dormir. Je roulai sur le ventre, en repensant au roman, à ce qu'on doit ressentir quand on nage dans un lac et qu'on sent quelque chose vous attraper par la jambe et vous tirer vers la mort. Au moment où je sombrai dans le sommeil, le visage de ma femme surgit dans mon esprit, une fois de plus. Mais ce n'était pas d'elle que je rêvais, ni du livre. Je rêvais que je courais et qu'on me poursuivait.

Le même rêve que je fais chaque nuit.

Il neigeait encore quand je quittai mon appartement au matin, mais c'était une neige fine et légère, que les bourrasques qui continuaient de souffler déplaçaient en grande partie. Une couche de cinquante centimètres recouvrait déjà le sol. La chaussée avait été déneigée, mais personne n'était encore sorti pour nettoyer les trottoirs, alors je marchai au milieu de la rue, en descendant prudemment la pente jusqu'à Charles Street. Malgré un ciel tapissé de nuages, le jour était radieux, peut-être à cause de toute cette neige immaculée. Je portais ma vieille sacoche en bandoulière.

J'arrivai à l'hôtel en avance. Le Flat of the Hill avait ouvert récemment dans mon quartier ; c'était un hôtel de charme implanté dans un entrepôt rénové à deux pas de Charles Street. Il disposait d'un restaurant gastronomique et d'un bar cosy où j'allais parfois dîner le lundi soir, quand les huîtres étaient à un dollar pièce.

— J'ai rendez-vous avec quelqu'un pour le petit déjeuner, dis-je à la réceptionniste, une femme au regard triste, seule derrière son comptoir.

Elle m'indiqua une petite salle de restaurant d'une dizaine de tables, juste après le bar. Comme il n'y avait personne pour m'installer, je m'assis à une table d'angle près d'une large fenêtre donnant sur un mur de briques. J'étais seul dans la salle, et je me demandai s'il y avait du personnel présent ou si les employés avaient été retenus chez eux par la tempête de neige. À ce moment précis, un homme en chemise blanche impeccable et pantalon noir entra par une porte battante, d'un côté de la salle, tandis que l'agente Mulvey apparaissait de l'autre. Elle m'aperçut et se dirigea vers moi pendant que le serveur déposait les menus. Nous commandâmes tous deux un café et un jus de fruit.

— Le FBI ne lésine pas sur les frais de déplacement, dis-je.

L'espace d'un instant, elle parut déconcertée. Puis elle dit :

— Oh, j'ai réservé cet hôtel moi-même, parce qu'il n'était pas loin de votre librairie. Je ne sais pas si on me remboursera.

— Bien dormi ? demandai-je.

Elle avait des cernes violets sous les yeux.

— Pas beaucoup, répondit-elle. J'ai lu.

— Moi aussi. Quel livre ?

— *Le Mystère de la maison rouge*. Je me suis dit, autant commencer par le début.

— Ça vous a plu ? demandai-je avant de boire une gorgée de mon café et de me brûler le bout de la langue.

— C'est un bon livre. Bien pensé. Et je n'avais pas deviné la fin.

Elle porta la tasse en porcelaine à ses lèvres, puis pencha la tête pour boire un peu de café. L'image m'évoqua un oiseau.

— Honnêtement, dis-je. Je sais que je l'ai inclus dans ma liste, mais je ne me rappelle pas l'histoire en détail. Je l'ai lu il y a longtemps.

— Ça correspond plus ou moins à votre résumé. C'est une énigme classique dans un manoir anglais, assez simpliste en soi. Pensez au Cluedo, le jeu de société…

— Le colonel Moutarde dans la bibliothèque ?

— Oui, mais c'est tout de même un peu mieux.

À mesure qu'elle me décrivait l'intrigue, les détails me revinrent. Un homme riche nommé Mark Ablett habite un manoir dans la campagne anglaise, le genre de demeure qui semble spécialement conçue pour être le théâtre d'un meurtre. Il reçoit une lettre de son vaurien de frère, avec qui il est fâché, lui annonçant sa venue d'Australie. Quand le frère arrive, on lui demande d'attendre Mark dans son bureau. Soudain, un coup de feu retentit. Le frère d'Australie est retrouvé mort et Mark Ablett a disparu. Il semble évident que ce dernier a tué son frère avant de s'enfuir.

Le détective amateur de l'histoire, Tony Gillingham, est un ami de Bill – l'un des hôtes de Mark Ablett – de passage dans la région. Les deux hommes décident de mener l'enquête. On découvre l'existence d'un tunnel secret sous la maison, qui part du bureau et débouche sur le terrain de golf. Évidemment, les suspects ne manquent pas.

— En fait, il n'y a jamais eu de frère, c'est ça ? dis-je en l'interrompant.

— Exact. En réalité, le frère est mort des années auparavant et n'apparaît pas dans l'histoire. On a convaincu Mark Ablett de se faire passer pour lui, et il se fait tuer. Mais ce n'est pas ce ressort de l'intrigue qui est le plus ingénieux. Vous n'êtes pas d'accord ?

Elle parlait à toute allure, et c'est seulement quand elle marqua une pause que je me rendis compte qu'elle attendait une réponse.

— Je crois que je l'ai inclus dans la liste parce qu'en somme, le tueur fournit à la fois un cadavre et un coupable. Ils n'étaient qu'une seule et même personne, mais le tueur était le seul à le savoir.

— Puis-je vous lire un extrait que j'ai souligné ? demanda-t-elle.

— Bien sûr.

Elle sortit le livre de son sac et se mit à le feuilleter. Je vis qu'elle avait souligné plusieurs passages, ce qui me fit penser à ma femme. Elle lisait toujours un stylo à la main, prête à écrire sur les pages de son livre. Je me félicitai de ne pas avoir prêté à l'agente Mulvey la première édition hors de prix de *L'Inconnu du Nord-Express*.

— Ah, j'y suis, dit-elle en aplatissant le livre sur la table et en se penchant pour lire.

> "L'inspecteur était arrivé" (dans la maison, je pense) "au moment où l'on constatait la mort d'un homme et la disparition d'un autre. Il était probable que le disparu avait tué le premier. Mais il était presque certain que, pour l'inspecteur, la solution extrêmement probable risquait d'être la seule vraie ; il ne serait plus guère disposé ensuite à envisager sans prévention une autre explication."

Elle finit de lire puis referma le livre.

— Ça m'a fait réfléchir, dit-elle. Si vous deviez commettre un meurtre en vous inspirant de ce roman, comment vous y prendriez-vous ?

Je dus avoir l'air perplexe car elle ajouta :

— Est-ce que vous abattriez quelqu'un dans le bureau d'un manoir ?

— Non, répondis-je. J'imagine que je tuerais deux personnes, puis que je cacherais l'un des corps pour faire croire que le tueur s'est enfui.

— Exact, dit-elle.

Voyant le serveur tourner autour de notre table, nous commandâmes. L'agente Mulvey prit des œufs florentins. Je n'avais pas faim, mais je demandai tout de même deux œufs pochés sur toast, avec des fruits frais. Le serveur repartit et elle reprit :

— Ça m'amène à me poser une question : celle des règles.

— Qu'entendez-vous par "règles" ?

— Eh bien voilà, dit-elle en marquant un temps de réflexion. Supposons que je me sois fixé cette tâche… cet objectif de commettre les huit crimes que vous avez décrits dans votre liste. Il faudrait que je me définisse un cadre. Des règles. Est-ce que je décide de reproduire les meurtres à la lettre ? Ou je retiens seulement l'idée sous-jacente ? Jusqu'où doivent-ils être identiques ?

— Et d'après vous, cette règle voudrait que le tueur colle au plus près possible aux meurtres des livres ?

— Oui, mais pas à leur déroulement, plutôt aux principes qui les motivent. C'est un peu comme si le tueur mettait ces romans à l'épreuve de la vie réelle. Si l'idée était simplement de reproduire le contenu du livre, alors il suffirait de tuer quelqu'un dans la bibliothèque d'un manoir et l'affaire serait réglée. Quant à *A.B.C. contre Poirot*, on pourrait les reproduire à la lettre. Vous voyez ? Trouver une Abby Adams habitant Acton, la tuer, et ainsi de suite. Mais il ne s'agit pas seulement de ça. Le tueur veut faire les choses correctement. Dans les règles.

— Pour *Le Mystère de la maison rouge*, l'idée est d'orienter la police vers un suspect qu'elle ne trouvera jamais, et qu'elle ne pourra donc jamais interroger.

— Exact, déclara l'agente Mulvey. C'est vraiment bien pensé. J'y ai réfléchi toute la nuit. Imaginons que je veuille tuer quelqu'un… mon ex-petit ami, par exemple.

— D'accord.

— Si je le tuais comme ça, de but en blanc, je serais forcément suspectée. En revanche, supposons que je tue deux personnes – mon ex-petit ami et sa nouvelle fiancée par exemple –, puis que je fasse en sorte qu'on ne retrouve pas le corps de la fille. De cette manière, je pourrais faire croire que la meurtrière a pris la fuite. La police ne chercherait pas l'identité du tueur car elle penserait la connaître.

— Ce ne serait pas si simple, vous savez.

— Oh. C'était juste un exemple.

— Parce que le tueur devrait être prêt à tuer deux personnes.

— Exact.

— Et ce n'est pas facile non plus de cacher un corps, ajoutai-je.

— Vous ne parlez pas d'expérience, je présume ?

— J'ai lu beaucoup de romans policiers.

— Je crois qu'il faut que je cherche un crime dans lequel le suspect principal a disparu.

— C'est fréquent ? demandai-je.

— Pas vraiment, non. On ne disparaît plus si facilement de nos jours. La plupart des gens laissent des empreintes assez évidentes. Mais ça arrive.

— Je pense que vous êtes sur la bonne voie, dis-je. Il faut peut-être chercher deux victimes qui méritaient de mourir, des criminels peut-être, dont l'un est mort et l'autre a disparu. Enfin si votre théorie est correcte, et que… Comment appellerons-nous notre suspect ? On devrait lui donner un nom.

— Pourquoi pas…

Elle réfléchit un instant.

— Un nom en rapport avec les oiseaux ?

— Non, ça va nous embrouiller. Appelons-le Charlie, dit-elle.

— Pourquoi ce prénom ?

— Il m'est venu comme ça. Enfin non, ce n'est pas vrai. J'essayais de trouver un nom, et j'ai pensé au mot "copycat" – c'est ainsi qu'on désigne les tueurs agissant par mimétisme –, ce qui m'a fait penser au mot chat, qui à son tour m'a rappelé le premier chat de mon enfance. Il s'appelait Charlie.

— Pauvre Charlie. Mérite-t-il vraiment qu'on utilise son nom de cette façon ?

— Eh bien oui, répondit-elle. C'était un véritable tueur. Il ne se passait pas un jour sans qu'il nous rapporte une souris ou un oiseau.

— Très bien.

— Ce sera donc Charlie.

— Où en étais-je ? dis-je. Oui, vous devriez rechercher des couples de victimes parmi les gens qui méritaient de mourir. Charlie n'aime pas tuer des innocents.

— Nous n'en sommes pas certains, mais c'est effectivement une possibilité, dit-elle en se reculant pour laisser le serveur déposer son plat devant elle. (Elle le remercia avant de prendre sa fourchette.) Ça vous dérange si je mange pendant que nous discutons ? Je n'ai pas dîné hier soir et je suis affamée.

— Aucun problème.

Mes œufs pochés venaient d'arriver, et la seule vue des blancs et de leurs bords légèrement translucides me retourna l'estomac. Je piquai un dé de melon du bout de ma fourchette.

— Je me trompe peut-être, reprit l'agente Mulvey après avoir mâché sa première bouchée, mais il se peut qu'il y ait un lien avec vous. Quelqu'un essaie peut-être d'attirer votre attention, ou de vous faire porter le chapeau.

Elle écarquilla légèrement les yeux en disant cela. J'avançai ma lèvre inférieure dans une moue dubitative.

— Évidemment, si c'est le cas, dis-je après un moment, alors en toute logique, Charlie doit s'assurer que les crimes semblent inspirés des livres de ma liste.

— Exact, dit-elle. C'est pourquoi j'aimerais examiner de plus près ce qui est arrivé à Elaine Johnson, la femme victime d'une crise cardiaque…

— Dont rien ne nous permet de dire avec certitude qu'elle a été tuée par Charlie, rappelai-je.

— Non, mais si c'est le cas, alors je dois me rendre sur les lieux du crime. J'y trouverai peut-être un indice qui reliera son meurtre à *Piège mortel*.

— J'ai un aveu à vous faire, dis-je, et je vis les joues de l'agente Mulvey rougir d'impatience. En fait je n'ai jamais vu la pièce, je n'ai même pas lu le texte. Mais j'ai vu le film et je suis presque sûr qu'il est fidèle. Il n'empêche que j'ai un peu honte.

— Vous pouvez, dit-elle en riant aussitôt.

Son visage avait perdu ses couleurs.

— Et donc, repris-je, dans le film, puisque je ne peux parler que du film, la victime succombe à une crise cardiaque lorsqu'un homme qu'elle croyait mort surgit dans sa chambre pour assassiner son mari. Elaine Johnson a-t-elle été retrouvée morte dans sa chambre ?

— Il faut que je vérifie, dit-elle. Je ne m'en souviens pas. Vous savez quoi, quand vous avez dit que vous aviez un aveu à me faire, j'ai cru un moment que vous alliez m'avouer autre chose.

— Vous pensiez que j'allais vous avouer être Charlie ? dis-je, d'un ton que j'espérais désinvolte.

— Non, répondit-elle. Je pensais que vous alliez m'avouer que vous connaissiez Elaine Johnson.

# 6

Après un moment d'hésitation, je demandai :

— L'Elaine Johnson en question habitait Boston ?

— Oui.

— Dans ce cas, je l'ai effectivement connue. Pas très bien, mais elle venait souvent à la librairie. Et elle ne ratait jamais une lecture avec les auteurs.

— Pourquoi ne pas me l'avoir dit hier après-midi ?

— Honnêtement, il ne m'était pas venu à l'idée que ça pouvait être la même personne. Le nom m'a paru familier, mais c'est un nom assez répandu.

— D'accord, dit-elle en évitant mon regard. Parlez-moi de cette Elaine Johnson.

Je fis mine de réfléchir afin de gagner un peu de temps. En vérité, Elaine n'était pas quelqu'un qu'on oublie. Elle avait des lunettes aux verres très épais – je crois qu'on appelle ça des culs de bouteilles ; ses cheveux étaient clairsemés et elle portait toujours des pulls qui semblaient tricotés main, même en été. Mais ce n'était pas ce qu'on retenait du personnage. On se souvenait d'Elaine Johnson parce qu'elle faisait partie de ces gens qui profitent de la disponibilité des vendeurs dans les magasins pour leur infliger des monologues interminables, ou plutôt des diatribes à propos de leurs sujets favoris. Dans son cas, il s'agissait des écrivains de romans policiers : elle distinguait les génies, les passables et les mauvais (le terme qu'elle employait en général était les "merdes atroces"). Jour après jour, elle débarquait dans la librairie et harponnait le premier employé qu'elle croisait. C'était épuisant, et agaçant, mais nous avions la solution pour gérer Elaine Johnson : continuer de travailler pendant qu'elle parlait, lui accorder une dizaine de minutes, puis lui annoncer que son temps de parole était écoulé. Cela peut paraître impoli, mais il faut savoir qu'Elaine Johnson elle-même ne brillait pas par sa politesse. Elle tenait des propos monstrueux sur les auteurs qu'elle n'aimait pas. Elle était accessoirement raciste, ouvertement homophobe et, chose étonnante, toujours prompte à commenter l'apparence d'autrui alors que la sienne laissait fortement à désirer. Je crois que quiconque a travaillé dans une librairie, voire dans n'importe quel commerce, a eu affaire à ce genre de clients. Elaine Johnson avait la fâcheuse habitude, à chaque séance de dédicaces, d'être toujours la première à lever la main pour poser une question qui désobligeait, de façon plus ou moins subtile, le pauvre invité. Nous prévenions toujours les auteurs de sa présence, en précisant qu'elle achetait invariablement un exemplaire à dédicacer, même lorsqu'elle avait qualifié l'auteur de "charlatan sans talent". Comme j'ai pu le constater, la plupart sont tout à fait disposés à tolérer une tête de con dès lors que ça leur permet de vendre un livre.

Je savais qu'Elaine Johnson était partie habiter dans le Maine, parce qu'elle nous avait parlé chaque jour de son déménagement pendant près d'un an. Sa sœur était morte en lui léguant sa maison. Quand elle était partie pour de bon, mes employés et moi avions fêté l'événement autour d'un verre.

— C'était une femme acariâtre, expliquai-je à l'agente Mulvey. Chaque jour elle débarquait à la librairie et accaparait l'un de nous pour lui parler de sa lecture du moment. Je me souviens maintenant de ce déménagement, mais je n'avais pas fait le lien quand vous avez prononcé son nom. Pour moi, elle s'appelait juste Elaine…

— Elle méritait de mourir ? demanda-t-elle.

— Si elle méritait de mourir ? Vous me posez la question à moi ? Eh bien non, bien sûr que non.

— Désolée, ce n'est pas ce que je voulais dire… Vous disiez que c'était quelqu'un d'acariâtre. Et il est clair, du moins de mon point de vue, que toutes les victimes jusqu'à présent étaient des personnes peu sympathiques. Est-ce qu'elle rentrait dans cette catégorie ?

— Elle n'était clairement pas aimable. Elle m'avait déclaré un jour que les lesbiennes ne savaient pas écrire parce qu'elles ne passaient pas assez de temps auprès des hommes, qui selon elle étaient plus intelligents.

— Oh.

— Je crois qu'elle disait ça par provocation. En fin de compte, c'était une femme seule, plus triste que méchante.

— Saviez-vous qu'elle avait le cœur fragile ?

Je me souvenais qu'après son opération, elle avait tiré sur le col de son pull bouloché pour me montrer l'épaisse cicatrice sur sa poitrine ridée. Je me rappelais lui avoir dit :

“Ne me montrez plus jamais ça”, ce qui avait suscité quelques rires. Parfois, j’avais le sentiment qu’elle jouait simplement un personnage, et que rien ne lui faisait plus plaisir que d’imaginer les gens la traiter de tous les noms dans son dos.

— C’est bien possible, oui, répondis-je. Je me souviens que pendant une période, elle ne venait plus à la librairie… Nous étions tous soulagés. Et puis elle a recommencé à venir. Il me semble qu’elle avait eu des problèmes de santé.

Le serveur s’arrêta devant notre table. L’agente Mulvey avait complétement vidé son assiette alors que je n’avais pas touché à mes œufs. Il me demanda si tout allait bien.

— Désolé, dis-je. C’est parfait, mais je n’ai pas encore fini.

Il débarrassa l’assiette de l’agente, qui redemanda du café. Je décidai d’essayer de goûter à mes œufs en songeant que si je ne le faisais pas, cela paraîtrait étrange. L’agente Mulvey regarda sa montre et me demanda si j’allais travailler.

— Oui, répondis-je. Je ne pense pas que j’aurai des clients, mais je vais passer voir Nero.

— Ah oui, Nero, dit-elle avec une note affectueuse dans la voix.

Je repensai à ses chats et lui demandai :

— Qui s’occupe de vos chats ?

Je me rendis compte que c’était une question très personnelle immédiatement après l’avoir posée. Un peu comme si j’essayais de savoir si elle était célibataire. Pensait-elle que j’étais en train de la draguer ? Je n’étais pas beaucoup plus âgé qu’elle – dix ans, peut-être – malgré mes cheveux prématurément blancs qui me vieillissaient.

— Ils se tiennent compagnie, répondit-elle.

Tandis que je continuais à manger, elle jeta un coup d'œil à son téléphone, puis le reposa, l'écran contre la table.

— Je suis obligée de vous demander où vous vous trouviez la nuit du 13 septembre, celle où Elaine Johnson est morte.

— Naturellement, dis-je. Quel jour était-ce ?

— Le 13.

— Non, quel jour de la semaine.

— Une seconde, je vérifie. (Elle reprit son téléphone, promena son doigt sur l'écran une dizaine de secondes puis annonça :) Un samedi soir.

— J'étais en voyage, répondis-je. À Londres. Chaque année, je pars à la même période, deux semaines à Londres, en général au début du mois de septembre. C'est la basse saison vu que les enfants ont repris l'école, mais la plupart du temps il fait encore beau. Et puis j'ai plus de facilité à m'absenter de la librairie à cette période.

— Vous souvenez-vous des dates exactes de votre absence ? demanda-t-elle.

— Si le 13 était un samedi, alors j'ai dû décoller de Londres le lendemain, le dimanche 14. Je peux vous envoyer les numéros des vols, si vous voulez. Je sais que c'était aux alentours des deux premières semaines de septembre.

— D'accord, merci, répondit-elle.

J'allais donc les lui retrouver.

— Si Elaine Johnson a été tuée par Charlie…, commençai-je.

— Oui ?

— Alors cela augmente fortement les probabilités qu'il s'inspire de ma liste.

— Tout à fait. Et cela signifie qu'il ne vous connaît pas seulement vous, mais aussi les gens de votre entourage. J'imagine que le fait que vous connaissiez personnellement une des victimes ne peut pas être une coïncidence.

— Je ne pense pas, non.

— Connaissez-vous quelqu'un qui puisse vous en vouloir ? Un ancien employé, peut-être ? Quelqu'un qui aurait pu savoir qu'Elaine Johnson était une habituée de votre librairie ?

— Je ne vois personne, répondis-je. À vrai dire, les anciens employés ne sont pas très nombreux. Je n'emploie que deux personnes, et ces deux personnes travaillent pour moi depuis plus de deux ans.

— Pouvez-vous me donner leur nom ? dit-elle en sortant un carnet de son sac.

Je lui donnai les nom et prénom d'Emily et Brandon et elle les nota.

— Que pouvez-vous me dire à leur sujet ?

Je lui répétai ce que je savais. C'est-à-dire pas grand-chose. Emily Barsamian avait obtenu son diplôme à l'université de Winslow, près de Boston, il y avait environ quatre ans, puis décroché un stage au Boston Athenaeum, une prestigieuse bibliothèque historique indépendante. À l'époque, elle avait choisi de compléter ses revenus en travaillant vingt heures par semaine à la librairie Old Devils. Son stage terminé, elle avait augmenté son nombre d'heures et depuis, elle travaillait pour moi à plein temps. Je ne savais quasiment rien de sa vie privée car elle parlait très peu, et quand elle parlait, c'était exclusivement de livres ou parfois de films. Je la soupçonnais d'écrire en secret, mais je n'avais jamais pu confirmer mes soupçons. Quant à Brandon Weeks, c'était l'extraverti de l'équipe. Il habitait toujours avec sa mère et ses sœurs à Roxbury, et moi comme Emily savions probablement tout ce qu'il y avait à savoir de lui – et assurément de sa famille et de sa petite amie du moment. Quand je l'avais engagé deux ans plus tôt en renfort pendant la période de Noël, j'avoue que j'avais de gros doutes sur sa capacité à se présenter à son poste avec régularité. Mais il avait tenu bon, et de mémoire, il n'avait jamais été absent un seul jour ni eu la moindre minute de retard.

— Personne d'autre ? demanda l'agente Mulvey.

— En ce qui concerne les employés actuels ? Non. Moi-même je suis au magasin tous les jours. Et quand je pars en vacances, soit on engage un intérimaire, soit Brian, mon associé, vient tenir la boutique quelques heures. Je peux vous envoyer une liste des anciens employés si vous le souhaitez.

— Quand vous dites Brian, vous parlez bien de Brian Murray, n'est-ce pas ?

— Oui. Vous le connaissez ?

— J'ai vu son nom sur votre site Internet. J'ai entendu parler de lui, oui.

Brian est un écrivain un peu connu qui habite le South End. Il est l'auteur de la série des Ellis Fitzgerald. Depuis le temps, il doit en être au vingt-cinquième ; ses livres ne se vendent plus aussi bien qu'avant, mais il continue malgré tout à écrire les aventures de son enquêtrice, Ellis, éternellement âgée de trente-cinq ans. La mode et les avancées technologiques n'existent pas dans ses histoires, qui se situent dans le Boston de la fin des années 1980, tout comme la série télévisée *Ellis* – qui a duré deux ans et rapporté à Brian de quoi s'acheter une maison dans le South End et une autre en bord de lac à l'extrême nord du Maine. Il a investi l'argent restant dans la librairie Old Devils.

— Vous pouvez inclure d'autres personnes à votre liste si des noms vous viennent en tête. Des clients mécontents. D'anciennes petites amies que vous voudriez porter à notre connaissance.

— Je crains que la liste ne soit pas bien longue, dis-je. Ma seule ex était ma femme, et elle est décédée.

— Oh, je suis navrée, dit-elle, mais son expression indiquait clairement qu'elle détenait déjà l'information.

— Je vais continuer à réfléchir aux livres de la liste.

— Merci, dit-elle. N'hésitez pas à me communiquer toutes les idées qui vous passent par la tête, même si elles vous paraissent insignifiantes ou invraisemblables. Tout est bon à prendre.

— D'accord, dis-je en pliant ma serviette en papier et en la déposant sur la portion de mon petit déjeuner que je n'avais pas touchée. Vous rentrez chez vous ou vous restez ici ?

— Je rentre, répondit-elle, à moins que mon train ne soit annulé, auquel cas je devrais passer une nuit de plus ici. Mais il me reste un peu de temps avant de partir. Vous ne m'avez pas dit si vous aviez pu jeter un œil à la liste de crimes non élucidés que je vous ai remise hier soir.

Je lui expliquai que rien ne m'avait sauté aux yeux, excepté peut-être pour Daniel Gonzalez, l'homme abattu pendant son jogging.

— En quoi son meurtre se rattache-t-il à votre liste ? demanda-t-elle.

— Il ne s'y rattache probablement pas, mais ça m'a rappelé le roman de Donna Tartt, *Le Maître des illusions*. Dans ce livre, les tueurs attendent leur victime à un endroit où ils pensent qu'elle passera durant sa randonnée.

— Je l'ai lu, dit-elle. À l'université.

— Donc vous vous en souvenez ?

— Plus ou moins. Il me semble qu'ils tuent quelqu'un au cours d'un rituel sexuel dans les bois.

— Oui, c'est le premier meurtre : ils tuent un fermier. Le second meurtre est celui auquel je fais référence dans la liste. Ils poussent leur camarade du haut d'une falaise.

— Mais Daniel Gonzalez a été abattu.

— Je sais. Le lien est ténu. Il réside dans le fait qu'il était en train de promener son chien. Peut-être avait-il l'habitude de faire cette promenade tous les jours, ou une fois par semaine. Mais ça n'a sans doute rien à voir avec…

— Non, c'est intéressant. Je vais creuser de ce côté. Le dossier Daniel Gonzalez comportait plusieurs suspects, dont un ancien étudiant qui fait toujours l'objet d'une enquête. C'est effectivement une possibilité.

— Ce Daniel Gonzalez, était-ce… quelqu'un d'antipathique ? demandai-je. Pour rester poli.

— Je n'en sais rien, je vérifierai. Probablement, si plusieurs personnes sont suspectées de l'avoir tué. Donc l'affaire Gonzalez était la seule… ?

— Oui. Je me disais cependant que vous devriez sans doute chercher en dehors des homicides non résolus. Intéressez-vous par exemple aux morts par noyade ou overdose. Ah, au fait…

J'ouvris ma sacoche et en sortis les deux livres que j'avais apportés : *Le Bouillon rédempteur* que j'avais relu la veille, et *Préméditation*, que j'avais retrouvé le matin même dans ma collection personnelle. Il s'agissait d'une édition de poche parue chez Pan Books, en très mauvais état ; la couverture se détachait presque. Je les poussai tous deux vers l'agente Mulvey.

— Merci, dit-elle. Je m'assurerai qu'ils vous soient restitués.

— Ne vous tracassez pas pour ça, dis-je. Ils sont loin d'être irremplaçables. Et puis j'ai lu *Le Bouillon rédempteur* hier soir. Enfin, relu, devrais-je dire, car je l'avais déjà lu il y a un moment.

— Ah, oui. Et alors, des éclairages ?

— Le roman contient deux meurtres. Il y a d'abord la femme qui se fait tuer pendant qu'elle nage. On la tire par les pieds vers le fond de l'eau, comme le montre la couverture. Mais il y a un second meurtre plus dérangeant. La tueuse, une femme d'une force physique incroyable, une force quasi surnaturelle, tue un homme en lui provoquant un arrêt cardiaque à mains nues. Elle la tient droite comme ça, dis-je en levant la main, doigts tendus, et l'enfonce lentement dans sa cage thoracique jusqu'à ce qu'elle sente son cœur, et là, elle le serre violemment.

— Beurk, fit l'agente avec une grimace.

— Je ne sais pas si c'est possible. Et même si ça l'était, on le verrait à l'autopsie.

— Sans doute, oui, dit-elle. Quoi qu'il en soit je crois qu'on devrait plutôt chercher des morts par noyade. Je pense qu'en toute logique, Charlie chercherait à reproduire le premier meurtre, d'autant que c'est le titre du livre*.

— C'est vrai, dis-je.

— Avez-vous tiré autre chose de votre lecture ?

Je ne lui dis rien du fait qu'elle m'avait rappelé à quel point les meurtres étaient sexualisés. Ni qu'Angie, la tueuse, s'était inventé deux personnalités : un côté "Jeanne d'Arc", dans lequel sa pureté la rendait insensible à la douleur, et un autre qu'elle appelait la "jument rouge" – dos cambré, tétons qui pointent –, ni que ces deux personnalités prenaient tour à tour le pas en elle lorsqu'elle commettait un meurtre. Je m'étais demandé si tous les meurtriers avaient besoin d'effectuer cette dissociation au moment de tuer. Était-ce le cas pour Charlie ?

Je répondis simplement à l'agente Mulvey :

— En vérité, ce n'est pas un si bon roman. J'aime beaucoup John D. MacDonald, mais le personnage d'Angie mis à part, ce n'est pas l'un de ses meilleurs.

Avec un haussement d'épaules, elle rangea les livres dans son sac. Je me rendis compte que ma critique était quelque peu hors de propos. Elle leva néanmoins les yeux et dit :

— Vous m'avez été d'une grande aide. Vous permettez que je vous tienne au courant de ce que je pourrais découvrir ? Et si vous pouviez continuer de décortiquer ces romans…

— Bien sûr, dis-je.

Nous échangeâmes nos adresses e-mail, puis nous nous levâmes et elle me raccompagna jusqu'à l'entrée de l'hôtel.

* Le titre en anglais, *The Drowner*, signifie "le noyeur" ou "la noyeuse".

— Je voulais vérifier le temps qu'il fait, dit-elle en franchissant les portes avec moi.

La neige avait presque cessé, mais la ville était métamorphosée, des congères se formant dans tous les coins, les arbres ployant sous la neige, et jusqu'aux murs de briques des bâtiments alentour qui s'effaçaient derrière un voile blanc.

— Bon retour, agente Mulvey.

Nous nous serrâmes la main, et elle me demanda de l'appeler Gwen. En m'éloignant lentement à pied à travers la neige, je décidai d'y voir un bon signe.

# 7

En arrivant à la librairie, vingt minutes plus tard, je trouvai Emily Barsamian sous le store. Elle regardait son téléphone.

— Depuis combien de temps tu es là ? lui demandai-je.

— Vingt minutes. Comme je n'avais pas de nouvelles, je me suis dit qu'on devait ouvrir à l'heure normale.

— Désolé. Tu aurais dû m'envoyer un texto.

Je savais pertinemment qu'en quatre ans, elle ne m'avait jamais envoyé de texto, et qu'elle ne m'en enverrait sans doute jamais.

— Ça ne me dérangeait pas d'attendre, dit-elle tandis que j'ouvrais la porte puis la suivais à l'intérieur. C'est ma faute, j'ai oublié mes clés.

Nero vint nous saluer en miaulant, et Emily s'accroupit pour lui gratter le cou. Je passai derrière la caisse et allumai les lumières. Emily se releva et ôta son long manteau vert. En dessous, elle portait ce que j'avais fini par considérer comme sa tenue de travail : une jupe mi-longue sombre, des bottes à semelles épaisses, et un pull vintage sur une chemise boutonnée ou parfois un T-shirt. Ces T-shirts distillaient de rares indices sur ce qu'elle aimait et n'aimait pas. Certains se rapportaient à des livres – elle en avait un avec une couverture rétro de *Nous avons toujours vécu au château*, de Shirley Jackson, représentant un chat noir au milieu d'une grande touffe d'herbe verte – et plusieurs autres à l'effigie d'un groupe : The Decemberists. L'été précédent, elle en portait un avec l'inscription SUMMERISLE MAY DAY 1973, et tout au long de la journée, je n'avais pu me défaire de l'impression que ces mots m'étaient familiers. J'avais fini par lui poser la question et elle m'avait répondu qu'ils faisaient référence au *Dieu d'osier**, un film d'horreur des années 1970 que je n'avais pas revu depuis longtemps.

— Tu es fan de films d'horreur ? avais-je demandé.

Comme chaque fois que nous discutions, son regard était dirigé soit vers mon front, soit vers mon menton.

— Si on veut.

— Quels sont tes cinq films préférés ? avais-je demandé, espérant prolonger la conversation.

Elle avait froncé les sourcils un instant avant de répondre :

— *Rosemary's Baby*, *L'Exorciste*, *Black Christmas*, la première version ; *Créatures célestes*, et euh… je dirais *La Cabane dans les bois*.

— Je n'en ai vu que deux sur les cinq. Et *Shining* ?

— Euh, non, avait-elle répondu en secouant rapidement la tête.

J'avais attendu qu'elle développe, mais la conversation n'était pas allée plus loin. Je n'avais aucun problème avec

* *The Wicker Man*, film de Robin Hardy, écrit par Anthony Shaffer. (*N.d.É.*)

le fait qu'elle soit réservée, c'était aussi mon cas. La discrétion est un trait rare de nos jours. Malgré cela, je ne pouvais m'empêcher de m'interroger sur sa vie intérieure. Avait-elle des ambitions particulières, en dehors d'être libraire ?

Tandis qu'elle accrochait son manteau humide, je lui demandai si elle avait eu du mal à venir jusqu'à la librairie.

— J'ai pris le bus, répondit-elle. Ça a été.

Emily habitait sur l'autre rive du fleuve à Cambridge, près d'Inman Square. Tout ce que je savais de sa situation, c'était qu'elle partageait un appartement de trois chambres avec deux anciennes étudiantes de Winslow College.

Elle se dirigea vers le fond du magasin, jusqu'à la table où étaient empilés les nouveaux arrivages. La fonction principale d'Emily était de gérer et mettre à jour notre boutique en ligne. Nous vendions nos livres d'occasion sur Ebay, Amazon, un site appelé Alibris, et une poignée d'autres que je ne connaissais même pas. Autrefois, je me chargeais d'une partie de ce travail moi-même, je passais les commandes, mais Emily avait totalement pris le relais. C'était une des raisons pour lesquelles je m'interrogeais sur ses projets d'avenir. Je serais bien embêté le jour où elle partirait.

Je restai derrière le comptoir et vérifiai les messages sur le répondeur – il n'y en avait pas. Je me connectai alors au blog de Old Devils, chose que je faisais désormais rarement, mais la visite de Gwen Mulvey m'avait donné envie d'aller y faire un tour. Il comportait deux cent onze articles et le dernier avait été publié deux mois plus tôt. Il s'intitulait : "Le choix de l'équipe" et consistait en un rituel auquel Emily et Brandon devaient s'astreindre régulièrement :

écrire deux phrases sur un livre qu'ils avaient lu récemment et apprécié. Brandon avait choisi le dernier Jack Reacher, de Lee Child, et Emily avait écrit quelques mots sur *Un homme dans la brume* de Dorothy B. Hughes. J'avais choisi *Parti tôt, pris mon chien* de Kate Atkinson. Je ne l'avais jamais ouvert évidemment, mais j'avais lu assez de critiques et de résumés. Et puis, le titre m'avait beaucoup plu.

Je passai l'heure qui suivit à faire défiler les articles du blog, du plus récent au plus ancien. J'avais l'impression de revivre dix ans de ma vie à rebours. Je retrouvai le premier et dernier article de John Haley, mis en ligne la semaine où il avait quitté la librairie en me laissant aux commandes. Il nous avait vendu Old Devils avec tout le stock, à Brian et moi, en 2012. Brian avait apporté la plus grande partie du capital, mais comme j'allais être le directeur, il m'avait offert cinquante pour cent des parts. Jusqu'ici, tout s'était bien passé. Je pensais au début que Brian chercherait à s'impliquer davantage, mais non. Il venait à la soirée que nous organisions chaque année à Noël, ainsi qu'à presque toutes nos lectures, mais pour le reste, il me laissait seul aux manettes, en dehors de mes deux semaines annuelles à Londres. Je le voyais cependant assez souvent. Il fallait environ deux mois à Brian pour pondre un nouveau Ellis Fitzgerald, et il passait le reste de l'année en "vacances imbibées", sur un tabouret en cuir au petit bar de l'hôtel Beacon Hill. Je l'y retrouvais fréquemment pour prendre un verre, mais j'essayais en général d'arriver en début de soirée. Si j'arrivais trop tard, le conteur invétéré qu'il était me servait sa compilation d'anecdotes – que j'avais déjà entendues cent fois.

Je remontai plus loin dans les publications et remarquai l'absence d'articles l'année qui avait suivi la mort de ma femme. La dernière publication avant cet événement était une liste que j'avais composée et intitulée "Mystères pour une froide nuit d'hiver". Je l'avais mise en ligne le 22 décembre 2009. Ma femme était morte aux premières heures du matin le 1er janvier 2010 dans un accident de voiture ; elle était tombée du haut d'un pont sur la Route 2 alors qu'elle conduisait en état d'ivresse. On m'avait montré des photos afin de l'identifier, un drap blanc lui couvrant la tête au-dessus des sourcils. Son visage ne portait aucune marque, même si son crâne était sans doute brisé.

Je relus la liste des romans que j'avais choisis ; ils se déroulaient tous en hiver, ou lors d'une tempête. À ce stade de ma carrière de bloggeur, je me contentais d'énumérer les titres sans résumer l'histoire. Voici la liste :

*Cinq Heures vingt-cinq* (1931) d'Agatha Christie
*Les Neuf Tailleurs* (1934) de Dorothy L. Sayers
*Le Bonhomme de neige* (1941) de Nicholas Blake
*Le Cercueil de Noël* (1972) de Ngaio Marsh
*Shining, l'enfant-lumière* (1977) de Stephen King
*Parc Gorki* (1981) de Martin Cruz Smith
*Smilla et l'amour de la neige* (1992) de Peter Høeg
*Un plan simple* (1993) de Scott Smith
*La Moisson de glace* (2000) de Scott Phillips
*Noire solitude* (2006) d'Ann Cleeves

Je me souvenais qu'en la composant, j'avais hésité à y inclure *Shining, l'enfant-lumière*, car il s'agissait d'un roman d'horreur et pas d'un roman policier, mais je l'avais tout de même laissé dans la liste car j'adorais ce livre. Je trouvai étrange de me rappeler ces petits détails, ces pensées insignifiantes qui m'avaient traversé l'esprit deux semaines avant que mon monde ne change à jamais. Si j'avais pu revenir à la fin de ce mois de décembre, je ne réécrirais pas cette liste. Je consacrerais tout mon temps à me battre pour ma femme, à lui dire que j'étais au courant pour sa liaison, que je savais qu'elle avait recommencé à se droguer, à lui crier que je lui pardonnais et qu'elle pouvait revenir. Qui sait si cela aurait changé quelque chose ? Mais au moins, j'aurais essayé.

Je descendis un peu plus bas et découvris une autre liste intitulée "Romans policiers sur l'infidélité". Je vérifiai rapidement la date. À ce moment-là, je ne savais pas encore officiellement pour ma femme, mais je suppose que j'avais des soupçons. Je devais sentir au fond de moi qu'il se passait quelque chose. Je continuai de remonter dans les articles, leur quantité augmentant à mesure que j'abordais les années où je tenais le blog avec assiduité. Une fois de plus, je m'interrogeai : Pourquoi faut-il que tout prenne la forme d'une liste ? Qu'est-ce qui nous pousse à faire cela ? C'était une manie du lecteur obsessionnel que j'étais devenu, qui dépensait toutes ses économies chez Annie's Book Swap. Mes dix livres préférés. Les dix livres les plus effrayants. Les meilleurs romans de James Bond. Les meilleurs Roald Dahl. Je sais pourquoi je faisais cela à l'époque. Pas besoin d'un diplôme en psychologie pour comprendre que c'était une façon de me forger une identité. Car qu'y avait-il derrière ce gamin de douze ans qui avait déjà lu tous les romans de Dick Francis (et pouvait citer les cinq meilleurs) sinon un enfant solitaire, sans amis, pris entre une mère distante et un père qui buvait trop ? Voilà ce que j'étais. Qui aurait voulu d'une telle identité ? Aussi je crois que la question était plutôt : pourquoi continuais-je à dresser des listes alors que j'habitais désormais à Boston, que j'avais un bon travail et une femme dont j'étais amoureux ? Pourquoi tout cela ne suffisait-il pas ?

Je finis par remonter jusqu'aux "Huit crimes parfaits". J'avais lu et relu cette liste tant de fois ces dernières vingt-quatre heures que je n'avais pas besoin de la relire encore.

La porte s'ouvrit et je levai la tête. Un couple d'âge moyen entra, tous deux engoncés dans des manteaux d'hiver bouffants à capuches. Ils étaient probablement déjà enrobés sous leurs manteaux, mais les couches d'habits supplémentaires les rendaient presque sphériques. Ils durent passer la porte l'un derrière l'autre. Une fois leurs capuches baissées et leurs parkas ouvertes, ils s'approchèrent en souriant et se présentèrent. Mike et Becky Swenson venaient du Minnesota. Je reconnus immédiatement en eux un type de clients que nous avions de temps à autre : des fanatiques de romans policiers qui mettaient un point d'honneur à nous rendre visite lorsqu'ils voyageaient à Boston. Old Devils n'est pas une enseigne célèbre, mais nous sommes célèbres auprès de certains lecteurs bien renseignés.

— Vous nous avez apporté le froid, leur lançai-je, et ils éclatèrent de rire et me confièrent qu'ils avaient prévu ce voyage à Boston depuis des années.

— Il fallait qu'on voie le bar de *Cheers*, qu'on goûte à la soupe de palourdes, et surtout qu'on passe chez Old Devils, dit le mari.

— Où est Nero ? demanda la femme, et, comme s'il avait guetté le moment de faire son entrée, Nero apparut et vint saluer le couple.

Chacun de nous avait son rôle attitré.

Mike et Becky prirent congé une heure et demie plus tard. Leur visite s'était résumée à quatre-vingt-dix pour cent de parlotte et dix pour cent d'emplettes, quoiqu'ils eussent tout de même dépensé pour cent dollars d'éditions reliées signées. Ils m'avaient laissé leur adresse à East Grand Forks afin que nous puissions leur envoyer leurs achats par la poste.

— On a oublié de prévoir de la place dans nos bagages, déclara Becky.

Il avait cessé de neiger quand ils repartirent. Mike et Becky avaient emporté plusieurs de nos marque-pages en souvenir, et je leur avais conseillé quelques restaurants du quartier qui étaient bien meilleurs que Cheers. Alors que je leur tenais la porte, Brandon arriva, vêtu seulement d'un sweat-shirt à capuche – il portait toutefois des gants et un bonnet en laine. J'avais oublié qu'il travaillait ce jour-là.

— T'as l'air surpris de me voir, dit-il. On est vendredi.

— Je sais.

— Dieu merci on est vendredi ! ajouta-t-il de sa voix de stentor en étirant exagérément le mot "merci". Et Dieu merci, j'ai un boulot ! J'aurai pas à rester coincé à la maison toute la journée.

— Tes cours ont été annulés ? demandai-je.

— Eh oui, répondit-il.

Brandon suivait des études commerciales, surtout en matinée depuis qu'il travaillait à la librairie. Aux dernières nouvelles, il était sur le point d'obtenir son diplôme, et j'allais donc vraisemblablement devoir lui dire adieu. J'y survivrais bien sûr, mais son bavardage incessant allait me manquer. C'était un bon contrepoids au silence d'Emily. Et au mien.

Il sortit de la poche de son sweat un livre de Richard Stark et me le tendit.

— Purée, il est génial, dit-il.

Quand Brandon avait débuté au magasin, je devais constamment lui rappeler de ne pas jurer, alors il avait châtié son vocabulaire. Il avait emprunté le livre dans le stock deux jours plus tôt, sur mon conseil. Entre son travail à plein temps, ses études et sa vie sociale assez active (à l'en croire), il arrivait tout de même à lire deux ou trois romans par semaine. Je jetai un coup d'œil à l'édition de poche : on avait remplacé le titre original, *Comme une fleur*, par celui du film avec Lee Marvin sorti en 1967, *Le Point de non-retour*.

— Il était comme ça quand je l'ai emprunté, Mal, dit-il en parlant de l'état du livre.

La politique d'emprunt pour les employés voulait qu'ils puissent emporter n'importe quel livre chez eux pour le lire, à condition d'en prendre soin.

— Il n'a pas l'air abîmé, dis-je.

— Non, c'est vrai, dit Brandon avant de crier "Emily" en marquant chaque syllabe.

Elle arriva du fond du magasin et Brandon la serra dans ses bras, chose qu'il faisait parfois quand il n'était pas passé à la librairie depuis plus d'une journée. Je n'y avais droit qu'à la soirée de fin d'année, et lors des rares fois où nous fermions ensemble et allions prendre une bière au Sevens. Je ne suis pas porté sur les étreintes, même si c'est aujourd'hui le protocole de salutation normal entre les hommes de ma génération. Je n'arrive pas à maîtriser la gestuelle, en particulier si l'étreinte implique une série de tapes viriles dans le dos. Lorsque j'avais confié cette angoisse à ma femme, elle avait entrepris de m'y exercer. Durant quelque temps, chaque soir en rentrant à la maison, nous avions pris l'habitude de nous saluer par une étreinte virile.

Brandon suivit Emily, saisit la liste des commandes en ligne et se mit à constituer des piles à expédier. L'avantage de travailler depuis longtemps avec les mêmes employés, c'était que je n'avais presque jamais à leur dire quoi faire. En récompense de leur loyauté, je les payais sans doute bien mieux que les autres librairies. Je n'attendais pas du magasin qu'il rapporte de gros bénéfices, et Brian Murray non plus. Il était juste heureux de se dire qu'il possédait une librairie de romans policiers, ou du moins la moitié.

J'écoutais Brandon dévoiler à Emily l'intrigue du roman qu'il venait de lire pendant que je mettais en place les nouveautés. Quatre autres clients entrèrent, tous seuls : un touriste japonais, un habitué du nom de Joe Stailey, un gars d'une vingtaine d'années que je connaissais de vue et qui parcourait toujours la section des bouquins d'horreur sans jamais rien acheter, et une femme qui, de toute évidence, était entrée uniquement pour se réchauffer. Je consultai la météo sur mon téléphone. L'épisode neigeux était terminé, mais les températures descendraient dans les jours suivants. La neige qui était tombée allait durcir pour former des congères de glace noircies par la crasse urbaine.

Je retournai devant mon ordinateur pour consulter mes e-mails, puis vérifiai rapidement le blog, qui affichait toujours la liste des “Huit crimes parfaits”. Une sorte de signature au bas du texte précisait qu’elle avait été mise en ligne par Malcolm Kershaw, donnait la date et l’heure de publication et indiquait qu’il y avait trois commentaires. Dans mon souvenir, il n’y en avait que deux. Je cliquai pour les lire. Le dernier avait été posté moins de vingt-quatre heures plus tôt, à trois heures du matin, par un utilisateur nommé Dr Sheppard. Il disait : “Je suis arrivé à la moitié de ta liste. *L’Inconnu du Nord-Express* : fait. *A.B.C. contre Poirot* : enfin terminé. *Assurance sur la mort* : finished. *Piège mortel* : vu le film. Je te contacterai quand je serai parvenu au bout (il n’y en a plus pour longtemps). À moins que tu n’aies deviné qui j’étais ?”

# 8

Ce soir-là, je sortis la côtelette de porc que j'avais au réfrigérateur, mais j'étais encore sous le choc et je la laissai cuire trop longtemps. Les bords se racornirent et elle devint aussi dure que de la semelle.

Depuis la fin de l'après-midi, et jusqu'à la fermeture, je n'avais pas arrêté de penser à ce troisième commentaire sur la liste. J'avais dû le relire une trentaine de fois, en décortiquant chaque mot. Le pseudo utilisé par le mystérieux auteur du commentaire – "Dr Sheppard" – me turlupinait tout particulièrement, jusqu'à ce que je tape le nom sur Google. C'était celui du narrateur dans le célèbre roman d'Agatha Christie, *Le Meurtre de Roger Ackroyd*. C'est ce livre qui avait permis à l'auteur de se faire un nom. Écrit en 1926, il est surtout connu pour son tour de force narratif. L'histoire est racontée à la première personne, du point de vue du Dr Sheppard, médecin de campagne et voisin d'Hercule Poirot. Honnêtement, je ne me souviens absolument pas du crime en lui-même, excepté bien sûr du nom de la victime. Je me rappelle cependant qu'à la fin du roman, on découvre que le meurtrier n'est autre que le narrateur.

Aussitôt rentré chez moi, je me dirigeai vers ma bibliothèque et trouvai le roman d'Agatha Christie. Je possédais l'édition de poche de Penguin, datant des années 1950, avec la sobre couverture verte, sans illustration. Je parcourus le livre, espérant que les détails de l'intrigue me reviendraient, en vain. Je décidai de le lire durant la nuit.

Était-il possible que l'auteur du commentaire ne soit qu'un simple lecteur – ou lectrice – enchaînant les livres de ma liste ? J'aurais pu accepter cette possibilité, aussi improbable fût-elle, s'il n'y avait pas eu ces livres qu'il disait "avoir lus". C'étaient justement ceux qui avaient déjà inspiré un crime. *A.B.C. contre Poirot*, *Assurance sur la mort* et *Piège mortel*. *L'Inconnu du Nord-Express* aussi, même s'il y avait des éléments que Gwen Mulvey ignorait encore sur ce titre. Moi, je les connaissais. Et une autre personne les connaissait aussi.

Si quelqu'un lit un jour ces mots, alors j'imagine que ce lecteur aura déjà deviné que je suis davantage impliqué dans ces crimes que je n'ai bien voulu le dire. Ce n'est pas comme s'il n'y avait pas eu d'indices. Pourquoi par exemple mon cœur s'était-il mis à battre plus fort quand Gwen Mulvey avait commencé à m'interroger ?

Pourquoi ne lui avais-je pas dit d'emblée que je connaissais Elaine Johnson ?

Pourquoi n'avais-je pu avaler que deux bouchées de mon sandwich le soir après que l'agente du FBI m'avait rendu visite ?

Pourquoi ce rêve dans lequel on me poursuit ?

Pourquoi n'avais-je pas averti Gwen immédiatement du commentaire du Dr Sheppard ?

Un lecteur très perspicace aura peut-être même remarqué que le diminutif de mon prénom, "Mal", signifie "mauvais" en français. Mais ce serait chercher la petite bête, car il s'agit de mon vrai prénom. J'ai changé quelques noms pour les besoins de l'histoire, pas le mien.

Il est temps pour moi de dire la vérité.

Il est temps que je vous parle de Claire.

C'était son vrai nom. Claire Mallory avait grandi dans une ville cossue du comté de Fairfield, dans le Connecticut, avec deux sœurs. Ses parents n'étaient pas des gens particulièrement bons, mais pas assez mauvais non plus pour être évoqués dans ce récit. Ils étaient aisés et superficiels ; sa mère, en particulier, était obsédée par l'apparence et le poids de ses trois filles, tant et si bien que leur père – dépourvu de toute opinion personnelle – n'avait eu d'autre choix que de la soutenir dans ses positions. Claire et ses sœurs avaient été envoyées dans des camps de vacances à travers le Maine et des écoles privées de luxe. Claire, l'aînée, avait choisi ensuite d'aller étudier à Boston, parce qu'elle voulait vivre dans une grande métropole, et que New York et Hartford lui semblaient trop proches de sa ville natale.

À l'université de Boston, Claire avait étudié le cinéma et la télévision, avec l'ambition de devenir documentariste. Sa première année s'était bien passée, mais au cours de la deuxième, sous l'influence d'un petit ami étudiant en théâtre, elle avait plongé dans la drogue, en particulier la cocaïne. À mesure que sa consommation augmentait, elle développa des crises de panique, qui la poussèrent à boire avec excès. Elle cessa d'assister à ses cours, se retrouva en situation d'échec, et malgré un bref sursaut, rata sa troisième année. Ses parents essayèrent à tout prix de la convaincre de revenir à la maison, mais elle préféra rester à Boston, où elle loua un appartement du côté d'Allston et décrocha un emploi à la librairie Redline, où je venais d'être promu directeur.

Ce fut le coup de foudre. Pour moi du moins. Quand Claire s'était présentée à l'entretien, on la devinait nerveuse ; ses mains tremblaient légèrement, et elle n'arrêtait pas de bâiller, ce qui m'avait paru bizarre. J'avais cru y reconnaître le signe d'une grande anxiété. Claire s'était assise sur une chaise pivotante dans le bureau de Mort, les mains sur ses cuisses. Moulée dans une jupe en velours côtelé, une paire de leggings noirs et un col roulé, sa minceur attirait le regard. Elle avait un long cou. Sa tête paraissait trop lourde pour le reste de son corps ; son visage était d'une rondeur presque parfaite. Elle avait des yeux bruns, un nez fin, les lèvres bouffies et mordues. Ses cheveux très foncés étaient coupés au carré – c'est en tout cas ainsi que j'aurais décrit sa coupe. J'avais trouvé son style démodé, plus proche de celui d'une détective amateur que rien n'effraie dans un film des années 1930. Elle était si jolie qu'un battement sourd s'était installé dans ma poitrine.

Je l'avais interrogée sur son expérience professionnelle, très limitée. Au cours des étés précédents, elle avait tout de même travaillé dans un Walden Books, dans un centre commercial du Connecticut, près de chez elle.

— Quels sont vos écrivains préférés ? lui avais-je demandé.

La question avait semblé la surprendre.

— Janet Frame, avait-elle répondu. Virginia Woolf. Jeanette Winterson. (Elle avait réfléchi un moment.) J'aime aussi la poésie. Adrienne Rich. Robert Lowell. Anne Sexton.

— Sylvia Plath ? avais-je suggéré, avant de me sermonner intérieurement.

C'était stupide de ma part de citer le nom de la plus célèbre représentante du confessionnalisme, comme si j'avais voulu le lui rappeler.

— Évidemment, avait-elle dit, avant de m'interroger à son tour.

Je lui avais répondu. Dans l'heure qui avait suivi, nous avions continué de discuter de nos auteurs favoris, et je m'étais rendu compte que je ne lui avais posé qu'une seule question à propos du poste.

— Quelles seraient vos disponibilités au niveau des horaires ? demandai-je donc.

— Euh…

Elle se touchait la joue lorsqu'elle réfléchissait. J'avais immédiatement remarqué ce geste, sans avoir idée, à ce moment-là, que je la verrais le refaire un nombre incalculable de fois, au point de ne plus y voir un simple tic, attachant et personnel, mais un signe inquiétant.

— Je ne sais pas pourquoi je réfléchis, dit-elle en riant. À votre convenance.

Il m'avait fallu six semaines avant de trouver le courage de l'inviter à sortir avec moi.

J'avais en fait présenté la chose comme une sortie dans le cadre du travail. Ruth Rendell était invitée à la Bibliothèque publique de Boston et j'avais proposé à Claire de m'y accompagner. Elle avait accepté, en ajoutant :

— Je n'ai lu aucun de ses livres, mais si tu les aimes, je devrais les aimer aussi.

J'avais passé les jours suivants à analyser cette phrase sous tous les angles, comme un étudiant décortique un sonnet de Shakespeare.

— On pourrait prendre un verre après ? avais-je laissé échapper, et dans ma tête, ma voix était relativement calme.

— Pourquoi pas.

C'était un soir de novembre, et il faisait nuit au moment où nous avions traversé Copley Square pour nous rendre à la bibliothèque ; le parc était jonché de feuilles mortes. Nous nous étions assis au fond du petit auditorium. Ruth Rendell avait répondu aux questions d'un journaliste de radio locale imbu de sa personne. L'interview n'en avait pas moins été intéressante, et plus tard, Claire et moi avions marché jusqu'au Pour House, à quelques pas de là, pour y prendre un verre. Nous étions restés assis sur une banquette jusqu'à la fermeture, à parler de livres bien sûr, mais aussi des autres employés de la librairie. Rien de méchant. Quand nous nous étions retrouvés au pied de son immeuble à deux heures du matin, frissonnant tous deux sous le vent, elle m'avait dit, avant même que nous nous embrassions :

— Je ne suis pas un bon plan.

— Qu'est-ce que tu entends par là ? avais-je demandé en riant.

— Je veux dire que quelle que soit l'idée que tu te fais de moi, tu te trompes. J'ai des problèmes.

— Je m'en fiche.

— D'accord, avait-elle dit, et je l'avais suivie à l'intérieur.

J'avais eu deux petites amies à l'université. L'une était une étudiante allemande venue passer une année à Amherst dans le cadre d'un programme d'échange, et l'autre une étudiante de première année – alors que j'étais moi-même en dernière année. Elle venait de Houlton, dans le Maine, et avait rejoint l'équipe du journal littéraire, dont j'étais à l'époque rédacteur en chef. J'avais plus ou moins éprouvé les mêmes sentiments pour l'une et l'autre. Ce qui m'avait attiré chez elles, c'était simplement le fait qu'elles étaient attirées par moi. Toutes deux masquaient leur nervosité derrière un flot de paroles, et comme, par contraste, j'étais plutôt silencieux, la relation fonctionnait. Quand Petra était rentrée en Allemagne, je lui avais promis de lui rendre visite dès que possible. Lorsqu'elle m'avait répondu qu'elle n'avait jamais compté que notre relation se prolonge après son séjour aux États-Unis, j'avais ressenti à la fois une certaine confusion et un immense soulagement. Je m'étais imaginé qu'elle m'aimait. Quand deux ans plus tard, mon diplôme en poche, j'avais annoncé à Ruth Porter, ma jeune petite amie, qu'étant donné que je partais pour Boston et qu'elle restait à Amherst, il était préférable de mettre fin à notre relation, je m'étais attendu de sa part à un mélange d'indifférence et de satisfaction, mais elle m'avait fixé avec la même expression que si je venais de lui tirer une balle dans le ventre. Après une série de discussions déchirantes, j'avais finalement réussi à rompre, en me rendant compte que je lui avais brisé le cœur. J'en avais conclu que je n'étais guère doué pour lire dans le cœur des femmes, ou peut-être plus généralement des gens.

Cette nuit-là, quand j'entrai dans l'appartement de Claire Mallory et que nous nous embrassâmes avant même d'avoir enlevé nos vestes, je lui murmurai :

— Juste une précision : j'ai bien peur d'être nul pour déchiffrer les signaux non verbaux. Il faudra que tu m'expliques tout.

Elle rit.

— Tu es sûr ?

— Oui, s'il te plaît.

J'avais fait un effort surhumain pour ne pas lui dire que j'étais déjà amoureux d'elle.

— D'accord, répondit-elle. Je t'expliquerai tout.

Elle avait commencé cette nuit-là. Alors que nous étions allongés dans son lit, et que la lumière de l'aube inondait les carreaux poussiéreux des fenêtres de sa chambre, elle me raconta comment son professeur de sciences au collège l'avait harcelée sexuellement pendant deux ans.

— Tu n'as rien dit à personne ? demandai-je.

— Non. Ça sonne très cliché, mais j'avais honte. Je pensais que c'était ma faute, et je me répétais sans arrêt qu'au moins, il ne couchait pas avec moi. Il n'avait même jamais essayé de m'embrasser. En fait, il se montrait gentil, d'une certaine manière, et sa femme aussi. Mais quand il se retrouvait seul avec moi, il se débrouillait toujours pour se faufiler derrière moi et me serrer contre lui, il glissait une main sous mon T-shirt et l'autre dans mon jean. Je pense qu'il prenait son pied comme ça. Mais il ne m'a jamais retiré mes vêtements, et il ne s'est jamais déshabillé non plus. Après, il prenait toujours son air penaud, et disait un truc comme : "C'était bien." Et puis il changeait de sujet.

— Merde.

— C'était pas bien méchant, continua-t-elle. Il m'est arrivé d'autres choses merdiques et ça, ce n'est qu'un échantillon. Parfois, je me dis que ma mère m'a encore plus esquintée que ce type.

Claire avait des tatouages, à l'intérieur des bras et le long du buste. De simples lignes droites, sombres et fines. Je lui avais demandé ce qu'elles représentaient et elle m'avait répondu qu'elle aimait la sensation du tatouage mais qu'elle n'avait jamais pu se décider sur un dessin qu'elle garderait pour toujours sur sa peau. Alors elle se faisait juste tatouer des lignes. Je les trouvais magnifiques, tout comme je trouvais magnifique son corps d'une minceur maladive. Je crois que si notre relation a si bien fonctionné pendant un certain temps, c'est que je ne la jugeais pas, je ne remettais jamais en question ce qu'elle me disait. Je savais qu'elle avait des problèmes, qu'elle buvait et s'était droguée (même si elle n'y touchait plus depuis près d'un an), et qu'elle ne mangeait pas assez. Parfois, quand nous faisions l'amour, je sentais qu'elle voulait être dominée. Une relation sexuelle normale basée sur l'amour ne lui suffisait pas toujours, elle cherchait autre chose. Quand elle était saoule, elle plaquait mes mains sur son corps et se frottait contre moi. Je ne pouvais m'empêcher de penser à son professeur, et je me demandais si elle pensait aussi à lui.

Mais toutes ces ténèbres, si on peut les appeler ainsi, ne représentent qu'un fragment de ce que nous avons connu pendant les trois premières années de notre vie commune. Le reste du temps, nous étions incroyablement proches, portés par ce bonheur d'avoir trouvé quelqu'un qui semble vous correspondre, comme une clé à sa serrure. C'est la meilleure image que je puisse trouver. Je sais que ça paraît banal, mais c'est la vérité. Jamais je n'avais connu ce genre de relation auparavant et je ne l'ai plus jamais connu depuis.

Nous nous sommes mariés à Las Vegas, avec pour témoin un croupier de blackjack rencontré depuis cinq minutes. Claire avait voulu se marier vite, car elle ne supportait pas que sa mère puisse lui gâcher ce moment de sa vie. Ça ne me posait pas de problème. Ma mère était morte trois ans plus tôt d'un cancer du poumon. Elle n'avait jamais fumé, alors que mon père, le fumeur invétéré, était toujours en vie. Évidemment. Il vivait maintenant à Fort Myers, en Floride, et pour autant que je sache, continuait de picoler et de fumer ses trois paquets de Winston par jour. Après notre mariage, Claire et moi avons emménagé à Somerville, près d'Union Square, dans un appartement au premier étage d'un bâtiment qui en comptait deux. À ce moment-là, Claire avait déjà quitté la librairie pour prendre un emploi administratif à la chaîne câblée de Somerville, où elle avait commencé à réaliser des documentaires courts. Un an plus tard, après que Redline eut mis la clé sous la porte, j'avais décroché le poste chez Old Devils. J'avais vingt-neuf ans et l'impression d'avoir trouvé le travail que j'occuperais pour le restant de ma vie.

Les choses n'étaient pas aussi faciles pour Claire. Elle détestait son travail, mais elle n'avait aucun diplôme et tous les postes qui l'intéressaient en exigeaient un. Elle décida d'entreprendre un cursus à temps partiel à Emerson College afin de valider un premier cycle ; dans le même temps, elle prit un job de barmaid dans un petit club branché de Central Square, où je passais souvent la voir. Je restais assis de longues heures au bar, à subir les effusions sonores suramplifiées de groupes de punk et à boire des Guinness, tout en regardant des hipsters en jeans ultra-moulants reluquer ma femme derrière leurs lunettes à grosses montures noires. Je finis par développer la capacité de lire des romans entiers en faisant abstraction du vacarme sur scène. Je n'étais guère plus âgé que les autres clients, mais je me sentais vieux, avec mon livre et mes cheveux grisonnants. Les autres employés du bar m'appelaient "le vieux de Claire", et Claire aussi se mit à m'appeler "le vieux". Je crois que, pendant un temps au moins, ma femme a aimé me voir là dans son bar. À la fin de son service, nous buvions une bière ensemble, puis nous rentrions à la maison, bras dessus bras dessous, à travers les rues sombres et fourmillantes de Somerville. Mais en 2007, quelque chose changea. Julie, la sœur de Claire, allait se marier, et tout à coup, Claire se retrouva de nouveau embarquée dans ses histoires de famille, forcée de jouer le tampon entre sa sœur cadette et sa mère. Elle perdit les kilos qu'elle avait pris et se fit tatouer quelques nouvelles lignes à l'intérieur de la cuisse gauche.

Elle tomba également amoureuse d'un nouveau barman nommé Patrick Yates.

# 9

APRÈS MON DÎNER RATÉ, je me couchai tôt avec mon exemplaire du *Meurtre de Roger Ackroyd*. Mais je n'arrivais pas à me concentrer. Je relisais sans cesse la première page, mes pensées oscillant entre ma femme et le mystérieux auteur du commentaire sur le blog. J'inspirai à pleins poumons l'air vicié de mon appartement, puis exhalai un lent soupir. Pourquoi avait-il choisi le pseudo de "Dr Sheppard" ? Parce qu'il était le tueur, j'imagine ? Je n'allais pas relire le livre pour autant. Je le posai sur ma table de chevet, où je gardais sous la main une pile de recueils de poésie. Voilà ce que je lisais maintenant le soir avant de m'endormir. Même quand j'avais entamé un essai consacré à l'histoire européenne ou une biographie (je ne lisais plus guère de romans policiers mais il m'arrivait de lire la biographie d'un auteur), les derniers mots qui m'accompagnaient quand je m'endormais étaient des mots de poètes. Tous les poèmes, toutes les œuvres d'art en fait, résonnent pour moi comme des cris de détresse, mais plus encore la poésie. Quand le poème est bon, et je crois sincèrement que les bons poèmes sont rares, c'est un peu comme si un étranger mort depuis longtemps murmurait à votre oreille, dans l'espoir d'être entendu.

Je me levai et allai à ma bibliothèque chercher une anthologie où figurait l'un de mes favoris, "Winter Nightfall" de sir John Squire. J'étais capable de le réciter par cœur, mais je voulais voir les mots. Lorsque j'aime un poème, je le lis et le relis encore et encore. Je crois avoir lu "Black Rook in Rainy Weather" de Sylvia Plath chaque soir durant une année entière avant de m'endormir. Dernièrement, je lisais "An Exequy" de Peter Porter, même si je n'en comprends pas la moitié. Je ne suis pas un bon critique de poésie, mais ces poèmes provoquent quelque chose en moi.

De retour dans mon lit, je lus le poème de Squire, puis fermai les yeux et laissai les derniers mots me couvrir de leur galop : "et le clapotement humide de mes pas dans la glaise cadavérique de cette morne contrée". Encore et encore, tel un mantra. Je repensai à ma femme, et aux décisions que j'avais prises. Quand Patrick Yates entra dans sa vie – je me souviens de la date car il s'agissait du jour de mon anniversaire, le 31 mars –, je sus immédiatement qu'il s'était produit quelque chose de très important. Claire avait demandé à travailler l'après-midi au bar afin de pouvoir sortir tôt et m'emmener dîner au East Coast Grill.

— On a enfin engagé quelqu'un d'autre au bar, avait-elle laissé échapper.

— Ah.

— Patrick. J'ai commencé à le former aujourd'hui. Il se débrouille bien.

À la façon dont elle avait prononcé son prénom, avec un mélange d'audace et d'hésitation, je compris qu'il lui avait fait forte impression. C'était comme si une décharge électrique presque imperceptible m'avait traversé le corps.

— Il a de l'expérience ? avais-je demandé en levant la tête pour avaler une huître.

— Il a bossé un an dans un pub en Australie, alors oui, un peu. Il me fait penser à toi parce qu'il a un tatouage d'Edgar Poe sur l'épaule droite.

Je n'étais pas un mari jaloux, mais j'avais conscience que Claire, contrairement à moi, ne saurait jamais se contenter d'une seule personne pour toute une vie. Elle avait eu quantité de petits amis à l'université et admis plus d'une fois qu'à certaines périodes, dès qu'elle faisait la connaissance d'un homme ou qu'elle croisait un type dans la rue, elle se demandait s'ils la désiraient. Elle était obnubilée par la pensée de ce que ces hommes pouvaient imaginer lui faire. J'écoutais ses confessions en essayant de me convaincre qu'il était toujours préférable qu'elle me l'avoue. Préférable à l'autre option. Les secrets.

Claire avait une thérapeute, une femme qu'elle appelait “Dr Martha” et qu'elle voyait deux fois par mois, mais leurs séances la plongeaient dans une humeur sombre, pendant plusieurs jours parfois, et je me demandais si cela en valait vraiment la peine.

Une partie de moi était convaincue que Claire me tromperait un jour ou l'autre, ou qu'elle tomberait amoureuse d'un autre homme. J'avais accepté l'idée. Quand je l'entendis parler de Patrick, je sus que ce jour était arrivé. J'étais terrifié, mais j'avais déjà décidé de ce que je ferais. Claire était ma femme. Elle serait toujours ma femme et je resterais à ses côtés contre vents et marées. Savoir que j'étais engagé pour la vie, quoi qu'il arrive, me rassurait.

Claire eut effectivement une histoire avec Patrick, tout au moins platonique, même si je la soupçonne d'avoir dépassé ce stade en quelques occasions. J'avais attendu patiemment, telle la femme d'un capitaine au long cours, espérant qu'elle survivrait à la tempête. Je me dis parfois que j'aurais peut-être dû me battre davantage, la menacer de la quitter, me mettre en colère quand elle rentrait deux heures après la fermeture du bar, ses vêtements imprégnés de l'odeur des American Spirit qu'il fumait, l'âcreté du gin dans son haleine. Mais je ne faisais rien. La décision ne m'appartenait pas. J'attendais qu'elle revienne vers moi, et par une chaude nuit d'été du mois d'août, elle était revenue. Je rentrais de la librairie quand je l'avais trouvée assise sur notre canapé, la tête baissée, en larmes.

— J'ai été tellement conne, avait-elle dit.

— Un peu.

— Est-ce que tu me pardonneras un jour ?

— Je te pardonnerai toujours, avais-je répondu.

Plus tard cette nuit-là, elle me demanda si je voulais des détails.

— Seulement si tu as besoin de les exprimer à voix haute, lui dis-je.

— Ah ça non, répliqua-t-elle. Je ne veux plus en entendre parler.

J'appris plus tard, mais pas de sa bouche, que Patrick Yates avait disparu un samedi soir après avoir vidé la caisse, laissant au moins trois barmaids du club dévastées par son départ.

Après cet incident, les choses s'améliorèrent entre Claire et moi, contrairement à sa situation professionnelle, qui elle, se dégradait. Claire démissionna et abandonna son cursus à Emerson College. Elle travailla un temps à Old Devils, puis retrouva finalement un emploi de barmaid dans un restaurant haut de gamme de Back Bay. La paie était bonne, mais le manque de créativité dans sa vie la frustrait.

— Je ne veux pas être barmaid jusqu'à la fin de mes jours. Je veux faire des films, mais pour ça, il faut que je retourne à l'école.

— Rien ne t'y oblige, lui avais-je dit un jour. Tu n'as qu'à tourner tes propres films.

Elle m'avait écouté. Le soir, elle travaillait comme barmaid, et la journée, elle réalisait de petits documentaires. Un sur les tatoueurs, un autre sur la communauté polyamoureuse de Davis Square, et même un sur la librairie Old Devils. Elle les mettait en ligne sur YouTube, et c'est là qu'Eric Atwell la découvrit. Atwell dirigeait ce qu'il appelait un "incubateur" en dehors de Boston, dans une ancienne ferme rénovée à Southwell. Il offrait un espace de travail gratuit (ainsi qu'un hébergement temporaire) à de jeunes créatifs en échange d'un pourcentage sur les bénéfices tirés de leurs projets. Il contacta Claire pour lui dire qu'il avait aimé son documentaire sur les tatoueurs et lui demanda si elle accepterait de tourner un film promotionnel sur son centre. Contrairement à la fois précédente avec Patrick Yates, je n'avais pas eu le moindre pressentiment quand Claire avait commencé à me parler de lui. Atwell avait tout de la caricature : le quinquagénaire qui se comporte comme un trentenaire et qui aime à l'évidence s'entourer de personnes jeunes, de préférence des lèche-bottes.

— Ça m'a l'air d'être un tordu, avais-je fait observer.

— Je ne sais pas. Je dirais plutôt un escroc. Je crois qu'il espère tomber sur le prochain petit génie et s'assurer le pactole.

Claire avait passé un week-end à la ferme – l'entreprise d'Atwell s'appelait Black Barn, la "grange noire". À son retour, je sentis que quelque chose avait changé en elle. Claire était sur les nerfs, un rien irritable, mais aussi un peu plus affectueuse envers moi. Quelques jours plus tard, elle m'avait réveillé au milieu de la nuit pour me demander :

— Pourquoi est-ce que tu m'aimes ?

— Je ne sais pas, répondis-je. Je t'aime, c'est tout.

— Tu dois bien avoir des raisons.

— Si je devais avoir des raisons de t'aimer, j'en aurais aussi de ne plus t'aimer.

— Qu'est-ce que ça veut dire ?

— Je ne sais pas. Je suis fatigué.

— Non, explique-moi, je suis curieuse.

— Bon, d'accord. Eh bien, si je disais que je t'aime parce que tu es belle, ça voudrait dire que je ne t'aimerais plus si tu avais un accident et que tu restais défigurée…

— Ou même quand je serai vieille.

— Ou quand tu seras vieille, effectivement. Et si je disais que je t'aime parce que tu es quelqu'un de bien, ça voudrait dire que je cesserais de t'aimer si tu faisais quelque chose de mal. Alors que non.

— Tu es beaucoup trop bien pour moi, dit-elle en accompagnant sa remarque d'un rire.

— Qu'est-ce que tu aimes chez moi ? lui demandai-je.

— Ta beauté juvénile, répondit-elle en riant de plus belle. En vérité, je t'aime parce que tu as un esprit de vieux dans un corps de jeune.

— Oui. Et un jour, j'aurai un esprit de vieux dans un corps de vieux.

— J'ai hâte de voir ça.

Comme je passais la plupart de mes journées à la librairie et qu'elle travaillait en général de nuit au restaurant, il me fallut un certain temps pour me rendre compte qu'elle retournait régulièrement à Southwell pendant la journée. Je m'étais mis à surveiller le compteur kilométrique de sa Subaru ; j'avais des scrupules à l'espionner ainsi, mais mes soupçons s'avérèrent fondés : elle continuait de se rendre à Southwell deux ou trois fois par semaine. J'en avais conclu qu'elle devait avoir une liaison avec Atwell, ou l'un de ses pensionnaires. À aucun moment il ne m'était venu à l'esprit, du moins pas durant ces premières semaines, qu'elle avait peut-être une autre raison d'aller à la ferme, jusqu'à ce que je m'aperçoive qu'elle commençait à nager dans le jean moulant qu'elle portait pour travailler. Et puis j'ai trouvé sa cocaïne ainsi qu'une petite boîte remplie d'un cocktail de pilules dans un des compartiments du coffret à bijoux qu'elle avait hérité de sa grand-mère.

Lorsque je la mis devant le fait accompli, elle m'expliqua qu'au cours de son premier week-end à Black Barn, Atwell avait organisé un dîner avec du bon vin en veux-tu en voilà. Quand elle lui avait annoncé qu'elle allait se coucher, il l'avait convaincue de prendre un peu de cocaïne histoire de prolonger la soirée. Le lendemain, lorsqu'elle eut terminé le tournage de son film, il l'avait remerciée en lui offrant une bouteille du Sancerre qu'ils avaient bu la veille au dîner, ainsi qu'un demi-gramme de cocaïne. Atwell lui avait également parlé d'une méthode qu'il avait développée pour maîtriser sa consommation de drogue, en fractionnant les prises pour ne pas devenir dépendant. Il l'avait persuadée qu'il n'y avait aucun risque, du moment qu'elle respectait scrupuleusement sa méthode.

Si j'avais su d'emblée que c'était la drogue et non le sexe qui motivait les visites de Claire à Southwell, j'aurais pu essayer d'intervenir plus tôt. Mais au moment où j'ai découvert la situation, Claire était déjà redevenue complètement accro. Je décidai de faire ce que je faisais toujours : attendre, dans l'espoir qu'elle finirait par décrocher ou par accepter de rentrer en désintoxication. Je suis bien conscient de l'impression que cela donne. Je sais que si j'avais réagi – par un ultimatum, en contactant ses parents, en impliquant ses amis, n'importe quoi –, les choses n'auraient peut-être pas fini ainsi. Encore aujourd'hui ces pensées me hantent.

Je me souviens qu'un jour, à l'adolescence, j'avais demandé à ma mère pourquoi elle supportait sans rien dire l'alcoolisme de mon père.

Elle avait froncé les sourcils, moins par agacement que par confusion.

— Que veux-tu que je fasse d'autre ? avait-elle répondu après un silence.

— Tu pourrais le quitter.

Elle avait secoué la tête.

— Je préfère l'attendre.

— Même si tu dois attendre toute ta vie ?

Elle avait hoché la tête.

C'était ce que je ressentais vis-à-vis de Claire dans ces moments où elle n'était plus tout à fait mienne. Je l'attendais.

Lorsque les deux policiers en uniforme ont frappé à la porte de mon appartement le matin du 1er janvier 2010, j'ai su avant même qu'ils n'ouvrent la bouche qu'elle était morte.

— D'accord.

Ce furent mes seules paroles lorsqu'ils m'annoncèrent qu'elle avait eu un accident de voiture à trois heures du matin et qu'elle était morte sur le coup.

— Quelqu'un d'autre a-t-il été blessé ? avais-je voulu savoir.

— Non, elle était seule, et aucun autre véhicule n'a été impliqué dans l'accident.

— D'accord, avais-je répété.

Alors que je m'apprêtais à refermer la porte, pensant que les policiers en avaient fini, ils m'avaient arrêté dans mon geste et expliqué que je devais les suivre au poste pour l'identification.

Trois mois plus tard, j'avais trouvé un journal que Claire tenait. Il était caché derrière plusieurs volumes cartonnés dans la partie de notre bibliothèque qu'elle s'était appropriée. Je faillis le brûler sans le lire, mais la curiosité l'emporta. Par une soirée de printemps pluvieuse, j'allai m'acheter un pack de bières Newcastle Brown, je m'installai dans mon fauteuil et je le lus d'un bout à l'autre.

## 10

J'AVAIS BEAU ne plus lire de romans policiers contemporains, je me tenais au courant des tendances. Je savais parfaitement que le roman *Les Apparences* de Gillian Flynn avait révolutionné le genre, et que du jour au lendemain, le public s'était enthousiasmé pour les narrateurs non fiables, tout comme pour ce qu'on appelle le “thriller domestique”, au travers de livres qui posent la question de savoir si l'on peut vraiment se fier à quiconque, en particulier parmi nos proches. Certaines critiques que j'ai pu lire laissent penser qu'il s'agirait d'un phénomène récent, comme si les cachotteries entre conjoints constituaient une nouveauté, comme si l'omission volontaire d'événements dans un récit ne formait pas depuis plus d'un siècle le socle des thrillers psychologiques. La narratrice de *Rebecca,* un roman publié en 1938, ne divulgue même pas son nom au lecteur.

Peut-être toutes ces années passées dans des univers fictifs bâtis sur la tromperie avaient-elles biaisé ma vision des choses, mais à dire vrai, je ne faisais pas plus confiance aux narrateurs qu'aux gens réels. On ne nous dit jamais toute la vérité. Lorsqu'on rencontre quelqu'un pour la première fois, avant même d'échanger les premiers mots, les mensonges et les demi-vérités sont déjà là. Les habits que l'on porte cachent la vérité de nos corps, mais ils nous présentent aussi au monde tel que nous voulons apparaître. Ils sont un tissu de mensonges, au propre comme au figuré.

Je ne fus donc pas étonné de découvrir le journal de ma femme, et pas plus d'y lire des choses qu'elle ne m'avait jamais dites. Beaucoup de choses. Pour les besoins de cette histoire – qui est avant tout *mon* histoire –, il n'est pas utile que je les détaille. Elle ne voulait pas que le monde en ait connaissance, alors moi non plus.

En revanche, il faut tout de même que je consigne ce qui s'était passé entre Claire et Eric Atwell. Sans grande surprise, ils couchaient ensemble. Mais il ne s'agissait pas d'une liaison amoureuse. Claire était redevenue accro à la cocaïne, et après la lui avoir fournie gratuitement pendant quelque temps, Atwell commença à lui demander de l'argent. Claire et moi avions un compte joint – pour régler le loyer, les dépenses du ménage, les vacances –, mais nous possédions également des comptes personnels. Elle avait vidé le sien en l'espace de trois semaines. Après cela, elle avait payé Atwell en nature. C'était son idée à lui. Sans entrer dans les détails, certaines choses qu'il lui réclamait étaient proprement avilissantes. À un moment donné, elle lui avait parlé de sa mauvaise expérience avec M. Clifton, son professeur de collège. "Je pouvais lire l'excitation dans ses yeux", écrivait-elle.

J'avais lu le reste du journal, puis le week-end suivant, j'étais allé à l'étang de Walden près de Concord, en passant par Southwell. L'endroit était pratiquement désert : il faisait moins dix dehors, l'étang était gelé, et le ciel d'un blanc crayeux. Empruntant un long sentier qui montait sur une crête en aplomb du plan d'eau, j'arrosai le journal d'essence et le brûlai dans une clairière, piétinant ensuite ce qui n'était plus qu'un cratère de suie noire dans la neige et de cendres emportées par le vent.

Jamais je n'ai regretté d'avoir détruit le journal de Claire, même s'il m'arrive parfois, encore aujourd'hui, de regretter de l'avoir lu. Quand j'ai déménagé de notre appartement à Somerville pour m'installer dans le studio à Beacon Hill, je me suis débarrassé de tout ce qui restait de Claire – ses habits, les meubles qu'elle avait achetés, ses almanachs scolaires. J'ai seulement conservé quelques-uns de ses livres, un exemplaire d'*Un raccourci dans le temps*, de Madeleine L'Engle, datant de son enfance, un recueil de poèmes d'Anne Sexton couvert d'annotations personnelles, qu'elle avait acheté pour un cours durant sa première année à l'université de Boston. Ce livre ne quitte jamais ma table de chevet. Il m'arrive d'en lire les poèmes, mais la plupart du temps, je me contente de ses notes et gribouillis, des lignes et des mots qu'elle a soulignés. Parfois, je touche les creux que la bille de son stylo a laissés sur la page.

J'aime surtout savoir que le livre est là, à portée de main. Voilà maintenant cinq ans qu'elle est morte, mais je lui parle davantage aujourd'hui dans ma tête que je ne le faisais juste après sa mort. Je lui ai parlé le soir où je me suis couché avec *Le Meurtre de Roger Ackroyd* d'Agatha Christie. Je lui ai tout raconté : la liste, la visite de l'agente Mulvey et ce que je ressentais en relisant ces livres.

Je me réveillai vers huit heures trente, surpris d'avoir finalement trouvé le sommeil. J'avais oublié de tirer les rideaux et le soleil déversait une lumière vive et agressive dans mon appartement. Je scrutai par la fenêtre l'horizon irrégulier de toitures ; tout était recouvert de neige, des glaçons décoraient les gouttières. Le givre dessinait des toiles d'araignée à l'extérieur des carreaux, et la rue en contrebas avait cette pâleur grisâtre qui laisse deviner combien il fait froid. Je vérifiai mon téléphone ; il annonçait -17 °C. J'envisageai presque d'envoyer un e-mail à Emily et Brandon pour leur dire qu'il faisait trop froid et qu'ils pouvaient rester chez eux, mais je me ravisai.

Je m'emmitouflai et descendis sur Charles Street, où j'entrai dans un café qui servait du porridge. J'étais attablé dans un coin à lire un exemplaire du *Boston Globe* de la veille lorsque mon téléphone sonna.

— Malcolm ? C'est Gwen.

— Bonjour, dis-je.

— Vous dormiez ?

— Oh, non. Je suis en train de prendre mon petit déjeuner avant d'aller travailler. Vous êtes toujours à Boston ?

— Non, je suis rentrée chez moi hier dans l'après-midi, et tous les livres que j'avais commandés étaient arrivés, alors hier soir, j'ai lu *L'Inconnu du Nord-Express*.

— Et ?

— Et j'aimerais beaucoup qu'on en discute. Y a-t-il un moment qui vous arrange ?

— Je peux vous rappeler quand je serai à la librairie ?

On venait de m'apporter mon porridge et de la vapeur s'échappait du bol.

— Bien sûr. J'attends votre appel.

Mon petit déjeuner terminé, je me rendis à la librairie. Emily était déjà là et avait nourri Nero.

— Tu es arrivée de bonne heure, lui dis-je.

— Je te rappelle que je pars plus tôt aujourd'hui.

— Ah, c'est vrai, répondis-je.

Cela m'était sorti de la tête.

— M. Popovich a encore fait une réclamation, dit-elle en se frottant les mains pour se réchauffer. Il veut retourner sa dernière commande.

— Toute la commande ?

— Oui. Il prétend que l'état des livres ne correspond pas à la description.

David Popovich était un collectionneur qui vivait au Nouveau-Mexique, mais en ce qui nous concernait, il aurait tout aussi bien pu habiter l'immeuble d'à côté. Il nous achetait une tonne de livres et nous en retournait chaque fois au moins la moitié. Il appelait parfois pour nous faire part de ses réclamations, mais le plus souvent, il nous envoyait des e-mails pleins de fiel.

— Ferme-lui son compte, dis-je.

— Quoi ?

— Réponds-lui qu'on reprendra tout ce qu'il nous renverra mais qu'après ça, c'est fini, on ne prendra plus aucune commande de sa part. Je ne veux plus de lui comme client.

— Tu es sérieux ?

— Oui. Tu veux que je me charge de lui écrire ?

— Non, non, je vais me faire un plaisir de m'en occuper. Dois-je te mettre en copie ?

— Oui, s'il te plaît.

Radier Popovich de la liste de nos clients allait probablement nuire à notre chiffre d'affaires, mais sur le moment, je m'en fichais. Et c'était jouissif.

Avant de rappeler Gwen, j'envoyai un e-mail à une attachée de presse de Random House que j'avais ignorée jusqu'ici et confirmai une date en mars pour organiser une lecture avec son auteur. J'ouvris alors la vitrine pour en sortir notre édition originale de *L'Inconnu du Nord-Express*. Sur sa couverture bleu foncé, une illustration aux couleurs criardes représentait un visage d'homme en gros plan et une femme rousse à l'air maladif.

Gwen décrocha après une sonnerie.

— Bonjour, Gwen, dis-je, et son prénom sortit de ma bouche d'une façon étrange.

— Merci de me rappeler. Alors, ce livre…

— Qu'en avez-vous pensé ?

— Sinistre. Je connaissais l'histoire grâce au film. Mais le roman est très différent, je l'ai trouvé plus sombre. Et je ne sais plus si dans le film, les deux hommes commettent un meurtre ?

Je me creusai la mémoire.

— Je ne crois pas. Non, je suis sûr que non. Il me semble que le héros du film, le joueur de tennis, est à deux doigts de tuer le père mais qu'il ne le fait pas. J'imagine que cela tient davantage au code de production qu'à la volonté d'Hitchcock. Un personnage ne pouvait pas commettre un meurtre et s'en tirer impunément.

Il y avait un bon nombre d'années que je n'avais pas lu le livre, ou vu le film, mais je me souvenais assez bien des deux.

— Le code Hays*, précisa-t-elle. Si seulement ça se passait comme ça dans la vraie vie.

— Oui.

— Et dans le roman, il n'est pas joueur de tennis.

— Qui ça ?

— Guy. Le héros. Il est architecte.

— Ah, c'est vrai. Lire le livre vous a-t-il aidée ?

— Dans votre article, vous écriviez que c'était pour vous le meilleur exemple de crime parfait, enchaîna-t-elle sans répondre à ma question. Que vouliez-vous dire exactement ?

— C'est un crime parfait, déclarai-je, pour une raison très simple : quand on échange un meurtre avec une autre personne, un parfait inconnu pour ainsi dire, il n'y a aucun lien entre le meurtrier et sa victime. C'est ce qui rend le crime insoluble.

— Justement, j'ai réfléchi à cette question, dit-elle. L'élément ingénieux dans le livre, c'est qu'il n'y a aucun moyen de relier l'auteur du meurtre à son crime. Cela n'a rien à voir avec la méthode.

— Comment ça ?

— Bruno tue la femme de Guy dans un parc d'attractions. Il l'étrangle. Mais le meurtre en lui-même n'a rien de particulièrement ingénieux. J'ai repensé aux règles de Charlie… Supposons, si vous le voulez bien, que vous soyez Charlie. Comment vous débrouilleriez-vous pour commettre un meurtre inspiré de *L'Inconnu du Nord-Express* ?

* Code d'autocensure du cinéma américain établi en 1930 pour réguler la production.

— Je vois ce que vous voulez dire. Ce serait assez difficile.

— Exactement. Vous pourriez étrangler une personne au hasard dans un parc d'attractions, mais ça ne respecterait pas la "philosophie" du crime.

— Il faudrait que Charlie trouve quelqu'un avec qui échanger son meurtre.

— C'est aussi ce que je pensais, mais pas nécessairement en fait. Si j'étais Charlie, et que je voulais copier le meurtre de ce roman, alors je choisirais une victime qui a déjà des raisons de se faire assassiner. Aucun exemple ne me vient à l'esprit, mais imaginez quelqu'un qui sort d'un divorce compliqué ou…

— Comment s'appelait ce type à New York ? demandai-je. Celui qui a volé l'argent de tout le monde…

— Bernard Madoff ?

— Voilà, c'est lui.

— Il pourrait faire l'affaire, mais il y a peut-être trop de gens qui veulent sa mort. Je choisirais plutôt l'un des conjoints dans un divorce épineux. Quelque chose de public. J'attendrais que le conjoint éconduit soit parti, et je commettrais le meurtre. Il me semble que ce serait la meilleure manière de respecter le roman.

— Ça se tient, dis-je.

— C'est aussi mon avis. Ça vaut la peine de creuser. Et de votre côté ? Vous avez pensé à quelque chose la nuit dernière ?

— J'étais assez fatigué après la nuit blanche de la veille, donc non. Mais je continue de réfléchir.

— Merci, dit-elle. Vous m'avez été d'une grande aide. (Elle ajouta sur un ton légèrement différent :) N'oubliez pas de m'envoyer vos numéros de vols pour votre voyage à Londres de l'automne dernier.

— Je le fais aujourd'hui même.

À peine avais-je raccroché que j'entendis Nero approcher sur le parquet. Il s'installa à mes pieds. Je l'observai, quelque peu hébété, l'esprit encore à ma conversation.

— C'est fait ! dit la voix d'Emily dans mon dos.

Je me retournai ; elle arrivait vers moi, un large sourire sur les lèvres.

— Qu'est-ce qui est fait ?

— J'ai envoyé le mail à Popovich. Ça va lui faire un choc.

— Tu as l'air de jubiler.

— Non, je… tu sais bien à quel point il m'énerve.

— Ne t'inquiète pas. En fait je crois qu'il a plus besoin de nous que nous de lui. Le client n'est pas toujours roi, tu sais.

Elle sourit à nouveau, puis demanda :

— Tu te sens bien ?

— Oui. Pourquoi ?

— Oh, pour rien. C'est juste que tu as l'air préoccupé. Y a-t-il quelque chose ?

C'était si peu dans les habitudes d'Emily de s'intéresser à ma personne que je me dis tout à coup que mon comportement avait dû changer. Je m'étais toujours considéré comme quelqu'un de stoïque, qui ne révélait jamais grand-chose de lui-même, et je m'inquiétais beaucoup qu'il puisse en être autrement.

— Ça t'embête si je sors marcher un peu ? lui demandai-je. Tu peux t'occuper du magasin ?

— Bien sûr, vas-y.

— Je n'en ai pas pour longtemps.

Dehors, il faisait encore très froid, mais le soleil brillait et le ciel était d'un bleu implacable. J'avançais sur les trottoirs déneigés de Charles Street, en direction de Public Garden. Je n'arrêtais pas de repenser à la conversation que j'avais eue avec Gwen au sujet de *L'Inconnu du Nord-Express*, un livre que je m'efforçais depuis des années de chasser de mes pensées.

Je ne m'attendais pas à une telle affluence dans le parc compte tenu des températures. Un père essuyait la neige sur l'une des statues en bronze de *Make Way for Ducklings*[*] afin d'y asseoir son bambin pour le prendre en photo. J'ai dû passer un millier de fois devant cette cane et ses canetons, et chaque fois un parent ou un couple de parents faisait poser son enfant pour le photographier. En été, il n'était pas rare qu'il y ait la queue. Je me suis toujours demandé ce que les parents en retiraient, pourquoi ils tenaient tant à immortaliser ce moment. N'ayant pas eu d'enfant, je ne le sais pas vraiment. Claire et moi n'avions jamais évoqué cette question d'avoir des enfants. Je me disais que c'était à elle de décider, mais peut-être attendait-elle que j'aborde le sujet.

Je fis le tour de l'étang gelé tandis que les feuilles mortes tournoyaient dans le vent, puis je repris le chemin de la librairie. Je n'étais pas innocent, même si je m'autorisais parfois le luxe de le croire. Et si Gwen Mulvey découvrait la vérité, alors je n'aurais d'autre choix que de l'accepter.

* Sculpture inspirée du livre pour enfants éponyme de Robert McCloskey publié en 1941.

## 11

À l'instant où j'avais refermé le journal intime de Claire, je sus que j'allais tuer Eric Atwell. Mais il me fallut plusieurs mois pour rassembler le courage de me l'avouer.

Je savais que dès qu'on découvrirait son cadavre, je serais suspecté sur-le-champ. Ma femme revenait de chez lui la nuit de sa mort. Atwell avait reconnu lui avoir fourni la drogue retrouvée dans son organisme et la police avait sans doute établi que Claire Kershaw, née Mallory, avait eu une liaison avec le riche propriétaire de Black Barn Enterprises.

J'envisageai d'engager quelqu'un pour tuer Atwell, en m'arrangeant pour être loin (hors du pays ?) quand le tueur passerait à l'acte. Mais ce plan présentait plusieurs défauts. D'une, je doutais de disposer de la somme nécessaire pour engager un tueur professionnel, et même si j'arrivais à la réunir, le premier enquêteur venu voyant le trou sur mon compte en banque ferait le rapprochement. Ensuite, je n'avais aucune idée de la marche à suivre pour engager un tueur. Je n'avais d'ailleurs aucun désir de financer une telle corporation ni d'entrer en relation avec une personne capable de tuer pour de l'argent. En outre, ce serait lui accorder bien trop d'emprise sur ma vie.

J'en arrivai donc à la conclusion que je ne pouvais pas engager un tueur. En revanche, j'aimais l'idée de me trouver loin quand Eric Atwell mourrait.

Un an auparavant, en 2009, une jeune femme avait débarqué un jour dans la librairie avec une pile d'éditions originales d'une valeur extraordinaire. La plupart n'étaient même pas des romans policiers, bien que le lot contînt une édition de 1892 des *Aventures de Sherlock Holmes* sortie chez Harper & Brothers, qui me fit terriblement envie. Il y avait une dizaine de livres au total, dont deux éditions originales de Mark Twain qui devaient valoir plusieurs milliers de dollars. La femme, aux cheveux filasse et aux lèvres desséchées, transportait le tout dans un sac d'épicerie. Je lui avais demandé où elle les avait obtenus.

— Vous en voulez pas ? avait-elle rétorqué.

— Pas si vous ne pouvez pas me dire d'où ils viennent.

Elle était ressortie de la librairie aussi vite qu'elle y était entrée. Après coup, j'avais regretté de ne pas les lui avoir achetés avec l'argent dont je disposais dans la caisse. J'aurais certainement pu retrouver leur propriétaire – il s'agissait sans doute du butin d'un cambriolage – et lui rendre les livres. J'avais finalement appelé la police pour leur signaler l'incident et ils m'avaient répondu qu'ils surveilleraient les plaintes pour vol de livres. Je n'avais jamais eu de nouvelles de leur part et je n'avais jamais revu la jeune femme. À l'époque, il y avait parmi les employés de la librairie un type nommé Rick Murphy qui ne travaillait que les week-ends. Rick était un collectionneur, principalement intéressé par tout ce qui touchait à l'horreur.

Je lui parlai de la femme qui était venue me proposer le lot d'éditions originales.

— Elle va sans doute essayer de les vendre en ligne, dit-il.

— Elle n'avait pas l'air du genre à surfer sur Internet.

— Ça vaut le coup de vérifier. Je connais ce petit site bien sympa, limite Darknet, où les gens vendent des objets de collection sous le manteau.

Rick, qui était informaticien dans une compagnie d'assurances pendant la semaine, m'avait montré un site appelé Duckburg. Je n'y avais quasiment rien compris – ça ressemblait aux forums des premiers temps d'Internet – mais Rick afficha bientôt une section où l'on vendait des objets rares. Toutes les transactions étaient anonymes. Nous avions entré le titre de certains des livres que la femme avait apportés, mais la recherche n'avait rien donné.

— Qu'est-ce qu'il y a d'autre sur ce site ? demandai-je.

— Ah, ah. On est intrigué… ? La plupart des gens viennent là pour discuter anonymement. Ce n'est pas le vrai Darknet, mais c'est déjà bien obscur.

Pendant que Rick sortait s'acheter son soda XXL, j'avais glissé la page dans mes favoris. Je comptais revenir y jeter un coup d'œil plus tard, mais je ne l'avais pas fait.

Fin 2010, quand j'avais pris la décision de tuer Eric Atwell, j'avais cherché dans mes favoris et découvert que le lien s'y trouvait toujours. Un soir, après la fermeture, j'avais passé quelques heures à explorer les différents sites du portail et à me créer une fausse identité – j'avais choisi

“Bert Kling” comme pseudo. Je m’étais ensuite connecté à un site nommé “Swaps”, qui ne précisait pas à qui il s’adressait mais semblait essentiellement centré sur le sexe. “Homme 60 ans offre 1000 dollars à jeune personne sexy pour journée shopping. Doit accepter ma présence dans la cabine d’essayage. Aucun contact, mater uniquement.” Ou encore : “Cherche femme de ménage payable en oxy.”

J’avais ouvert une boîte de dialogue et rédigé un message :

> Avis aux fans de *L’Inconnu du Nord-Express.* Propose échange de bons procédés.

L’annonce en ligne, je m’étais aussitôt déconnecté.

J’avais projeté d’attendre vingt-quatre heures avant d’y revenir, mais je ne tins pas plus d’une douzaine d’heures. Le lendemain matin, comme tout était calme au magasin, je me reconnectai sur Duckburg à l’aide de mon pseudo. J’avais reçu une réponse.

> J’adore ce livre. Discutons-en. Continuer en message privé ?

Je répondis en cliquant sur la case qui rendait la discussion seulement visible aux deux membres concernés.

> OK.

Deux heures plus tard, je recevais un nouveau message :

> Quel est le projet ?

J'écrivis :

> Quelqu'un mérite de disparaître. Mais je ne peux pas m'en charger moi-même.

Je n'avais pu me résoudre à employer le mot "mourir". La réponse tomba presque instantanément :

> J'ai le même souci.

> Dans ce cas, rendons-nous service mutuellement ?

> D'accord.

Mon cœur battait la chamade et j'avais les oreilles en feu. Était-on en train de me tendre un piège ? Possible. Mais tout ce que je divulguerais, ce seraient les coordonnées d'Eric Atwell, pas les miennes. Cinq minutes plus tard, je décidai de tenter le coup.

Je tapai :

> Eric Atwell, 255 Elsinore Street, Southwell, Massachusetts. Entre le 6 et le 12 février.

Cette semaine-là, j'avais projeté de me rendre à une convention de libraires spécialisés à Sarasota, en Floride. J'avais déjà acheté mon billet.

Je fixai l'écran pendant dix petites minutes qui me parurent durer une heure. Un message finit par s'afficher :

Norman Chaney, 42 Community Road, Tickhill, New Hampshire. Entre le 12 et le 19 mars.

Puis trente secondes plus tard, un dernier :

Plus jamais de message entre nous.

"D'accord", répondis-je. J'avais recopié l'adresse de Norman Chaney au dos d'un marque-page Old Devils puis m'étais déconnecté. D'après la politique de Duckburg, la conversation allait maintenant être supprimée. Cette pensée me rassurait, même si je n'y croyais qu'à moitié.

Après ces vingt minutes pendant lesquelles j'étais resté en haleine, je pris une grande inspiration. Les yeux sur les coordonnées notées au dos du marque-page, je m'apprêtais à entrer le nom dans l'ordinateur mais je m'arrêtai. Il fallait me montrer plus prudent, et me renseigner autrement. Pour l'instant, son nom me suffisait. J'avais été soulagé de constater qu'il s'agissait d'un homme. Et plus encore que j'allais être le second à passer à l'acte. Je ne serais tenu de remplir ma part du marché que si Eric Atwell mourait pendant mon séjour à Sarasota.

En février 2011, je m'étais donc rendu à la convention. Je n'avais jamais mis les pieds à Sarasota et j'étais tombé amoureux de son centre-ville historique en briques. Ce fut l'occasion pour moi d'effectuer un pèlerinage à Siesta Key devant ce qui avait été la maison de John D. MacDonald, une bâtisse moderne des années 1950, nichée au milieu d'une végétation luxuriante, que j'aperçus depuis les grilles verrouillées à double tour. J'assistai à quelques cérémonies de remise de prix et dînai avec l'une de mes rares amies dans le milieu, Shelly Bingham. Shelly avait tenu une librairie à Harvard Square avant de "prendre sa retraite" à Bradenton, en Floride, où elle vendait aujourd'hui ses livres d'occasion sur le marché aux puces hebdomadaire d'Anna Maria Island. Nous avions bu des martinis au Gator Club, et après notre deuxième verre, Shelly m'avait confié :

— J'ai été sidérée l'an dernier quand j'ai appris pour Claire. Comment vas-tu, Mal ?

J'avais ouvert la bouche pour parler, mais au lieu de ça, j'avais éclaté en sanglots, si bruyamment que plusieurs têtes s'étaient retournées. Cette crise de larmes soudaine m'avait surpris. Je m'étais levé et rendu aux toilettes, tout au fond du bar sombre. Là, je m'étais ressaisi avant de regagner la salle de bar et de m'excuser auprès de Shelly.

— Excuse-moi, Shel.

— Non, c'est moi. Désolée d'avoir remué le couteau dans la plaie. Reprenons un verre et parlons plutôt de nos lectures.

Plus tard dans la soirée, une fois revenu dans ma chambre d'hôtel, j'avais allumé mon ordinateur et consulté le site du *Boston Globe*. La nouvelle principale était l'échange hors saison réalisé par les Red Sox, mais le deuxième article faisait état d'un homicide à Southwell. La police n'avait pas encore dévoilé le nom de la victime. Je fus un moment tenté de rester cloué devant l'écran, à réactualiser la page jusqu'à ce que le nom d'Eric Atwell apparaisse, mais je m'obligeai à essayer de dormir. J'ouvris la fenêtre de ma chambre et m'allongeai sur le lit sous un simple drap, écoutant la brise et le bruit des camions sur l'autoroute voisine. Je m'endormis à l'approche de l'aube, et me réveillai quelques heures plus tard, la peau moite de sueur, entortillé dans le drap. Je me reconnectai au site du *Boston Globe*. Le corps retrouvé avait été identifié : il s'agissait d'Eric Atwell, décrit comme entrepreneur local de premier plan et "business angel". Après être allé vomir dans la salle de bains, je me rallongeai sur le lit, savourant un instant l'idée qu'Atwell avait eu ce qu'il méritait.

À mon retour à Boston, j'appris qu'un des pensionnaires d'Eric Atwell avait signalé sa disparition le mardi soir. Il était sorti marcher un peu plus tôt dans l'après-midi, comme il le faisait chaque jour, mais n'était jamais rentré. Le lendemain matin, la police avait effectué des recherches et son corps avait été retrouvé le long d'un sentier de randonnée dans un parc naturel à un peu plus d'un kilomètre de sa maison. Il avait reçu plusieurs balles dans le corps ; on avait emporté son portefeuille, ainsi que son téléphone portable et une paire d'écouteurs assez coûteux. La police enquêtait sur l'hypothèse d'un vol et avait lancé un appel à témoins auprès des habitants des environs. Avaient-ils vu quelqu'un de suspect ? Entendu des coups de feu ?

La suite de l'article expliquait qu'Atwell était un philanthrope reconnu qui s'intéressait de très près à la scène artistique locale et organisait fréquemment des événements et des collectes de fonds dans sa ferme rénovée de Southwell. Nulle part il n'était question de drogue ou d'extorsion, ni de son rôle dans la mort au volant de Claire Mallory, ce dont je me félicitais. Une semaine s'était écoulée, et je commençais à croire que personne n'avait fait le lien entre Atwell et moi quand un dimanche après-midi, alors que je couvais un rhume, la sonnette de la porte me fit sursauter. Avant même d'ouvrir, j'étais certain que c'était la police qui venait m'arrêter. Je m'armai d'aplomb. Il s'agissait effectivement de la police – une inspectrice nommée James, grande et qui affichait une mine affligée. Cela dit, elle ne semblait pas là pour procéder à une arrestation. Elle avait quelques questions à me poser. Je l'invitai à entrer et elle se présenta : elle travaillait à Boston et enquêtait sur un meurtre survenu à Southwell.

— Connaissiez-vous Eric Atwell ? me demanda-t-elle une fois assise au bord de mon canapé.

— Moi non, mais ma femme oui. Malheureusement.

— Pourquoi "malheureusement" ?

— Je suis certain que vous le savez déjà, sans quoi vous ne seriez pas là. Ma femme avait réalisé un film pour Eric Atwell, et par la suite, ils sont devenus amis. Elle… Claire… ma femme est morte dans un accident de voiture alors qu'elle revenait de chez lui.

— Vous l'aviez tenu pour responsable de cet accident ?

— Oui, du moins en partie. Je sais que ma femme avait recommencé à se droguer après l'avoir rencontré.

L'inspectrice hocha lentement la tête.

— Savez-vous s'il la fournissait ?

— Oui. Écoutez, je sais où vous voulez en venir. Je hais… je haïssais Eric Atwell. Mais je n'ai rien à voir avec sa mort. La vérité, c'est que ma femme avait des problèmes en dents de scie avec la drogue et l'alcool. Il ne l'a pas forcée. Ce n'est pas lui qui l'a amenée à la drogue. En définitive, ce fut la décision de ma femme. J'avais pardonné à Atwell. Ça n'avait pas été facile, mais j'avais décidé de lui pardonner.

— Et maintenant qu'on l'a tué, que ressentez-vous ?

Je levai les yeux vers le plafond, l'air songeur.

— Honnêtement, je ne sais pas trop. Quand je vous dis que je lui avais pardonné, je ne vous mens pas. Mais je ne l'appréciais pas pour autant. Je ne suis pas triste, mais je ne suis pas particulièrement fou de joie non plus. C'est comme ça. En toute franchise, je pense qu'il a eu ce qu'il méritait.

— Donc selon vous, son meurtrier aurait été animé d'un sentiment… il aurait agi par vengeance ?

— Vous me demandez si je pense que son agresseur avait l'intention de le tuer ?

— C'est ça.

L'inspectrice se tenait immobile sur le canapé, attendant ma réponse.

— Cette idée m'a traversé l'esprit, dis-je. Cela va de soi. Je ne peux pas croire que Claire soit la seule femme à qui il ait fourni de la drogue. Ni la seule qu'il ait commencé à ponctionner une fois qu'elle était devenue accro. Il avait dû agir de la sorte avec d'autres femmes.

Aussitôt que j'eus prononcé ces mots, je me rendis compte que j'en avais dit plus que je n'en avais eu l'intention. Quelque chose dans sa présence calme et posée invitait à la confession.

Elle hocha encore la tête. Quand elle comprit que j'avais fini de parler, elle demanda :

— Au final, votre femme a donc donné beaucoup d'argent à Atwell ? De l'argent que vous n'aviez pas ?

— Ma femme et moi possédions des comptes séparés, alors je n'en savais rien à l'époque. Mais effectivement, elle a acheté de la drogue à Atwell.

— Je suis désolée de devoir vous poser cette question, monsieur Kershaw, mais à votre connaissance, Atwell couchait-il avec votre femme ?

J'hésitai. Une partie de moi voulait raconter à cette policière tout ce que j'avais appris en lisant le journal de Claire, mais je savais que plus j'en dirais, plus il apparaîtrait évident que j'avais un motif très sérieux de tuer Atwell.

— Je ne sais pas, répondis-je. Pour être honnête, je le soupçonne en effet.

En prononçant ces mots, je sentis ma gorge se serrer, comme si j'étais sur le point de fondre en larmes. Je pressai ma paume contre mon œil.

— Je vois, dit l'inspectrice.

— Claire n'était plus elle-même, dis-je, incapable de retenir mes larmes. À cause de la drogue.

J'essuyai une larme sur ma joue.

— Je comprends, dit-elle. Désolée que ma visite vous oblige à revivre ces événements, monsieur Kershaw. Je suis navrée qu'il faille en passer par là, mais dans ce genre d'enquête, nous sommes contraints de procéder par élimination. Vous souvenez-vous d'où vous étiez l'après-midi du 8 février ?

— Il se trouve que j'étais en Floride. À une convention.

— Ah, fit l'inspectrice James. (Elle paraissait presque soulagée.) Quel genre de convention ?

— De libraires spécialisés. Je tiens une librairie ici à Boston.

— Old Devils. Oui, j'y suis déjà passée.

— Ah oui ? Vous aimez les romans policiers ?

— Il m'arrive d'en lire, répondit l'inspectrice, et pour la première fois depuis qu'elle était entrée, elle sourit franchement. J'étais venue assister à une lecture de Sara Paretsky. C'était il y a… à peu près un an ?

— Je crois, oui, répondis-je. Je l'avais trouvée très bonne.

— Absolument. C'est vous qui aviez fait la présentation ?

— C'était moi. Si vous ne vous en souvenez pas, je ne vous en tiendrai pas rigueur. Parler en public n'est pas mon fort.

— Je crois me souvenir que vous vous étiez bien débrouillé, dit-elle.

— Merci du compliment.

L'inspectrice James posa ses mains sur ses genoux et annonça :

— Bon, à moins que vous n'ayez quelque chose à ajouter, je pense que nous en avons fini.

— Non, je n'ai rien à vous dire de plus.

Nous nous levâmes de concert. Nous faisions pratiquement la même taille.

— J'aurai besoin d'une preuve écrite pour la Floride, dit-elle.

Je promis de lui envoyer mes numéros de vols. Je lui communiquai également les coordonnées de Shelly Bingham.

L'inspectrice m'avait laissé une carte. Elle se prénommait Roberta.

## 12

LE PANNEAU qui m'accueillit à l'entrée de Tickhill, dans le New Hampshire, annonçait sept cent trente habitants.

C'était le 14 mars 2011, un lundi. J'avais quitté Boston peu après cinq heures du matin et il était huit heures trente. Le village de Tickhill se situait juste au nord des White Mountains. Je m'étais renseigné – un minimum – sur l'endroit avant mon départ, ainsi que sur Norman Chaney, l'homme que j'allais assassiner. Je ne m'étais pas appesanti dans mes recherches. Muni d'un carnet, je m'étais rendu à la bibliothèque et m'étais servi du premier ordinateur qu'un usager avait quitté sans se déconnecter. Tickhill, comme je l'avais découvert, comptait un *diner* et deux *bed and breakfasts*, tous deux très fréquentés en raison de leur proximité avec plusieurs stations de ski. Sur une carte, j'avais repéré l'emplacement exact du domicile de Norman Chaney, sur Community Road. À première vue, la maison semblait assez isolée. J'avais griffonné un plan dans mon carnet puis m'étais intéressé à Norman Chaney, lequel avait acquis sa maison trois ans plus tôt pour

225 000 dollars. La seule autre information digne d'intérêt était une notice nécrologique datée de 2007, au nom de Margaret Chaney, institutrice à Holyoke, dans l'ouest du Massachusetts, décédée dans un incendie domestique. Margaret Chaney, âgée de quarante-sept ans au moment de sa mort, laissait derrière elle deux enfants – Finn, vingt-deux ans, et Darcy, dix-neuf ans –, ainsi que Norman, son mari depuis vingt-trois ans. C'était très succinct, mais je m'interrogeai tout de même. Se pouvait-il que Norman Chaney ait été responsable de la mort de sa femme et si oui, était-ce la raison qui poussait quelqu'un à souhaiter sa mort ? Et qui l'avait conduit à quitter Holyoke pour aller se terrer dans un village qui ne comptait même pas mille habitants ?

Une pensée m'avait effleuré : rien ne m'obligeait à tuer Norman Chaney. Si Duckburg, le site sur lequel j'avais organisé l'échange de meurtres, était aussi anonyme qu'il l'annonçait, alors l'inconnu avec qui j'avais communiqué n'avait aucun moyen de m'identifier. Quoique ce n'était pas tout à fait vrai... Même si cet inconnu – mon ombre – ne me connaissait pas, il savait une chose : je voulais la mort d'Eric Atwell. Certes, je n'étais sûrement pas le seul. Quoi qu'il en soit, j'avais décidé de m'acquitter de ma part du marché : cela me semblait la chose la plus prudente à faire, mais aussi, par un raisonnement tordu, la plus honnête.

Avant d'éteindre l'ordinateur de la bibliothèque, j'avais fait une rapide recherche sur Finn et Darcy Chaney. Contrairement à leur père, ils avaient une existence en ligne. Sauf erreur sur la personne, Finn Chaney travaillait dans une petite banque de Pittsfield, ville où il animait également des soirées quiz dans un pub. Darcy Chaney habitait en périphérie de Boston et étudiait à l'université Lesley de Cambridge. Je trouvai des photos d'eux deux qui ne laissaient aucun doute sur leur lien de parenté. Cheveux noirs, sourcils épais, yeux bleus et petites bouches. L'information la plus utile était toutefois que ni l'un ni l'autre ne paraissait habiter avec son père. Si Norman Chaney vivait seul, cela faciliterait ma besogne.

Il venait de commencer à neiger quand j'entrai à Tickhill, et l'air était rempli de flocons légers qui semblaient léviter. Community Road était une route au revêtement médiocre qui montait en lacets et desservait de rares propriétés. Je ralentis en approchant du numéro 42 ; seule une boîte aux lettres noire avec des inscriptions blanches indiquait l'existence d'une maison. Je jetai au passage un regard au chemin de terre qui s'enfonçait dans les bois, mais je n'aperçus aucune bâtisse. Arrivé au bout de la route, je fis demi-tour et décidai cette fois de m'engager dans le chemin. Après un léger virage vers la gauche, je distinguai l'habitation. C'était une maison triangulaire, avec plus de fenêtres que de poutres, ressemblant à un chalet de ski miniature. À ma grande satisfaction, je ne vis aucun garage et il n'y avait qu'un seul véhicule garé devant la maison – une sorte de 4x4. Mes chances de trouver Norman Chaney seul chez lui venaient d'augmenter considérablement.

Mains gantées et cagoule relevée sur la tête, je sortis de voiture, tenant mon pied-de-biche le long de ma jambe. Je m'approchai de la maison et montai les deux marches du perron. La porte d'entrée en bois massif était encadrée par deux vitres verticales en verre. Je sonnai à la porte, puis scrutai la pénombre à l'intérieur. J'avais d'ores et déjà décidé que si la personne qui arrivait n'avait pas le profil d'un homme d'une cinquantaine d'années, j'abaisserais ma cagoule et retournerais à la voiture. La boue que j'avais étalée sur la plaque d'immatriculation masquerait le numéro et le nom de l'État.

Mais personne n'arrivait. Je fis à nouveau retentir le carillon de quatre notes et aperçus bientôt un homme grand et costaud descendre lentement les escaliers. À travers le verre légèrement biseauté, je devinai qu'il portait un pantalon de survêtement gris et une chemise en flanelle. Son visage paraissait rougeaud et ses épais cheveux noirs se hérissaient en touffes, comme s'ils n'avaient pas été lavés.

L'homme ouvrit la porte. Il n'y avait aucune peur dans son regard, pas même l'ombre d'une hésitation.

— Hmm ? fit-il.

— Vous êtes Norman Chaney ? demandai-je.

— Hmm, fit-il à nouveau.

Il dépassait le mètre quatre-vingts, malgré sa posture légèrement voûtée et une épaule visiblement plus haute que l'autre.

Je frappai avec le pied-de-biche en visant le côté de sa tête, mais Chaney se pencha en arrière et l'extrémité de la barre atteignit son arête nasale. Il y eut un bruit et le sang se mit à couler à flots sur son menton tandis qu'il reculait en titubant. Portant les mains à son visage, il dit d'une voix humide :

— C'est quoi ce bordel.

J'entrai dans la maison et frappai à nouveau avec le pied-de-biche, mais Chaney interposa son bras charnu, bloquant facilement mon attaque avant de m'envoyer un coup de poing dans l'épaule. À défaut de me faire mal, le coup me déséquilibra et Chaney en profita pour me foncer dessus, m'empoigna par ma veste de survêtement et me plaqua contre le mur. Je sentis quelque chose – sans doute une patère – me rentrer dans l'omoplate. Du sang chaud jaillissait du nez de Chaney, me giclant au visage. Une réminiscence – sans doute tirée d'un roman de Ian Fleming – traversa alors mon esprit paniqué : levant le pied droit, j'écrasai le pied de Chaney sous ma lourde botte. Il poussa un gémissement en relâchant sa poigne et m'entraîna dans sa chute. Je m'écroulai sur lui au bout de quelques pas dans un bruit de craquement. Son visage se crispa et sa bouche s'ouvrit et se referma comme un poisson hors de l'eau. Je me relevai, le temps de poser mon genou sur sa poitrine, puis pesai à nouveau contre lui. Voyant qu'il peinait à respirer, je refermai mes mains gantées autour de son cou épais et serrai, appuyant aussi fort que possible avec mes pouces. Chaney essaya de décrocher mes mains, mais il s'affaiblissait. Je fermai les yeux et serrai encore. Au bout d'une minute environ, peut-être plus, je roulai sur le côté, le souffle court, le goût salé du sang dans ma bouche. J'examinai mes dents avec ma langue : elles étaient intactes, mais le bout de ma langue était entaillé et douloureux. J'avais dû me la mordre au cours de la lutte. Le sang emplissait ma bouche, mais je l'avalai : j'estimais peu judicieux de cracher mon sang sur une scène de crime, même si j'y avais très certainement déjà laissé des traces d'ADN.

Je m'accroupis près de Chaney et tout en détournant le regard, lui tâtai le poignet et le cou à la recherche d'un pouls.

Un vertige passager s'empara de moi et je me relevai, puis ramassai le pied-de-biche. J'avais prévu de faire le tour de la maison une fois Chaney mort, afin de dérober quelques objets de valeur, mais je ne savais pas si j'en étais capable. Je n'avais qu'une envie : remonter dans ma voiture et partir le plus loin possible de ce qui venait de se passer.

J'étais sur le point de m'en aller quand j'aperçus un mouvement du coin de l'œil. Je tournai la tête en direction du salon ouvert sur l'entrée et éclairé par de hautes fenêtres. Un chat roux arrivait nonchalamment dans ma direction, ses longues griffes cliquetant sur le parquet. L'animal s'arrêta et renifla le corps sans vie de Chaney, puis me fixa en miaulant bruyamment. Il fit deux autres pas vers moi et se laissa tomber sur son flanc, s'étirant pour montrer son ventre à la fourrure blanche touffue. Un frisson quasi paralysant me parcourut le corps, le pressentiment que l'image de ce chat réclamant des caresses alors que son maître gisait assassiné sur le sol me hanterait jusqu'à la fin de ma vie. Sans réfléchir, je me penchai pour ramasser le félin, l'emportai avec moi jusqu'à ma voiture et repris la route.

La neige accumulée commençait à adhérer à la chaussée. Sans excès de vitesse, je refis l'itinéraire en sens inverse, retraversant Tickhill pour reprendre l'autoroute qui me ramènerait par-delà les White Mountains, puis vers le sud, jusqu'au Massachusetts. Chacun de mes gestes derrière le volant semblait comme décomposé, programmé, même la voiture avait l'air d'avancer à travers quelque chose de presque solide. Le temps avait ralenti, tout était empreint d'un sentiment d'irréalité. Je regardai le chat que j'avais posé sur le siège passager ; il était calme.

Une partie de mon cerveau me hurlait en boucle qu'on ne doit jamais rien emporter d'une scène de crime et que je venais de signer mon arrêt de mort, mais je continuais à conduire. Le chat avait levé la tête et contemplait à présent les flocons de neige derrière la vitre. Il n'avait pas de collier. Je tendis la main pour lui frotter l'échine : il était plus mince que son épais pelage roux ne me l'avait laissé croire. Je crus percevoir les vibrations d'un très léger ronronnement.

Une fois les montagnes franchies, mes idées s'étant un peu éclaircies, je projetai de prendre une sortie au hasard, de m'arrêter devant un magasin ou une auberge – tout endroit ouvert au public – et d'y faire entrer le chat discrètement. Quelqu'un le trouverait et l'emmènerait dans un refuge. Je courais le risque d'être vu, un très gros risque, mais il fallait que j'essaie. Je n'aurais jamais dû prendre ce chat, et je ne me rappelais même plus pourquoi je l'avais fait, mais maintenant qu'il était dans ma voiture, je ne me sentais pas capable de l'abandonner sur le bord de la route. C'était ce que la prudence commandait de faire, mais ses chances de survie seraient minces.

Quelque part dans le sud du New Hampshire, le chat s'endormit. Je ne m'étais arrêté dans aucune ville, et je sus soudain que je ne le ferais pas. Lorsque je trouvai une place de stationnement juste devant mon immeuble à mon retour à Beacon Hill, le chat était toujours avec moi. Je le soulevai du siège et montai avec lui jusqu'à mon appartement. Il était dix heures et demie du matin.

Tandis que le chat faisait le tour de ma modeste mansarde, reniflant chaque meuble avant d'y frotter sa tête, je me débarrassai de mes habits et les fourrai avec le pied-de-biche dans un sac-poubelle résistant. Puis je me douchai, me savonnant et me rinçant au moins trois fois de suite, jusqu'à en épuiser l'eau chaude.

Ce jour-là, j'avais initialement prévu de quitter le domicile de Chaney, puis de rouler un peu plus au nord jusqu'à une librairie d'occasion que je connaissais, installée dans une ancienne grange. Je m'y étais rendu plusieurs fois par le passé et avais eu la chance d'y dénicher des éditions rares de romans policiers. Si jamais j'avais été suspecté dans la mort de Chaney, ou si quelqu'un identifiait ma voiture, j'aurais ainsi pu justifier ma présence dans le New Hampshire ce lundi-là. C'était un alibi très mince, mais ç'aurait été mieux que rien. Désormais, je pouvais toujours prétexter que j'avais projeté de me rendre à la librairie en question mais que la neige m'avait obligé à faire demi-tour.

Bien sûr, rien de tout cela n'expliquerait comment le chat d'un homme qu'on venait d'assassiner avait atterri dans mon appartement, lequel animal frottait maintenant son menton contre ma cheville. Je mis la main sur une boîte de thon que je vidai dans un bol, puis remplis un deuxième bol d'eau. Je dégotai ensuite un couvercle de carton et y versai un peu de terre provenant d'un de mes chlorophytums, afin d'en faire une litière. Tandis qu'il mangeait, je m'installai devant mon ordinateur et cherchai sur Google la méthode pour déterminer si un chat était un mâle ou une femelle. Après quelques tâtonnements, je décidai qu'il s'agissait d'un mâle. Je restai chez moi toute la journée avec lui ; à un moment donné, je fis un somme sur le canapé et il dormit à mes pieds. Le soir venu, il avait élu domicile sur mon lit, où il s'était roulé en boule sur ma lecture du moment, *La Sauce zingara*, de Rex Stout. Je baptisai le chat Nero.

Un mois plus tard – un mois après que j'avais laissé le corps sans vie de Norman Chaney à Tickhill dans le New Hampshire –, deux choses semblaient claires. Premièrement, la police ne viendrait pas m'arrêter. Même si je ne m'étais pas aventuré sur Internet pour me renseigner sur l'affaire Chaney, je sentais, au plus profond de moi, que je m'en étais tiré. La deuxième chose dont je pris conscience, c'était que Nero, qui avait adopté son nouveau foyer avec enthousiasme, avait besoin de compagnie. Je m'absentais souvent douze heures d'affilée, et chaque fois que je rentrais, Nero m'attendait derrière la porte, quémandant de l'affection. Mary Anne, ma voisine du dessous, me signala qu'il pleurait durant la journée.

Je commençais à penser que Nero ferait une excellente mascotte à Old Devils.

# 13

Dévorer des romans policiers pendant l'adolescence ne vous prépare pas à la vie réelle. Étant plus jeune, j'imaginais vraiment que mon existence d'adulte ressemblerait beaucoup plus à un livre que ce ne fut le cas. Je pensais par exemple être à plusieurs reprises amené à monter dans un taxi pour prendre quelqu'un en filature. J'imaginais que j'assisterais à davantage de lectures de testaments. J'étais sûr qu'il me faudrait savoir crocheter une serrure et que chaque fois que je partirais en vacances (généralement dans une vieille auberge au plancher grinçant ou dans une maison au bord d'un lac), il se passerait quelque chose de mystérieux. J'étais persuadé que tout voyage en train déboucherait fatalement sur un meurtre, qu'un week-end de mariage s'accompagnait inévitablement d'événements sinistres, et que d'anciens camarades ne cesseraient de me contacter pour me demander de l'aide en m'expliquant que leur vie était menacée. Je pensais même que les sables mouvants constituaient un réel danger.

Autant je m'étais préparé à tout cela, autant je fus pris de court par les vétilles abrutissantes du quotidien. Payer les factures, faire la cuisine, s'éveiller à l'idée que les adultes évoluent dans des bulles inintéressantes qu'ils ont eux-mêmes fabriquées. La vie n'est pas plus un mystère qu'une aventure. Évidemment, je n'avais pas attendu d'être devenu un meurtrier pour en arriver à ces conclusions. Non que ma carrière de criminel eût satisfait la vie que je fantasmais du haut de mes onze ans. Dans mes chimères, je n'étais pas le meurtrier. J'étais le gentil, le détective – amateur, en général – qui résolvait le crime. Je n'étais jamais le méchant.

Un autre talent que je pensais utiliser davantage à l'âge adulte était la capacité à filer quelqu'un, et inversement, à repérer une filature. Une fois encore, le besoin ne s'était jamais présenté… jusqu'à ce samedi soir. Après avoir fermé la librairie, j'avais traversé Boston Common, transi dans le vent mordant, et atterri au Jacob Wirth, où j'avais mangé une escalope viennoise accompagnée de bière allemande. Nous étions à la mi-février, mais les illuminations de Noël couraient encore sous les hauts plafonds; je ne saurais dire pourquoi, mais je n'avais aucun problème à dîner seul dans cette brasserie. C'était mon critère pour sélectionner mes restaurants autour de chez moi: il y avait ceux qui exacerbaient votre sentiment d'isolement quand vous mangiez seul, à l'instar de ces lieux de retrouvailles huppés qui polluent le quartier de Back Bay, et puis il y avait ces endroits – comme le Jacob Wirth ou le Stoddard's – dont l'atmosphère sombre et bruyante atténuait la sensation de solitude.

C'est au moment où je sortais du Jacob Wirth et m'engageais dans le froid pour rentrer chez moi que j'eus la certitude d'être suivi. Peut-être avais-je effectivement lu trop de romans, mais j'avais la sensation qu'on m'épiait, au point que ma nuque me démangeait presque. Je me retournai, balayai du regard la foule compacte des touristes et habitants, mais ne remarquai personne de suspect. L'impression persista néanmoins tout au long du chemin jusqu'à Charles Street, et lorsque je bifurquai dans Revere Street pour remonter vers mon appartement, je jetai un regard derrière moi et vis dans la lumière brumeuse des lampes à gaz un homme qui traversait le carrefour sans se presser ; il regardait dans ma direction, le visage dans l'ombre. Son seul signe distinctif était son chapeau, un modèle à bord étroit. Il continuait d'avancer d'un pas lent et chaloupé. L'espace d'un instant, j'envisageai presque de revenir sur mes pas pour le sommer de s'expliquer. Mais il disparut derrière un bâtiment et je me ravisai. Il est courant de voir les passants dans Charles Street couler des regards vers les rues latérales résidentielles, tout spécialement en hiver quand elles sont illuminées.

Une fois chez moi, j'accordai encore une pensée à l'homme au chapeau avant d'admettre que je devenais paranoïaque. Personne ne m'espionnait au sens propre – ce qui ne voulait pas dire qu'on ne me surveillait pas, et que je n'étais pas, d'une certaine manière, le jouet de quelqu'un.

Depuis le jour où Gwen Mulvey était entrée dans la librairie avec ses questions sur ma liste de crimes parfaits, je n'avais cessé de penser à mon ombre, l'homme – je le considérais toujours comme un homme – qui avait répondu à mon message anonyme intitulé L'INCONNU DU NORD-EXPRESS. Celui qui avait tué Eric Atwell pour mon compte. L'homme qui avait voulu que je tue Norman Chaney.

Et s'il m'avait démasqué ? Ça n'aurait pas été difficile. Il avait peut-être découvert mon nom en se renseignant sur Eric Atwell. Une recherche succincte lui aurait appris pour l'accident de voiture, et le mari que Claire laissait derrière elle ; un mari qui tenait une librairie de romans policiers. Cerise sur le gâteau, le mari en question avait jadis publié sur un blog une liste de huit crimes parfaits, au nombre desquels figurait le roman *L'Inconnu du Nord-Express*. Il n'aurait eu aucun mal à m'identifier. Et ensuite ? Peut-être avait-il pris plaisir à tuer Eric Atwell et voulait-il continuer ? Supposons qu'il ait décidé d'utiliser ma liste comme modèle pour commettre d'autres meurtres ? Ne serait-ce pas un bon moyen d'attirer mon attention ? Si, bien sûr. Tout cela n'était-il qu'un jeu ?

Plus j'y réfléchissais et plus j'étais convaincu que "Charlie", l'homme qui avait mis en scène les meurtres à la manière d'*A.B.C. contre Poirot* et celui du train inspiré d'*Assurance sur la mort* – et sans doute aussi provoqué la crise cardiaque d'Elaine Johnson – était la personne qui avait tué Eric Atwell pour mon compte.

Il me connaissait.

Et ses agissements avaient amené le FBI jusqu'à ma porte. C'était peut-être aussi ce qu'il souhaitait.

*Que veux-tu au juste, Charlie ?*

Je repensai à *L'Inconnu du Nord-Express*. Le roman ne racontait pas l'histoire des victimes. Il se concentrait sur Bruno et Guy, les meurtriers, et la relation qu'ils entretenaient. Peut-être la personne que j'avais contactée par le biais de ce site s'imaginait-elle que nous partagions une relation similaire ? Je me souvins de l'internaute qui avait laissé un commentaire sur ma publication : Dr Sheppard. De toute évidence, il voulait que nous fassions connaissance.

Mon portable sonna. Je jetai un regard à l'écran et vis que c'était Gwen.

— Bonjour, dis-je.

— Désolée d'appeler si tard. Vous étiez couché ?

— Non, ça va. Je suis encore debout.

— Super. Deux ou trois choses : j'ai fait quelques recherches supplémentaires dans l'affaire Elaine Johnson, la femme morte d'une crise cardiaque.

— D'accord.

— J'ai parlé à l'inspectrice qui s'est rendue sur les lieux, et elle m'a signalé que la maison était remplie de livres.

— Je ne suis pas surpris.

Gwen marqua une pause, puis demanda :

— J'aurais un service à vous demander. Ça va vous paraître inhabituel, mais je pense que ça pourrait m'aider. Je vais à Rockland demain après-midi, en voiture. Pourriez-vous m'accompagner ?

— A priori oui, répondis-je, mais en quoi cela vous aidera-t-il ? Je ne vois pas ce que je pourrais découvrir de plus que vous.

— J'y ai déjà réfléchi, dit Gwen. Il se peut que vous ne remarquiez rien, tout comme il se peut que vous notiez certains détails. Vous la connaissiez. Rien ne garantit que votre présence aidera mon enquête, mais je ne pense pas qu'elle puisse lui nuire. Vous comprenez ce que je veux dire ?

— Plus ou moins, répondis-je.

— Alors c'est d'accord ?

— Ma foi, pourquoi pas. Quand comptez-vous prendre la route ?

— Super. Eh bien, je dois rester en poste à New Haven toute la matinée, mais je m'étais dit que je pourrais partir vers midi. Je passe par Boston et je vous récupère vers une heure et demie. On devrait arriver à Rockland aux alentours de cinq heures. Ça marche pour vous ?

— Ça marche. Je me débrouillerai pour qu'on me remplace au magasin. Je suppose qu'on ne rentrera que le lendemain ?

— Je n'y ai même pas pensé. Je viens de décider ça il y a cinq minutes. (Elle réfléchit un instant.) Disons que nous passerons la nuit là-bas. L'inspectrice à qui j'ai parlé a prévu de nous retrouver sur place à cinq heures, mais peut-être qu'un coup d'œil à la maison ne suffira pas et que nous trouverons d'autres témoins que je pourrai interroger le lendemain. Ça vous gêne si nous passons la nuit à Rockland ?

— Pas du tout, répondis-je.

— Alors c'est parfait. Je vous enverrai un texto au moment de quitter New Haven. Vous préférez que je vienne vous chercher à la librairie ou à votre appartement ?

Je répondis que je l'attendrais à la librairie, et nous raccrochâmes.

Je restai un moment debout à réfléchir, puis allai me chercher une bière dans le frigo. J'ignorais pourquoi Gwen tenait tant à ce que je l'accompagne chez Elaine Johnson. Elle était visiblement à court de pistes. Peut-être songeait-elle à sa carrière et pensait-elle mettre la main sur un tueur en série grâce à mon aide ? Ou bien espérait-elle que je me trahisse une fois sur place, que devant la scène de crime, je tombe le masque. Son instinct ne l'avait pas trompée évidemment. Le meurtre d'Elaine Johnson s'inspirait bien d'un des romans de la liste. L'homme qui avait tué Eric Atwell – mon ombre – avait décidé de tuer d'autres personnes, en se servant de ma liste. Et il cherchait à entrer en contact avec moi ; le fait d'avoir choisi Elaine comme victime en était la preuve. Mais où avait-il obtenu ses informations sur elle ? Comment avait-il découvert qu'elle était cliente de ma librairie ? À quel point était-il proche de moi ?

J'étais incapable de répondre à ces questions, mais je savais, je sentais que Gwen Mulvey y parviendrait bientôt. Elle avait relié les points correctement jusqu'ici et ne s'arrêterait pas sur sa lancée. Cette piste la mènerait jusqu'à moi, au meurtre d'Eric Atwell et à ce que j'avais fait à Norman Chaney dans le New Hampshire. Elle allait me démasquer. Il fallait donc que je démasque mon mystérieux complice en premier. Il fallait que je la devance.

## 14

Le lendemain, je me levai de bonne heure, préparai mon sac pour la nuit à venir et me rendis à Old Devils. J'avais mal dormi. C'était évidemment *lui* qui avait occupé mes pensées. Il fallait que je trouve un nom à cet homme. Jusqu'ici, j'avais toujours songé à lui comme une ombre, "mon ombre", mais ce mot me faisait trop penser à un personnage de bande dessinée, The Shadow. Je l'appellerais donc Charlie, comme Gwen et moi le surnommions. Oui, "Charlie" ferait très bien l'affaire.

Dès que je poussai la porte de la librairie, Nero surgit en bondissant par la chatière qui donnait accès au sous-sol. C'est là qu'il dormait quelquefois, près de la chaudière. Mais il n'y restait jamais longtemps quand il y avait des gens dans le magasin. Nero se laissa tomber à mes pieds, puis roula sur le dos et je me penchai pour lui grattouiller le cou. J'espérais qu'un jour viendrait où il pourrait réclamer de l'attention de cette manière sans que je revoie le cadavre ensanglanté de Norman Chaney. Mais ce jour n'était pas encore arrivé.

J'allumai l'ordinateur afin de vérifier mes e-mails, puis écrivis un court message à Brandon pour lui demander de fermer la librairie après son service. Je savais qu'il le ferait, mais je voulais tout de même m'en assurer. Toutefois, si tôt un dimanche, je ne m'attendais pas à recevoir de réponse avant quelque temps.

Tout en buvant mon café, je réfléchis un peu plus au programme de ma matinée. Neuf heures – ou peut-être même huit heures et demie – me paraissait une heure convenable pour appeler Marty Kingship, un ex-policier de ma connaissance qui travaillait à présent à temps partiel comme consultant en sécurité pour un grand hôtel du centre-ville. J'avais rencontré Marty trois ans plus tôt, lors d'une séance de dédicaces de Dennis Lehane. Il était resté bien après le départ de l'auteur et m'avait posé plusieurs questions sur les romans policiers ; lui-même projetait d'en écrire un lorsqu'il était encore dans la police. Avant de partir ce soir-là, il avait proposé que l'on se revoie "un de ces jours" pour prendre un verre. J'avais accepté, et à ma grande surprise, il avait aussitôt suggéré un lieu et une heure : le Marliave, un bar situé de l'autre côté du parc, le jeudi soir suivant, à huit heures.

Je n'étais jamais allé au Marliave. L'établissement était niché dans une petite rue près de Downtown Crossing. On y entrait par un couloir étroit qui menait jusqu'à une salle de bar carrelée, un endroit qui ressemblait davantage à un bistrot français qu'à un repaire d'ancien flic. À mon arrivée, je trouvai Marty Kingship accoudé au long comptoir en train de discuter avec l'un des barmen. Il parut presque étonné quand je m'installai sur le tabouret à côté de lui, comme s'il avait oublié notre rendez-vous.

— Ah. Vous êtes venu ? dit-il.

— Eh bien oui, répondis-je.

— Qu'est-ce que vous buvez ? J'ai pris une Miller Lite, mais Robert ici présent, dit-il en montrant le barman, trouve que j'ai très mauvais goût.

Je commandai une Hefeweizen. Marty réclama une autre bière et commanda à manger : des escargots et une assiette de mini-sandwichs aux boulettes de viande.

Je n'ai jamais été doué pour me faire des amis. J'attribue parfois cela au fait d'avoir été un enfant unique, dont aucun des deux parents – excepté mon père quand il avait trop bu – n'était particulièrement sociable. Mais je pense que le problème est plus profond : je suis incapable de nouer de véritables liens avec les gens. Plus mes rapports avec quelqu'un se prolongent, plus la distance entre nous grandit. Je peux éprouver un immense élan de sympathie pour un vieux touriste allemand qui a passé dix minutes dans ma librairie et acheté un roman de Simon Brett, mais dès qu'une personne me devient familière, c'est comme si elle s'estompait peu à peu, qu'elle se tenait derrière une vitre qui ne cessait de s'épaissir. Mieux je connais les gens, moins je comprends leurs attitudes et leurs réactions. Il y a eu des exceptions : Claire, par exemple. Mon meilleur ami au collège, Lawrence Thibaud, qui était parti vivre au Brésil à la fin de la quatrième. Et puis les personnages des livres, bien sûr. Et les poètes. Plus j'en apprends sur eux, plus je les apprécie.

À l'époque où je l'ai rencontré, Marty cherchait à se faire des amis, et pendant un moment j'avais essayé de remplir ce rôle. Il avait été policier dans l'ouest du Massachusetts, mais avait démissionné peu après que ses enfants avaient quitté le nid et que sa femme avait demandé le divorce. Il était venu s'installer dans un studio près de Dudley Square et se considérait en semi-retraite, malgré son poste à mi-temps dans la sécurité et une ébauche de roman dont j'étais presque sûr qu'il n'écrirait pas un seul chapitre. Il était assez drôle. Et beaucoup moins stupide que sa coupe en brosse, son nez cassé et son corps en forme de poire ne le laissaient supposer ; il lisait facilement cinq livres par semaine. À une époque, il débarquait à la librairie vers l'heure de la fermeture, faisait le plein de nouveaux titres, puis nous allions boire un verre. Il avait toujours une histoire ou une anecdote amusante à raconter, et ne laissait jamais le silence s'installer. Au début, tout allait bien, et puis, comme avec la plupart des gens j'avais senti ce mur se dresser entre nous. C'était comme si notre amitié butait contre un plafond naturel qu'elle ne pouvait dépasser. Aujourd'hui, on ne se voit plus guère que pour prendre un verre au moment de Noël.

J'ignorais si Marty serait en mesure de m'aider, mais je pouvais toujours tenter le coup. Il disposait du temps et des ressources nécessaires pour se renseigner sur Norman Chaney. C'était un risque à prendre, mais je n'avais pas le choix. Si je ne connaissais pas son identité, je savais en revanche que Charlie avait souhaité la mort de Norman Chaney. Je savais aussi qu'il avait voulu confier cette tâche à quelqu'un d'autre, ce qui signifiait qu'il avait toutes les chances d'être suspecté du meurtre.

À neuf heures, donc, j'appelai Marty.

— Salut, répondit-il.

— Je t'ai réveillé ? demandai-je.

— Non. Je sors de la douche. Je me suis fait chier une bonne vingtaine de minutes à essayer de coller les restes de mon ancien savon sur le nouveau. J'ai acheté une nouvelle marque, alors ça veut pas tenir. Pourtant, c'est pas comme si l'un était vert et l'autre orange. Ils sont presque de la même couleur, et malgré ça pas moyen de les rassembler. Mais je pense pas que t'aies appelé pour que je te raconte mes problèmes de douche et de savons ?

— Non, mais c'était une super histoire. Tu as une vie palpitante, dis-moi.

— Tu crois pas si bien dire. Cindy vient passer les vacances de printemps à la maison. Je me fais pas d'illusions : c'est juste qu'elle s'intéresse à un mec qui est à l'université de Boston. N'empêche que je suis impatient.

Cindy était la fille de Marty, et le seul membre de sa famille avec lequel il était encore en contact.

— Content pour toi, Marty. Écoute, j'aurais un service à te demander.

— Ah oui ?

— Si ce n'est pas dans tes cordes ou que ça te pose un cas de conscience, n'hésite pas à me le dire. Je me débrouillerai.

— Tu veux que je tue quelqu'un ? demanda-t-il en riant.

— Non, mais j'aimerais obtenir des renseignements sur quelqu'un qui s'est fait tuer. En tant qu'ancien policier, est-ce que tu peux faire ça ?

— Quel genre de renseignements ?

— Ça doit rester entre nous, précisai-je. N'en parle à personne.

— Pas de souci. Tu as des problèmes ?

— Non, non, répondis-je.

Au fil de la conversation, je compris que Marty attendait, légitimement, que je justifie ma demande. J'optai rapidement pour une version déformée de la vérité.

— Le FBI m'a contacté par rapport à une affaire d'homicide non résolu. Un type du New Hampshire, assassiné il y a environ quatre ans. Norman Chaney. C.H.A.N.E.Y. Ils ne sont pas rentrés dans les détails, mais apparemment ils auraient trouvé chez lui pas mal de livres qui venaient de ma librairie, et ils pensent qu'il pourrait y avoir un lien.

— Quel genre de lien ?

— Ils n'ont pas voulu m'en dire plus. Mais je… tout ça me laisse perplexe, et je me demandais si tu pouvais te renseigner pour moi, trouver quelque chose sur cet homme. J'ai l'impression que ça pourrait avoir un rapport avec Claire.

— Eh bien oui, je peux passer quelques coups de fil, répondit Marty, un peu troublé, mais c'est sans doute rien, Mal. De temps en temps, il arrive qu'un flic se voie confier une affaire non résolue. Il suffit qu'il découvre une piste qui n'a pas fait l'objet d'une enquête approfondie – ici, l'endroit où la victime achetait ses bouquins – et il décide de vérifier. Dans ce cas-là, on soulève la moindre pierre. Tu as dit que c'était le FBI qui était venu te voir ?

— Oui. Bizarre, non ?

— Te tracasse pas pour ça. Je vais passer deux ou trois coups de fil. Je suis sûr qu'il n'y a rien de méchant.

— Merci beaucoup, Marty.

— Quoi de neuf chez toi à part ça ?

— Pas grand-chose. Je vends des livres, j'en achète…

— Allons nous prendre une bière un de ces quatre. Je t'appelle dès que j'ai des infos sur ton Donald Chaney.

— Norman.

— Ouais, ouais. Norman Chaney.

— Ça marche pour la bière, dis-je.

Je raccrochai, et c'est seulement à ce moment que je pris conscience de mes mâchoires crispées et de mes épaules tendues. J'avais passé des années à essayer d'oublier le nom de Norman Chaney. Aujourd'hui, le simple fait de le prononcer à voix haute m'affectait encore physiquement. Je me demandai si je n'avais pas fait une erreur en mêlant Marty à tout cela. Il fallait pourtant que je sache qui voulait la mort de Chaney. Alors que je bougeais mes épaules pour les détendre, Emily entra dans la librairie en déroulant sa longue écharpe. C'était l'heure d'ouvrir. J'allumai le magasin et allai retourner la pancarte OUVERT sur la porte. Dans l'arrière-salle, une pile de nouveaux livres attendaient d'être mis en rayon, et une fois qu'Emily se fut débarrassée de ses couches de vêtements, nous nous attelâmes à la tâche, dans un silence presque absolu. Quand Emily se décida à lâcher un mot, je remarquai qu'elle avait la voix légèrement éraillée, comme si elle s'était enrouée ou avait trop parlé. Je me souvins qu'elle avait évoqué une soirée, mais j'avais du mal à imaginer Emily volubile. J'avais aussi du mal à l'imaginer ayant une vie sociale.

— Quoi de neuf de ton côté ? lui demandai-je.

— Comment ça ?

— Rien, oublie. Je me demandais juste si quelque chose avait changé dans ta vie. Tu habites toujours Cambridge ? Tu sors avec quelqu'un ?

— Euh…, fit-elle.

— Tu as vu de bons films récemment ? demandai-je après un trop long silence, afin de lui offrir une porte de sortie.

— *Under the Skin*, répondit-elle.

— Ah oui. C'est celui où Scarlett Johansson joue le rôle d'une extraterrestre ?

— C'est ça.

— Il est comment ?

— Génial.

— Tant mieux.

Je mis un terme à mes questions. N'ayant jamais eu d'enfant, je n'avais aucune idée de ce qu'on ressentait face à une ado mutique. Mais c'était la relation que j'avais l'impression d'avoir avec Emily.

Nous nous remîmes tous deux à la tâche, et bientôt mon esprit divagua, retournant à ma conversation avec Marty. J'avais peut-être eu tort de lui demander de se renseigner sur Norman Chaney, mais ça me semblait indispensable. Chaney était mon unique lien avec Charlie. Enfin, il y avait aussi Elaine Johnson, s'il avait choisi de la tuer parce que je la connaissais. Si je partais du postulat que les autres victimes avaient été désignées au hasard, alors seul le meurtre de Norman Chaney me permettrait de l'identifier. Charlie avait voulu la mort de Chaney, et si je découvrais son mobile, je découvrirais son identité.

Vers midi, mon téléphone vibra. Gwen m'avertissait qu'elle était en route. Je dis à Emily que je partais plus tôt mais que Brandon fermerait le magasin ; je la prévins également qu'elle devrait peut-être s'occuper de l'ouverture le lendemain. Elle et Brandon disposaient tous deux d'un jeu de clés. Si Emily était curieuse quant à ma destination, elle n'en laissa rien voir.

À l'approche d'une heure, je commençai à garder un œil sur la porte qui donnait sur Bury Street. Mon sac à dos était prêt et contenait de quoi passer une nuit. Malgré la situation angoissante et mon inquiétude à l'idée de ce que Gwen risquait de découvrir, je me réjouissais de faire ce voyage. Depuis le début de l'hiver, j'avais l'impression que la ville m'emprisonnait. J'avais hâte de prendre la route, admirer des paysages enneigés, et j'aperçus Gwen qui s'arrêtait devant une bouche d'incendie, au volant d'une Chevy Equinox beige. Alors que je sortais de la librairie, mon téléphone sonna. Le numéro de Gwen s'afficha sur l'écran. Ignorant l'appel, je traversai la rue et allai frapper à la vitre côté passager. Elle leva les yeux et mit fin à l'appel tandis que je montais dans la voiture. L'intérieur sentait le neuf et je me demandai s'il s'agissait d'une voiture de fonction. J'attachai ma ceinture et posai mon sac à dos par terre entre mes jambes.

— Bonjour, dit-elle. Je nous ai finalement réservé deux chambres à Rockland, juste au cas où. Vous avez tout ce qu'il vous faut ?

— Oui, répondis-je.

Elle continua sur Bury Street en direction de Storrow Drive. Nous restions tous les deux silencieux. Supposant qu'elle se concentrait pour sortir de la ville, je décidai d'attendre qu'elle parle la première. Dès que nous eûmes rejoint la 93 Nord, elle me remercia d'être venu.

— Ça va me faire du bien de sortir de Boston, dis-je.

Pour la première fois depuis notre départ, je la regardai. Elle avait retiré son manteau pour conduire et portait un pull-over à torsades et un jean foncé. Les mains bien ancrées sur le volant (à dix heures dix), elle scrutait la route en plissant les yeux, comme une personne qui a besoin de lunettes. Elle était si absorbée par sa conduite que j'eus tout loisir d'étudier son visage ; il était plus intéressant de profil, à travers ses traits caractéristiques : son nez légèrement retroussé, son front dominant et sa peau lisse et pâle, saupoudrée çà et là de taches de rousseur. Quand j'observe le visage de quelqu'un, je ne peux m'empêcher de l'imaginer soit très jeune, soit très vieux. Je me figurai Gwen à cinq ans, les yeux écarquillés, se mâchonnant la lèvre, cachée derrière la jambe d'un de ses parents. Puis je l'imaginai en vieille femme, de longs cheveux gris noués derrière la tête, sa peau fine comme du papier de soie, pareille à celle de certaines personnes âgées, mais toujours jolie, avec ses grands yeux intelligents. Il y avait quelque chose de familier chez elle, dans ce visage pâle et ovale, mais je n'arrivais pas à définir ce que c'était.

— Nous avons rendez-vous avec l'inspectrice Cifelli au domicile d'Elaine Johnson à six heures. Vous avez déjeuné ?

Je répondis que j'avais pris mon petit déjeuner tard, et nous finîmes par nous arrêter sur une aire de repos à la périphérie de Kennebunk dans le Maine. Il y avait un Burger King et un Popeyes Chicken. Nous commandâmes chacun un hamburger et un café et mangeâmes rapidement sur une banquette le long de la vitre. Le soleil brillait si fort au-dehors dans le ciel sans nuages, et la neige fraîche sur le sol était si blanche que nous devions plisser les yeux.

Son sandwich avalé, Gwen retira le couvercle de son café et déclara :

— On a arrêté quelqu'un pour le meurtre de Daniel Gonzalez. La nuit dernière.

— Ah. Le type abattu pendant qu'il promenait son chien ?

— Oui. On a découvert qu'il vendait de la MDMA aux étudiants de son université. Il a été tué par un trafiquant rival. Visiblement nous nous étions trompés.

— Il n'empêche…

— Oui. Nous avons tout de même beaucoup d'arguments solides. *A.B.C. contre Poirot*, c'est du solide, *Assurance sur la mort* aussi. Et je suis quasiment certaine de ce que nous allons découvrir à Rockland au domicile d'Elaine Johnson.

— Vous pensez qu'on découvrira quoi ? demandai-je.

— Quelque chose. Charlie aura laissé quelque chose. Il soigne ses mises en scène. Ça ne lui suffisait pas de tuer trois personnes qui avaient des noms d'oiseaux, par exemple. Il fallait qu'il nous envoie une plume.

— Une plume ? dis-je.

— Ah, c'est vrai que je ne vous en ai pas parlé. Après les meurtres de Merle Callahan, Ethan Byrd et Jay Bradshaw, les postes de police ont tous reçu une enveloppe contenant une plume d'oiseau. Je ne suis pas censée vous communiquer cette info car elle n'a pas été rendue publique, mais on va dire que je vous fais confiance.

— Eh bien, merci.

— Vous comprenez donc ce que j'entends par "soigner sa mise en scène". C'est ce qui me pousse à croire qu'on trouvera quelque chose sur la scène de crime. Ça, et le fait que vous ayez connu la victime. Parce que celui qui s'inspire de votre liste vous connaît. Ça ne signifie pas que vous le connaissez… encore que. Mais lui, si. Oui, Charlie vous connaît. Et je suis certaine que nous allons trouver quelque chose là-bas… un élément qui reliera le crime à la liste. Quelque chose de concret. Je suis très confiante. Vous ne finissez pas ?

Je me rendis compte que je tenais ma moitié de hamburger entre mes doigts depuis deux minutes.

— Oh, si, si, répondis-je avant de prendre une grosse bouchée, même si je n'avais plus faim.

Je savais que tout ce que Gwen venait de dire était exact, et c'était effrayant d'entendre quelqu'un formuler mes propres réflexions à voix haute.

— Emportez-le si vous voulez, mais il faut qu'on reprenne la route. Il nous reste encore deux bonnes heures pour arriver à Rockland.

# 15

L'INTÉRIEUR DE LA MAISON d'Elaine Johnson ressemblait à peu près à ce que j'avais imaginé : encombré et poussiéreux, des livres partout.

C'était une bâtisse de style Cape Cod à la peinture grise écaillée. Située à un peu moins d'un kilomètre de la Route 1, elle disparaissait presque sous les immenses pins, et la neige récemment tombée en rendait l'accès difficile. Gwen stationna la Chevy Equinox dans la rue trouée d'ornières, juste derrière le véhicule de police et son occupante qui nous attendait. L'inspectrice Laura Cifelli était une jolie femme d'âge moyen au visage rond, en grande partie camouflé par la capuche doublée de fourrure d'une énorme parka. C'était le crépuscule, le soleil pâle était bas sur l'horizon et nos souffles tourbillonnaient dans l'air glacé. Nous échangeâmes de rapides bonjours, puis nous nous frayâmes un chemin à travers la neige jusqu'à la porte d'entrée, où nous patientâmes une éternité que l'inspectrice Cifelli extirpe la clé d'une de ses poches. J'aperçus une voiture dans l'allée, une de ces vieilles Lincoln rectangulaires, sans doute trop longue pour tenir dans le garage attenant à la maison. Une fois à l'intérieur, l'inspectrice nous expliqua qu'à sa connaissance, et jusqu'à nouvel ordre, la maison constituait un bien non réclamé, Elaine Johnson étant morte sans laisser ni testament ni parents proches.

— Il y a de la lumière ? demanda Gwen.

En guise de réponse, l'inspectrice appuya sur un interrupteur, inondant la cuisine de la lumière crue d'un plafonnier.

— L'électricité n'a pas encore été coupée, précisa-t-elle. Je suppose qu'ils font tourner le chauffage au minimum pour que les tuyaux ne gèlent pas.

Je promenai mon regard autour de la cuisine, étonné de découvrir un bocal de beurre de cacahuètes ouvert sur l'îlot carrelé, un couteau planté à l'intérieur. Je n'avais jamais aimé Elaine Johnson, mais je ne me réjouissais pas pour autant qu'elle soit morte seule.

— Est-ce que la police scientifique a établi un rapport ? demanda Gwen.

— Non, juste le coroner. Il a conclu à une mort naturelle : crise cardiaque. Pour autant que je sache, personne n'est revenu ici depuis qu'on a emmené le corps.

— Étiez-vous sur place ?

— Oui. C'est moi qui ai reçu l'appel. Le corps se trouvait dans la chambre, à mi-chemin entre le placard et le lit. Je peux vous montrer si vous voulez. Il était là depuis plus d'une semaine. Dès que je suis entrée dans la cuisine, j'ai su qu'il y avait un cadavre dans la maison.

— Oh…, fit Gwen avec une moue dégoûtée. Désolée. Qui a prévenu la police ?

— Sa voisine d'en face nous avait signalé que son courrier s'entassait. Leurs boîtes aux lettres sont côte à côte. Quand je suis venue vérifier, j'ai constaté que la porte de la maison n'était pas fermée à clé, alors je suis entrée. J'ai tout de suite su que ça n'allait pas être joli.

— La voisine a-t-elle signalé quelque chose de suspect dans le quartier ?

— Pas que je sache. Il faut dire qu'on ne le lui a jamais demandé, vu qu'on pensait à une mort naturelle. Ne vous gênez surtout pas pour l'interroger à ce sujet. Demain, peut-être ? Vous passez la nuit ici ?

— Oui, répondit Gwen. J'aurais peut-être aussi besoin de parler au coroner. Tout dépendra de ce qu'on trouvera dans la maison.

Tout en suivant leur discussion, j'avais commencé à explorer la pièce du regard. Il y avait deux étagères sur le mur du fond, vraisemblablement destinées à accueillir des ustensiles de cuisine ou des denrées alimentaires, mais Elaine y avait entassé des romans reliés. J'examinai le dos des livres : beaucoup de romans d'Elizabeth George et d'Anne Perry, deux des auteurs préférées d'Elaine, mais il y en avait aussi quelques-uns que j'aurais classés dans la catégorie “thriller romantique”, voire romance, un genre qu'Elaine Johnson disait détester.

— Aucun problème, déclara l'inspectrice Cifelli. Bon, je suis disposée à rester pour vous aider à explorer la maison, mais je peux tout aussi bien vous confier la clé et vous laisser vous débrouiller. Tant que vous nous la rapportez demain matin.

— Vous n'êtes pas obligée de rester, répondit Gwen. Vous avez déjà fait beaucoup.

— Très bien. Dans ce cas, je vous laisse. Vous n'aurez qu'à passer au poste de police demain matin quand vous voudrez.

— D'accord.

Nous saluâmes l'inspectrice avant de la regarder regagner sa voiture avec peine.

Gwen se tourna vers moi.

— Prêt ? dit-elle.

— Prêt, répondis-je. Est-ce qu'on établit un plan d'attaque ou on se contente de jeter un œil dans la maison ?

— J'avais pensé que vous pourriez vous concentrer sur les livres, et je m'occuperais du reste.

— D'accord.

Nous entrâmes dans ce qui tenait probablement lieu de salle à manger, et Gwen trouva un interrupteur qui illumina un lustre à l'éclairage vacillant. Il y avait des livres partout, la plupart empilés çà et là sur le sol ou sur la table à manger rectangulaire.

— J'aurai peut-être besoin d'un coup de main pour les livres, annonçai-je.

— Inutile de les examiner en détail. Cherchez simplement ce qui sort de l'ordinaire. Je monte voir la chambre.

Je restai dans la salle à manger. Il était un peu difficile de passer en revue la collection de romans policiers d'Elaine Johnson sans s'interroger sur leur valeur. Elle possédait un tas de bouquins qui ne valaient rien – des piles entières de livres de poche grand public dans un état discutable –, mais j'identifiai assez vite une première édition de *Postmortem* de Patricia Cornwell, et une des *Égouts de Los Angeles* de Michael Connelly. Je me demandai ce qu'il adviendrait de ces livres, avant de me souvenir que je n'étais pas là pour le travail.

— Malcolm ! fit la voix de Gwen depuis l'étage.

— Oui, criai-je à mon tour.

— Pouvez-vous me rejoindre en haut ?

Je montai l'escalier, où des livres s'empilaient également sur le bord des marches, et vis Gwen dans la chambre en train de contempler une paire de menottes suspendue à un clou. Je tendis le doigt dans leur direction.

— Ne touchez à rien, me dit-elle aussitôt. Je pense qu'on devrait relever les empreintes.

— Il y a des menottes accrochées au mur dans le décor de *Piège mortel*, dis-je. Cet accessoire joue un rôle crucial dans l'intrigue.

— Je sais, dit-elle. J'ai revu le film hier soir. Regardez par terre.

Au pied du mur était posé un cadre contenant un tirage photo représentant un phare.

— Vous croyez que Charlie a apporté ces menottes et qu'il a décroché ce cadre pour les accrocher à la place ? demandai-je. Pour qu'on comprenne bien qu'il s'agissait d'un hommage à *Piège mortel* ?

— Oui, répondit Gwen en se tournant vers le placard. Il s'était caché, probablement dans ce placard… peut-être qu'il portait un masque… et tout à coup il surgit dans la pièce et l'effraie suffisamment pour la tuer.

— C'est étrange, dis-je. A priori, c'est la première fois qu'il met les choses en scène de manière à nous aiguiller spécifiquement vers la liste.

— C'est aussi la première fois qu'il tue quelqu'un que vous connaissez.

Nous restâmes immobiles à contempler le placard. Soudain Gwen déclara :

— En ce qui me concerne, j'ai vu ce que je voulais voir. J'aimerais juste que quelqu'un photographie ces menottes et relève les empreintes.

— Il portait sûrement des gants, fis-je observer.

— Sans doute, oui, mais on ne le saura qu'après avoir vérifié.

Je balayai du regard le reste de la pièce tandis que Gwen sortait son téléphone et lisait avec attention ce qui semblait être un texto qu'elle venait de recevoir. Le vieux lit à baldaquin avait été fait à la va-vite et recouvert d'un dessus de lit en chenille rose. Sur le parquet en bois, des carpettes tissées avaient perdu leur couleur au fil des ans. Celle au pied du lit était pleine de poils.

— Avait-elle un animal de compagnie ? demandai-je.

— Je ne me souviens pas qu'il en ait été question dans le rapport, répondit Gwen.

J'essayai de me rappeler l'époque où Elaine Johnson venait à Old Devils : je n'avais pas le souvenir qu'elle se fût intéressée à Nero. Sans doute que sa sœur avait eu un chien ou un chat et qu'Elaine n'avait jamais nettoyé le tapis. À vrai dire, la maison n'était pas particulièrement propre. Je m'avançai pour regarder une photo encadrée sur le mur au-dessus de la commode. Le cadre était blanc, mais une couche de crasse noire luisait sur le bord supérieur. La photo montrait une famille en vacances, le père en chemisette de golf, la mère en robe à carreaux courte et lunettes à monture en corne. Il y avait quatre enfants, deux grands garçons et deux filles plus jeunes. La famille posait devant un arbre énorme, sans doute un séquoia quelque part en Californie. Je me penchai pour tenter de déterminer laquelle des fillettes était Elaine, mais le cliché était légèrement flou et terni par le temps. Je devinai cependant qu'il s'agissait de la plus jeune, celle qui portait des lunettes et tenait une poupée contre sa jambe. C'était la seule enfant à ne pas sourire.

— Prêt ? demanda Gwen.

— Prêt, répondis-je.

En revenant au bas de l'escalier, je scrutai rapidement le salon et ses murs bordés d'étagères.

— Est-ce que je peux jeter un coup d'œil aux livres du salon ? demandai-je.

Gwen accepta avec un haussement d'épaules.

À l'évidence, la sœur d'Elaine était elle aussi une grande lectrice, et la plupart des livres remplissant les étagères du salon lui avaient appartenu. Il y avait beaucoup d'essais et de romans historiques. Une étagère entière était consacrée à James Michener. Mais il y avait également une haute bibliothèque casée dans un coin, visiblement par Elaine. Sur l'une des étagères trônait une collection poussiéreuse de presse-papiers anciens en verre. Le reste était rempli de romans policiers classés par auteur. Je fus assez étonné d'y voir l'œuvre complète de Thomas Harris, un écrivain qu'Elaine avait un jour qualifié devant moi de "pervers à la réputation surfaite". J'eus également la surprise d'y trouver une édition du *Bouillon rédempteur*, avant de me rendre compte qu'il était intercalé entre *L'Inconnu du Nord-Express* et un exemplaire de *Piège mortel*. Un frisson d'angoisse me traversa. Ils étaient tous là – les huit livres de ma liste – classés dans l'ordre. J'allai chercher Gwen et la ramenai devant la collection : ses yeux s'écarquillèrent. Elle prit une photo avec son téléphone.

— Vous pensez que c'est lui qui a apporté ces livres ou qu'ils étaient déjà là ? demanda-t-elle.

— Il les a probablement apportés. Peut-être qu'Elaine possédait tous ces livres, mais j'en doute.

— Croyez-vous qu'ils nous apprendront quelque chose ? demanda-t-elle.

— Possible. Il les a forcément achetés quelque part, dans mon magasin ou ailleurs. En général, quand on achète un livre d'occasion, il y a un prix écrit au crayon à l'intérieur de la couverture, et parfois aussi un autocollant avec le nom du vendeur.

— Je ne veux pas que vous touchiez ces livres, mais pourriez-vous apprendre quoi que ce soit en regardant leur dos ?

J'étudiai soigneusement le dos des huit livres de ma liste, alignés côte à côte comme une preuve accablante. Le seul qui dépassait était *Préméditation.* Je reconnus l'édition de poche britannique datant d'une dizaine d'années, sortie conjointement avec une mini-série télévisée. J'étais certain de l'avoir eue dans mon magasin car je me souvenais à quel point elle me sortait par les yeux. J'ai généralement horreur des couvertures des éditions dérivées. Je dis à Gwen qu'il me semblait que l'un des livres venait de ma librairie.

— D'accord. Très bien, dit-elle. (Je perçus l'excitation dans sa voix.) Dès que j'aurai fait relever les empreintes, je les ferai photographier et nous pourrons les examiner ensemble. Allons à l'hôtel.

Gwen nous avait réservé deux chambres dans un Hampton Inn & Suites à environ un kilomètre du centre-ville de Rockland. L'hôtel faisait face à un McDonald's et je m'inquiétais qu'on finisse par dîner là-bas, mais Gwen cita le nom d'un restaurant qu'elle appréciait sur Main Street.

— J'ai réservé pour deux personnes, dit-elle, mais si vous préférez dîner ailleurs…

— Non, répondis-je. Je serai heureux de suivre votre conseil.

Nous prîmes possession de nos chambres, puis nous retrouvâmes une heure plus tard dans le hall de l'hôtel et nous rendîmes en ville en voiture. Comme ce n'était pas la haute saison, je fus surpris de voir que plusieurs restaurants semblaient ouverts. Nous nous garâmes juste devant un bâtiment en briques d'un étage, à quelques pas de l'entrée du Town Tavern, qui se présentait comme une "brasserie-huîtrerie". Nous étions dimanche soir et, comme on pouvait s'y attendre, l'endroit était vide, à l'exception de deux couples assis au bar. L'hôtesse, une femme assez jeune portant un sweat-shirt des Bruins, nous conduisit jusqu'à un box.

— Ça vous va ? demanda Gwen.

— Ça me va. Vous disiez que vous étiez déjà venue ?

— Mes grands-parents ont une maison sur le lac Megunticook pas loin d'ici. Je passe au moins deux semaines chaque été sur la Midcoast. Pour tout vous dire, c'est mon grand-père qui voue un culte à cet endroit : on y prépare les huîtres gratinées comme il les aime.

La serveuse arriva. Je commandai une Gritty McDuff's brune et un sandwich au homard. Gwen demanda une Harpoon et un Haddock Rueben.

— Pas d'huîtres gratinées ? dis-je.

Gwen se tourna vers la serveuse.

— Pourrait-on avoir six huîtres en entrée ? (Une fois la serveuse partie, elle ajouta à mon adresse :) Je les mangerai avec une pensée pour mon grand-père. Je lui dirai…

— Où habitent-ils le reste de l'année ? demandai-je.

— Dans le nord de l'État de New York. Ils parlent sans cesse de venir s'établir ici pour de bon, mais il faudrait qu'ils achètent une nouvelle maison. Celle du lac n'est pas équipée pour l'hiver. Vous êtes déjà venu dans cette partie du Maine ?

— Je suis allé à Camden. Une fois. C'est tout près d'ici, non ?

— La ville voisine, oui. Quand était-ce ?

— Je ne sais plus exactement. Il y a une dizaine d'années. Pour des vacances.

J'y étais allé avec Claire, évidemment, du temps où nous faisions des virées en voiture à travers la Nouvelle-Angleterre.

Nos bières arrivèrent, accompagnées d'une corbeille de pain. Nous bûmes chacun deux ou trois gorgées, puis Gwen demanda :

— Je peux vous poser quelques questions au sujet de votre femme ? Ça ne vous dérange pas ?

— Ça ne me dérange pas, non.

J'essayai de garder l'air normal, mais j'étais bien conscient que nos regards s'évitaient.

— Quand est-elle décédée ?

— Ça fait maintenant cinq ans, même si j'ai l'impression que c'était hier.

— Je comprends, dit-elle en essuyant du dos de la main un peu de mousse sur sa lèvre. Ça a dû être terrible. Mourir si jeune… et de cette manière.

— Vous avez fait vos recherches.

— Effectivement. Un peu. Quand j'ai découvert la liste et trouvé votre nom, je me suis renseignée sur vous.

— Vous savez donc qu'on m'a interrogé dans l'enquête sur le meurtre d'Eric Atwell ?

— J'ai vu ça, oui.

— Je n'aurais pas hésité à le tuer si j'en avais eu l'occasion. Mais ce n'est pas moi.

— Je sais que vous ne l'avez pas tué.

— Bien sûr. Vous faites simplement votre travail, et vous vous posez des questions sur le lien que je peux avoir avec tous ces meurtres. La vérité est que je n'en ai aucun, du moins pas à ma connaissance. Après la mort de ma femme, j'ai décidé de continuer ma vie seul, entre mon travail et mes lectures. Je veux juste être tranquille.

— Je vous crois.

Après m'avoir dit cela, elle m'adressa un regard empreint d'une émotion que je ne parvins pas tout à fait à déchiffrer. Cela ressemblait à de l'affection. Mais il s'agissait peut-être de pitié.

— Vous êtes sûre ?

— Eh bien, cette scène de crime, le meurtre d'Elaine Johnson, change effectivement la donne. Elle diffère des autres. Cette fois, les indices pointent directement vers vous et vers la liste.

— Je sais. C'est extrêmement dérangeant.

— Parlez-moi un peu de Brian Murray. Pensez-vous qu'il ait pu connaître Elaine Johnson ?

— Il la connaissait, oui. J'ignore s'il lui avait déjà parlé, mais il la connaissait forcément. Brian ne manque aucune de nos lectures, et Elaine non plus. Elle n'en *manquait* aucune.

— Qu'est-ce qui vous a amenés à acheter la librairie ensemble ?

— Nous nous connaissions, sans être vraiment proches mais il passait souvent à la librairie et il nous arrivait de prendre un verre ensemble. Quand l'ancien propriétaire a décidé de vendre, j'ai dû en parler à Brian, je lui ai probablement dit que je l'aurais achetée si j'en avais eu les moyens. Il m'a aussitôt proposé qu'on s'associe. Il a demandé à son avocat de rédiger un contrat comme quoi il apporterait la majorité du capital tandis que je m'occuperais du magasin. Ça me convenait tout à fait, et c'est toujours le cas. Mais Brian n'a rien à voir avec ces meurtres.

— Comment le savez-vous ?

Je sirotai ma bière.

— Brian est un alcoolique, à peine capable de donner le change. Il met à peu près deux mois pour pondre son roman annuel puis passe le reste de l'année à boire. Il a soixante ans mais en paraît soixante-dix et chaque fois qu'on se voit, il me raconte inlassablement les mêmes histoires. J'ai tout simplement du mal à imaginer ça. Même s'il avait des intentions de meurtre, il serait incapable de les mettre en œuvre. Brian ne conduit même plus. Il ne peut pas faire un pas sans prendre un taxi.

— Je vois.

— Vous me croyez ?

— Je vais me renseigner à son sujet, mais, oui, je vous crois. Il fut un temps, en fait, où je lisais ses romans. Quand j'étais adolescente. C'est en partie à cause d'Ellis Fitzgerald que je suis devenue policière.

— Ses premiers romans étaient bons.

— Je les adorais. Je me souviens que je pouvais dévorer un livre en une journée.

Nos huîtres arrivèrent, puis peu après, le reste de notre commande. Nous mangeâmes sans plus évoquer ni la scène de crime, ni Brian Murray, ni aucun détail de nos vies personnelles. Gwen m'exposa son programme du lendemain. Elle se rendrait à l'antenne du FBI la plus proche et demanderait à un technicien de la police scientifique de procéder à des relevés au domicile d'Elaine Johnson. Elle tenait également à s'entretenir avec les voisins pour vérifier si l'un d'eux avait aperçu une personne ou tout au moins un véhicule suspect aux environs de la mort d'Elaine Johnson.

— Je peux me renseigner pour trouver un bus qui vous ramènera à Boston, dit-elle. Ou vous pouvez revenir avec moi, mais ce ne sera peut-être pas avant la fin de l'après-midi.

— J'attendrai, répondis-je. Sauf si vous prévoyez de passer une autre nuit sur place. J'ai apporté un livre.

— Un de la liste ?

— Effectivement. *Préméditation.*

Après le dîner, nous rentrâmes à l'hôtel. Le hall était désert et la lumière, blafarde.

— Merci de m'avoir accompagnée pour ce voyage, me dit Gwen. Je sais que ça n'est pas évident pour vous.

— C'est plutôt agréable en fait, répondis-je. Quitter un peu la ville.

— Visiter une scène de crime…

— Oui.

Nous demeurâmes un moment sans parler, dans un silence gêné. Je me demandai s'il était possible que je ne la laisse pas indifférente. Je n'avais qu'une dizaine d'années de plus qu'elle et je savais que je n'étais pas laid. Mes cheveux étaient désormais tout gris, ou plutôt argentés, mais je ne les avais pas perdus. J'étais mince, j'avais un menton bien dessiné, les yeux bleus. Je fis un pas en arrière. Une barrière scintillante se dressait entre nous, la même barrière qui m'empêchait de devenir réellement proche de quiconque, à l'exception des fantômes. J'imagine que Gwen la sentit car elle me souhaita bonne nuit.

Je regagnai ma chambre et commençai à lire.

# 16

CE QUI M'AVAIT MARQUÉ dans *Préméditation* lorsque j'avais découvert le roman au sortir de l'université, c'était la froide détermination du meurtrier.

Edmund Bickleigh, comme nous l'apprenons à la première page du roman, a décidé de tuer son épouse, une femme dominatrice et vindicative. En tant que médecin, il a accès à un arsenal de drogues médicamenteuses. Durant la première moitié du livre, il rend peu à peu sa femme dépendante à la morphine. Pour ce faire, il verse dans son thé une substance qui lui cause des maux de tête foudroyants, dont il la soulage ensuite à l'aide de l'opiacé. Il lui supprime alors la morphine de manière si brutale qu'elle en vient à imiter sa signature sur les ordonnances pour pouvoir s'en procurer. Les autres habitants de leur petit village comprennent vite que la femme se drogue. La suite est simple : un soir, il lui administre une surdose en sachant qu'il ne court aucun risque d'être accusé.

Je lus la plus grande partie du roman dans la nuit et le terminai le lendemain matin. J'avais eu du mal à me concentrer, mais à certains moments du livre – qui est en fait assez comique –, j'avais été happé par l'histoire. Une fois n'est pas coutume, je m'étais rappelé le temps de ma première lecture, combien j'étais jeune, comment les mêmes mots résonnaient différemment en moi. À l'époque où je commençai à travailler à la librairie Redline sur Harvard Square, après mes études, Sharon Abrams, la femme du propriétaire, m'avait noté sur une feuille de papier la liste de ses livres favoris ; tous sauf un étaient des romans policiers. Cette liste, il y a longtemps que je l'ai perdue, mais je l'ai toujours en mémoire. Outre *Préméditation*, elle comprenait *Le Cœur et la Raison* et *Les Neuf Tailleurs* de Dorothy L. Sayers, *La Fille du temps* de Josephine Tey, *Rebecca* de Daphné du Maurier, les deux premiers livres de Sue Grafton, *The Ritual Bath*[*] de Faye Kellerman et *Le Nom de la rose* d'Umberto Eco, bien qu'elle m'eût avoué ne jamais l'avoir terminé ("J'adore le début !"). Un autre de ses livres favoris était *La Maison d'Âpre-Vent* de Charles Dickens, dont on peut considérer qu'il comporte des éléments de roman policier.

Je me rappelle avoir été tellement touché par son geste qu'en l'espace d'environ deux semaines, j'avais lu tous les romans de sa liste, y compris ceux que je connaissais déjà. En découvrant *Préméditation*, le regard sombre que l'œuvre portait sur l'humanité m'avait remonté le moral. Il s'agissait en somme d'une satire réduisant en pièces le concept de romance. Mais cette nuit, en relisant le livre dans cet hôtel, il m'avait davantage fait l'effet d'un roman d'horreur. Bickleigh, obsédé par une vie à laquelle il

* Roman non traduit en français.

n'accèdera jamais, tue sa femme, et ce meurtre le détruit. L'acte qu'il a commis l'infecte à jamais.

Juste avant midi, Gwen m'envoya un texto pour m'informer qu'elle serait prête à quitter le Maine au plus tard à quatre heures. Je lui répondis de prendre tout le temps nécessaire. J'avais décidé de descendre à pied jusqu'en ville. Il faisait beau, les températures étaient légèrement remontées, et la veille, j'avais mémorisé le chemin jusqu'à Rockland.

Je rendis les clés de ma chambre au réceptionniste en demandant si je pouvais lui laisser mon sac à dos pour la journée, puis marchai jusqu'au centre-ville. Dans une petite librairie d'occasion, j'achetai un recueil de poèmes de Ted Hughes, *The Hawk in the Rain*. Je retournai ensuite dans le restaurant où Gwen et moi avions dîné la veille et m'installai au bar avec mon livre. Je commandai une bière et un bol de soupe de palourdes que l'on me servit accompagnée de petits pains blancs. Je lus le recueil en essayant de me vider l'esprit des préoccupations des derniers jours. Non seulement je craignais que Gwen ne finisse par découvrir mon rôle dans la mort d'Eric Atwell et de Norman Chaney, mais j'étais aussi perturbé par les souvenirs que cette enquête avait réveillés ; des souvenirs de Claire et de l'année qui suivit sa mort, que je pensais avoir définitivement archivés. Ma soupe terminée, je commandai une autre bière. Dans un coin, une télévision diffusait sans le son un vieil épisode de *Cheers*, un des premiers, avec Coach et Diane.

Je sentis mon téléphone vibrer dans ma poche et supposai que c'était Gwen, me prévenant qu'elle était prête à partir. Il s'agissait en fait de Marty Kingship.

— Salut, dis-je.

— Tu as une minute ? demanda-t-il.

— Oui.

Je m'apprêtais à sortir du restaurant pour discuter, mais je vis que j'étais le seul client au comptoir ; le barman déballait des caisses de vin à bonne distance.

— Je me suis renseigné sur ton type-là, Chaney, reprit Marty. Laisse-moi te dire que c'était une belle enflure.

— Qu'est-ce que tu entends par là ?

— J'entends que si tu cherches à savoir qui voulait le voir mort, t'as plus vite fait de faire la liste de ceux qui voulaient qu'il reste en vie. Il a très probablement tué sa femme.

— Comment ça, "très probablement" ?

— Un incendie s'est déclaré dans leur maison ; lui en a réchappé, mais pas elle. Le beau-frère de Chaney a porté plainte contre lui. Il était persuadé que c'était Chaney qui avait mis le feu après avoir enfermé sa femme dans la chambre. Il a expliqué aux enquêteurs que sa sœur Margaret, la femme de Chaney, avait l'intention de quitter Norman, et que Norman le savait. Il l'avait trompée à plusieurs reprises et Margaret avait des preuves, donc elle était assurée d'obtenir au moins la moitié de leurs biens communs.

— Ils étaient riches ?

— Ils avaient de l'argent, ça oui. Chaney était propriétaire de deux stations-services, mais il avait fait l'objet d'une enquête pour blanchiment. L'enquête n'avait pas abouti.

— Pour qui blanchissait-il de l'argent ?

— Oh, une bande de dealers du coin. Il a dû déconner à un moment ou un autre parce que l'une de ses stations-services s'est fait braquer et un employé s'est pris une balle. Seulement personne n'a cru au hold-up ordinaire ; tout le monde suspecta un acte de représailles. C'était à peine six mois avant la mort de sa femme. Comme je disais, il y avait une flopée de personnes qui voulaient se débarrasser de lui. Norman Chaney était un sale type.

— Que lui est-il arrivé après l'incendie ?

— Il a vendu ses stations-services et acheté une maison dans un patelin du New Hampshire. Près des stations de ski. Mais quelqu'un l'a retrouvé là-bas, et l'a tué. Sûrement le beau-frère.

— Qu'est-ce qui te fait penser ça ?

— C'est pas moi qui le pense mais le flic à qui j'ai parlé. Chaney s'est fait tabasser à mort chez lui. Il y avait des traces de lutte. Il y a fort à parier que ça n'avait rien à voir avec la drogue. S'il avait été dans le collimateur d'un dealer, quelqu'un se serait simplement pointé pour lui coller une balle dans le crâne. C'était un travail d'amateur, conclusion : c'était sans doute le beau-frère.

— Mais il n'a jamais été inquiété ?

— Il devait avoir un alibi.

— Comment s'appelait-il ?

— Nicholas Pruitt. Il est prof de littérature à l'université de New Essex. Ouais, je sais... il a pas vraiment le profil d'un meurtrier.

— Tout dépend de ce qu'on lit.

Marty lâcha un rire.

— Tout juste. Dans un bouquin de l'inspecteur Morse, tu peux être sûr que ce serait lui le coupable. Mais dans la vraie vie, c'est pas la même chose.

— Merci d'avoir fait ces recherches, Marty.

— Tu rigoles ? Je m'étais pas amusé autant depuis ma douche d'hier. Et c'est que le début parce que je vais continuer à chercher.

— Vraiment ? Ce serait super.

Marty toussa pour s'éclaircir la voix, puis demanda :

— Je ne veux pas me mêler de ce qui ne me regarde pas, mais t'as pas d'ennuis au moins ?

— Non. Comme je t'ai dit, le FBI m'a posé des questions sur ce type dont je n'avais jamais entendu parler. Ils m'ont dit qu'il avait toute une collection de vieux romans policiers, et que beaucoup contenaient des marque-pages de Old Devils.

— Tu les as crus ?

Je baissai la voix.

— Je ne sais pas, Marty. Pas vraiment. Avant de mourir, Claire avait recommencé à se droguer… je t'en avais parlé. Peut-être qu'elle connaissait Norman Chaney et qu'ils pensent que je m'en suis pris à lui parce qu'il la fournissait ou quelque chose comme ça. C'est juste une hypothèse. Je n'aurais jamais dû te demander de…

— Non, non, non, me coupa-t-il aussitôt. On les emmerde. Je sais que tu n'as rien à voir avec ce meurtre, mais il fallait que je te pose la question.

— Honnêtement, ça ne m'empêcherait pas de dormir, mais depuis que je me dis que ça pouvait avoir quelque chose à voir avec Claire, je n'arrive plus à me sortir cette histoire de la tête.

— Je vais continuer à me renseigner, mais jusqu'ici, je n'ai trouvé aucun lien avec Claire. Parce qu'il n'y en a pas, Mal. J'en suis sûr.

— Merci, Marty. Tu as fait du bon boulot. Ça mérite largement un verre.

— Tardons pas à le prendre, dit-il. Je vais fouiner un peu plus et je te ferai mon rapport. Mercredi, ça t'irait ?

— Ça marche, dis-je, et nous nous entendîmes sur le rendez-vous : six heures au Jack Crow's.

Lorsque j'eus raccroché, le barman vint voir si tout allait bien. J'en profitai pour lui demander un stylo et notai le nom de Nicholas Pruitt sur une serviette en papier. Mon corps bouillonnait d'excitation. Ce Nicholas Pruitt semblait le coupable évident. Si Norman avait tué la sœur de Pruitt, alors Pruitt avait un mobile. Et en tant que professeur de littérature, il connaissait vraisemblablement le roman *L'Inconnu du Nord-Express*. J'avais le sentiment d'avoir réussi. J'avais trouvé Charlie.

J'allais devoir dire à Marty d'arrêter ses recherches. Marty était un inspecteur de police à la retraite. Lui demander d'enquêter sur un crime non résolu, c'était un peu comme agiter un morceau de viande devant un chien affamé. Je devais m'assurer qu'il cesse de creuser.

Il n'était pas encore deux heures, mais je n'avais pas envie de rester assis dans ce bar. Je sortis et flânai d'un bout à l'autre de la rue principale, avec ses bâtiments en briques où s'alignaient les boutiques de souvenirs aux rideaux baissés et les rares restaurants ouverts. Resserrant l'écharpe autour de mon cou, j'allai jeter un coup d'œil sur le port, protégé par sa digue longue de plus d'un kilomètre qui s'avançait dans l'océan. Il avait fait si froid que des morceaux de glace laiteuse flottaient près de la côte. Plus loin, l'eau scintillait sous le soleil. J'étais cisaillé par la brise océanique sous mes couches d'habits, quand mon téléphone vibra de nouveau. Cette fois, c'était Gwen ; elle était revenue à l'hôtel et prête à partir. Je répondis que je la rejoignais d'ici une demi-heure et me mis en marche pour rentrer.

Sur la route du retour vers Boston, Gwen me raconta sa journée : elle avait bataillé avec les services de police de Rockland, qui ne semblaient pas considérer la mort d'Elaine Johnson comme une priorité. Gwen avait toutefois réussi à convaincre une équipe de la police scientifique de se rendre au domicile d'Elaine Johnson afin d'inspecter les lieux, et plus particulièrement la paire de menottes, ainsi que les huit livres de la bibliothèque du rez-de-chaussée.

Je lui demandai si j'aurais la possibilité de jeter un coup d'œil à ces derniers, histoire de vérifier d'où ils venaient.

— Ils les ont mis sous scellés, mais je leur dirai de vous envoyer les photos. Vous sauriez reconnaître s'ils viennent de votre librairie ?

— Possible, si je peux les examiner. Moi ou l'un de mes employés inscrivons un prix sur tous les livres mis en vente dans le magasin, dans le coin supérieur droit sur la première page. Mais certains livres n'ont pas le temps d'être mis en rayon, ils sont vendus directement en ligne. À moins de reconnaître un exemplaire en particulier, je n'aurais aucun moyen d'identifier ces livres-là.

— En revanche, si Charlie est venu acheter les livres, même quelques-uns, dans votre librairie, alors…

— Ça voudra dire que c'est un client.

— Précisément, répondit Gwen.

Nous venions de franchir la frontière entre le Maine et le New Hampshire, et la nuit était tombée. Le visage de Gwen s'éclairait par intermittence à chaque voiture que nous croisions.

— Ah, j'oubliais. Y avait-il des témoins ?

— Comment ça ?

— Avez-vous trouvé un voisin qui aurait aperçu une personne ou une voiture devant chez Elaine Johnson à l'heure où elle s'est fait tuer ?

— Ah… non. J'ai interrogé la voisine d'en face, celle qui a signalé à la police qu'Elaine ne ramassait plus son courrier, mais elle n'a rien vu. Elle est âgée, et je ne sais même pas si elle arriverait à voir quelqu'un dans la rue.

— Rien à espérer de ce côté, donc.

— Ça ne m'étonne pas. S'il y a bien un point commun entre tous ces meurtres, en dehors de votre liste, c'est l'absence de témoins. On n'a pas le moindre indice. Il n'a commis aucune erreur.

— Il doit bien y avoir quelque chose.

— On a retrouvé une arme du crime sur le lieu du meurtre de Jay Bradshaw.

— Un des meurtres inspirés par *A.B.C. contre Poirot* ?

— Oui, l'homme battu à mort dans son garage. De ce point de vue, cette scène de crime sortait du schéma habituel. D'une part parce que c'était un carnage : la victime s'était défendue et il y avait beaucoup de sang. Le garage était rempli d'outils qui auraient tous pu servir d'arme du crime, mais apparemment les premiers coups ont été portés par une batte de base-ball.

— Comment sait-on qu'elle ne se trouvait pas elle aussi dans le garage ? Qu'est-ce qui prouve que le meurtrier l'a apportée sur les lieux ?

— Rien. Ils n'ont aucune certitude, mais il n'y avait aucun autre accessoire de sport au domicile de Bradshaw. Et tous les outils dans le garage étaient des outils de menuiserie. C'était son métier, Bradshaw était menuisier. D'ailleurs il avait été accusé dix ans plus tôt de tentative de viol, sur une femme divorcée chez qui il installait des étagères. Depuis, il travaillait très peu et avait même mis ses outils en vente. D'après l'unique ami qui lui restait, il passait la plupart de ses journées dans son garage. Ça faisait de lui une cible facile. La batte de base-ball est le seul élément retrouvé sur la scène de crime qui ne semblait pas avoir sa place dans ce garage.

— Était-elle spéciale ?

— Quoi, la batte ?

— Oui. Avait-elle quelque chose de particulier ? Est-ce qu'elle datait des années 1950, par exemple ? Était-elle signée par Mickey Mantle ?

— Non, elle était neuve et c'était une marque vendue dans n'importe quel magasin de sport. Et elle n'a même pas servi à porter le coup fatal. Bradshaw avait reçu un coup de batte, mais c'est avec la masse qu'on l'a tué ; on lui a défoncé le crâne. Pardon pour les détails.

Gwen s'arrêta finalement devant la librairie.

— Vous voilà arrivé, dit-elle, avant d'ajouter aussitôt : Vous vouliez peut-être que je vous dépose directement chez vous. Je ne vous l'ai même pas demandé.

— Ça ira. De toute façon, je devais faire un saut à la librairie. Et j'habite à seulement quelques pâtés de maisons.

— Merci de m'avoir accompagnée. Je vous enverrai les photos des livres dès que je les aurai reçues ?

— Bien sûr.

Le magasin fermait dans un quart d'heure et je vis Brandon derrière le comptoir, un livre ouvert devant lui. Je poussai la porte et il leva les yeux en m'entendant entrer.

— Salut patron, dit-il.

— Brandon. Ça va ?

Il inclina son livre afin que je puisse distinguer la couverture. Il s'agissait de *L'Appel du coucou*, un roman policier de Robert Galbraith, pseudonyme derrière lequel se cachait, comme on venait de le découvrir, J. K. Rowling.

— Nickel, répondit-il, avant de replonger dans sa lecture.

— Je ne reste pas, dis-je. Il s'est passé quelque chose pendant mon absence ?

Il m'expliqua que la veille, une femme en manteau de fourrure était venue dans l'après-midi et avait acheté pour deux cents dollars de nouveautés grand format en demandant qu'on les lui expédie à son adresse de Malibu. Il me dit aussi qu'il pensait avoir enfin réussi à réparer le robinet des W.-C. qui fuyait.

— Merci, dis-je.

J'entendis le miaulement plaintif de Nero et me penchai pour le saluer.

— Je crois que tu lui manques, me dit Brandon, et quelque chose dans sa remarque déclencha en moi une de ces tristesses soudaines et profondes qui m'empoisonnent par moments.

Je me redressai un peu trop brutalement, et tout à coup la lumière s'obscurcit devant mes yeux. Je compris que j'étais affamé. Il était tard, et je n'avais pas mangé depuis le déjeuner à Rockland.

Je rentrai chez moi et pris ma voiture pour me rendre sur l'autre rive du fleuve, à Somerville, la ville où nous habitions avec Claire. J'entrai au R.F. O'Sullivan's, un pub où je n'étais pas allé depuis des années, et m'assis au comptoir où je bus une Guinness en mangeant un de leurs énormes burgers, gros comme une balle de soft-ball. Je fis ensuite un détour par la bibliothèque municipale, et constatai avec soulagement qu'elle était encore ouverte. Je montai à l'étage et m'installai devant un ordinateur déjà connecté. Je tapai alors le nom que Marty m'avait donné plus tôt : NICHOLAS PRUITT.

Non seulement Pruitt était professeur de littérature à l'université de New Essex, mais il avait également publié un recueil de nouvelles intitulé *Du menu fretin*. Je découvris deux photos de lui en ligne : une photo d'auteur, et une autre prise sur le vif lors d'un cocktail à l'université. Pruitt était l'image même du professeur de littérature : grand et voûté, une légère bedaine et des cheveux hérissés sur le devant comme s'il ne cessait d'y passer sa main. Ils étaient d'un noir tirant sur le brun, mais sa barbe taillée de près était poivre et sel. Sur sa photo officielle, il était tourné de trois quarts et fixait l'objectif avec un air de vanité frustrée. Prenez-moi au sérieux, semblait-il dire. Vous avez peut-être devant vous un génie. J'ai sûrement la dent dure, mais c'était l'impression qu'il donnait. Les auteurs littéraires ont toujours éveillé mes soupçons avec leurs espérances d'immortalité. Je préfère de loin les écrivains de thrillers et les poètes. J'aime ceux qui sont conscients de livrer une bataille perdue d'avance.

Autant les informations sur la carrière de Nicholas Pruitt – Nick pour les intimes – abondaient, autant celles sur sa vie personnelle étaient rares. Était-il marié ? Père de famille ? Si oui, ça n'apparaissait nulle part. Le renseignement le plus parlant que je trouvai à son sujet provenait d'un site qui permettait aux étudiants de noter leurs enseignants de manière anonyme. La plupart des commentaires le décrivaient comme un bon professeur, parfois un peu sévère, mais un étudiant avait écrit : "Franchement, M. Pruitt était bizarre. Être à ce point OBSÉDÉ par Lady Macbeth, ça me faisait flipper. Je sais pas pourquoi il tenait tant à jouer toutes ses scènes."

Ce n'était pas grand-chose, mais c'était un début. Je m'étais déjà élaboré tout un scénario sur ce qui avait pu transformer Nicholas Pruitt en Charlie. Sa sœur Margaret avait épousé Norman Chaney, qui s'était avéré être non seulement un sale type, mais également un criminel, capable d'assassiner sa propre femme sans être inquiété par la justice. Pruitt décide alors de tuer Chaney, mais il sait que s'il met son plan à exécution, il sera la première personne suspectée. Alors il se rend sur Duckburg avec l'intention d'engager quelqu'un pour tuer Chaney, et tombe sur mon message à propos de *L'Inconnu du Nord-Express*. Il est professeur de littérature et connaît ce livre ; il comprend ce que je suggère ; nous échangeons nos noms et nos adresses. Il tue Eric Atwell. Et tout se passe bien, non seulement parce qu'il s'en tire, mais aussi parce qu'il y prend un réel plaisir. Cela lui procure le sentiment de puissance auquel il a toujours aspiré. Quand Chaney est tué pendant que Pruitt se trouve ailleurs avec un bon alibi, son sentiment de toute-puissance augmente encore.

Tuer lui plaît. Il décide alors de découvrir avec qui il a fait l'échange, qui a tué Chaney pour lui. Ce n'était pas bien compliqué. En fouillant un peu, il découvre qu'Eric Atwell a été interrogé par la police au sujet d'un accident de voiture qui a coûté la vie à la femme d'un certain Malcolm Kershaw. Et justement, le Malcolm Kershaw en question travaille dans une librairie spécialisée en littérature policière. Il a même publié autrefois sur un blog une liste de huit crimes de fiction parfaits. La liste comprenait *L'Inconnu du Nord-Express*.

Les années passent, et Pruitt n'arrive pas à oublier combien il s'était senti vivant au moment où il ôtait la vie. Chaque semestre, quand il enseigne *Macbeth*, il sent grandir en lui l'envie de tuer. Il réalise qu'il a besoin de recommencer, de commettre un autre meurtre. S'inspirant de la liste des huit crimes parfaits, il se met en quête de victimes. Et pourquoi pas laisser des indices flagrants ? Ainsi, Malcolm Kershaw et lui pourront enfin faire connaissance.

Tout cela était parfaitement logique, et je fus aussitôt envahi par un mélange de crainte et d'excitation. Il fallait que je m'arrange pour rencontrer Nick Pruitt afin de voir comment il réagirait. Mais je voulais d'abord lire son recueil de nouvelles. Je consultai le catalogue pour vérifier dans quelle bibliothèque de la région le livre était disponible ; j'espérais qu'il le serait ici même à Somerville, mais ce n'était pas le cas. La bibliothèque publique de Newton, dans la banlieue de Boston, disposait en revanche d'un exemplaire. Elle ouvrait le lendemain à dix heures.

# 17

Le lendemain matin au magasin, j'entrepris de relire *Le Maître des illusions*. J'en avais assez d'attendre. Attendre que la bibliothèque publique de Newton ouvre pour pouvoir emprunter un exemplaire du livre de Nicholas Pruitt, attendre que Gwen me donne des nouvelles, attendre que Marty me fournisse des informations supplémentaires sur le meurtre de Norman Chaney.

Je relus le prologue et le premier chapitre et fus aussitôt captivé par l'obsession que le narrateur développe envers la petite clique d'étudiants de l'université fictive de Hampden. Comme Richard Papen, j'ai toujours été fasciné par les clans, les familles soudées, les liens fraternels. Mais contrairement à lui, je n'ai jamais trouvé de groupe auquel me joindre. Ce qui s'en rapproche le plus est mon cercle de collègues libraires spécialisés, mais la plupart du temps, lorsque nous nous réunissons, je me sens comme un imposteur.

Les températures étaient remontées et la neige fondait dans toute la ville, formant de larges flaques et faisant déborder les caniveaux. Les piétons grouillaient dans les rues. En cette matinée chargée, un flot continu de visiteurs dégoulinait sur le parquet de la librairie.

Juste avant midi, je dis à Emily que je rentrais déjeuner chez moi et lui demandai de s'occuper de la caisse. Je pris ma voiture, que j'avais garée un peu plus loin, et partis pour Newton, en empruntant Storrow Drive avant de couper par les petites rues et d'arriver devant l'immense bâtiment en briques, à deux pas de Commonwealth Avenue. Je trouvai rapidement *Du menu fretin* au premier étage et allai m'installer avec le mince volume dans un des confortables fauteuils en cuir, près de la section "Poètes". Sans perdre une seconde, je parcourus la table des matières en quête d'un titre évoquant une enquête policière, un meurtre, un criminel, mais la plupart étaient soit quelconques, soit d'un littéraire pompeux. "La garden-party"; "Ce qui demeure"; "Et l'on érigea des pyramides"; "Un baiser platonique". Je décidai de lire la nouvelle qui donnait son titre au recueil: "Du menu fretin". J'en avais lu la moitié quand je me rendis compte que je n'en tirerais rien. Un étudiant en dernière année à l'université de Bowston – il n'était pas allé chercher loin – s'y remémorait le jour où son père l'avait emmené pêcher dans le nord de l'État de New York, lorsqu'il avait dix ans. Les leçons de ce voyage – la plus évidente était celle qui préconisait de remettre à l'eau le menu fretin – faisaient directement écho à la relation que vivait le narrateur. L'histoire n'avait rien d'extraordinaire, du moins de mon point de vue, et je ne la terminai pas. Je parcourus les autres nouvelles, sans plus de succès. Je ne savais pas exactement ce que je cherchais… une histoire où pointerait un esprit de justice et de revanche. Je revins aux premières pages pour voir s'il y avait une dédicace. Il y en avait une, très sobre : "Pour Jillian". Je me levai et déambulai dans la salle jusqu'à trouver un ordinateur libre, puis ouvris une nouvelle fenêtre et tapai JILLIAN dans la barre de recherche, suivi de NEW ESSEX UNIVERSITY. Le nom qui ressortait le plus souvent était celui de Jillian Nguyen, qui avait occupé un poste de professeur de littérature à New Essex, avant de changer pour l'Emerson College de Boston. Je mémorisai son nom afin de la contacter. Mais avant cela, je voulais en savoir un peu plus sur Nick Pruitt.

Je repris le livre et découvris une photo de l'auteur différente de celle que j'avais trouvée sur Internet. Elle était également prise de trois quarts – visiblement, Pruitt était persuadé d'avoir un meilleur profil –, mais il portait cette fois un chapeau, un fédora, comme les détectives des vieux films. Dès que je le vis, je repensai à l'homme que j'avais cru repérer en bas de ma rue le samedi soir précédent, celui qui avait l'air de me suivre. Il portait un chapeau identique.

Avant de partir, je feuilletai rapidement les pages pour m'assurer que le livre ne contenait pas d'étiquette antivol. N'en trouvant pas, je songeai d'abord à entrer aux toilettes pour le cacher sous ma chemise. Mais voyant la bibliothèque bondée, les gens aller et venir, je décidai finalement de sortir le livre à la main, comme si j'avais déjà procédé à l'emprunt. Je doutais qu'on remarque sa disparition, et il me semblait plus sage que ma carte de bibliothèque ne garde aucune trace d'un livre écrit par Nicholas Pruitt.

Je franchis le portail sans déclencher aucune alarme et sortis dans la douceur de l'après-midi.

De retour au magasin, j'envoyai un e-mail à Gwen pour lui demander si elle avait reçu les photos des livres que nous avions vus chez Elaine Johnson. Je tentai alors de me replonger dans *Le Maître des illusions*, mais je n'arrivais pas à me concentrer et finis par me lever pour arpenter les rayons de la librairie. Tout en mettant de l'ordre sur les étagères, j'essayais d'y voir clair.

En début d'après-midi, Brandon débarqua pour prendre son service et je décidai de rentrer chez moi. Nous étions mardi, les clients ne se bousculaient pas, et il me tardait de pouvoir discuter avec Gwen, chose que je préférais faire loin des oreilles indiscrètes. Je glissai *Le Maître des illusions* dans ma sacoche et demandai à Brandon si je pouvais le laisser seul.

Il fronça les sourcils.

— Oui, pas de souci.

— Bon. Appelle-moi en cas de besoin.

— Ça marche.

Le thermomètre avait de nouveau chuté, si bien que la neige fondue s'était transformée en glace. Les trottoirs étaient jonchés de sel et de neige sale. L'après-midi lumineux me rappelait que les jours commençaient à rallonger, même si l'hiver continuerait de sévir pendant encore deux mois. Personnellement, le froid ne me dérangeait pas, mais il marquait les visages des passants que je croisais en chemin. Des visages blêmes, des mines sombres, endurant avec résignation la grisaille urbaine et la longue et boueuse marche vers le printemps.

En passant devant les baies vitrées du Beacon Hill, je jetai un regard machinal à l'intérieur de l'hôtel, et plus précisément vers le bar cosy, en me demandant comme à chaque fois si mon associé, Brian Murray, s'y trouvait. Je l'aperçus effectivement, ancré au bout du comptoir ovale, dans une de ses éternelles vestes Harris Tweed. Je m'étais arrêté au milieu du trottoir, hésitant à le rejoindre, quand il leva sa grosse tête ébouriffée et m'aperçut derrière la vitre.

— Salut, Brian, dis-je en venant m'asseoir sur le tabouret voisin.

Je posai un regard interrogateur sur le martini à demi bu posé sur le comptoir, le bord du verre orné d'une trace de rouge à lèvres.

— Je suis avec Tess, dit-il.

Au même instant, je me retournai et vis revenir Tess Murray, la femme qui partageait sa vie depuis dix ans. Ses lèvres rouges brillaient.

— Salut Tess, désolé, dis-je en m'écartant du tabouret pour la laisser reprendre sa place.

— Non, reste où tu es. On a toujours besoin d'un arbitre, n'est-ce pas Brian ?

Tess fit glisser son martini vers elle et je pris place entre eux. J'avais beaucoup moins souvent l'occasion de voir Tess que Brian, et il était inhabituel qu'elle sorte boire un verre avec lui, qui plus est un mardi en début d'après-midi. Tess était la seconde femme de Brian et sa cadette d'une bonne vingtaine d'années. La rumeur voulait qu'elle ait été son attachée de presse et qu'ils se soient connus ainsi, mais je savais que c'était faux. Elle avait en effet travaillé comme attachée de presse à une époque, mais pas pour lui. Ils s'étaient rencontrés la seule fois où Brian avait participé au Bouchercon, la conférence annuelle des auteurs de romans policiers. Il n'y allait jamais d'ordinaire, mais cette année-là, les organisateurs l'avaient nommé invité d'honneur et il s'y était senti obligé.

Brian m'avait souvent dit que la clé de leur mariage était que Tess passait six mois par an loin de lui dans leur demeure de Longboat Key, et qu'il passait les six autres mois loin d'elle dans leur chalet de l'est du Maine. Ils se croisaient parfois à Boston.

— Comment se fait-il que tu ne sois pas en Floride à cette période ? demandai-je à Tess.

— Tu n'es pas au courant ? répondit-elle. Brian, montre-lui ton bras.

Je me tournai vers Brian, qui leva son bras gauche. Il était enchâssé dans une espèce d'appareillage d'aspect vaguement bionique.

— Oh, mince.

— C'est rien. Je suis tombé il y a une semaine en descendant de ce tabouret. Je n'ai rien senti, si ce n'est le peu de dignité qui me restait s'envoler. Apparemment, il est cassé en deux endroits. T'imagines pas combien c'est difficile de se saouler avec un seul bras.

— Tu écris en ce moment ?

— J'ai livré le petit dernier juste avant Noël, mais j'ai des corrections à faire et des boîtes de soupe à ouvrir, alors Tess s'est sacrifiée.

— J'ai bien essayé de le convaincre de venir en Floride, mais tu sais ce que c'est, Mal, intervint Tess. Nous voulions t'inviter à prendre un verre, mais tu nous as devancés.

— Il sait toujours où me trouver, lança Brian avant de terminer son verre, presque invariablement un scotch soda avec deux glaçons.

Je commandai une Left Hand Stout et réussis à les convaincre de me laisser leur offrir un verre à chacun : un autre scotch pour Brian et un martini Grey Goose pour Tess.

— Comment vont les affaires ? demanda Tess. Je poserais bien la question à Brian, mais il ne sait jamais.

— Toujours pareil, répondis-je. Plutôt bien.

— Qu'est-ce qui se vend en ce moment ?

Tess avait beau ne plus être attachée de presse – aux dernières nouvelles, elle tenait une bijouterie en Floride –, elle aimait toujours autant parler boutique. Je l'appréciais beaucoup et je l'avais défendue à plusieurs reprises contre certaines personnes du métier, qui voyaient en elle une croqueuse de diamants trop ingrate pour daigner passer du temps auprès de son mari riche et âgé. Mais elle avait toujours été agréable avec moi, et Brian m'avait souvent répété combien il attachait de l'importance à leur mariage et au fait qu'elle respecte son besoin de solitude. Elle l'aimait à sa manière.

Je repris une bière, conscient qu'à tout moment mon téléphone risquait de sonner ou de vibrer si Gwen me laissait un message. Lorsqu'ils commandèrent à dîner, je m'excusai en expliquant que j'avais fait des courses. C'était un mensonge, mais Brian commençait à bégayer et je préférais mettre les voiles avant qu'il ne se lance dans un de ses monologues.

Au moment de partir, je lui demandai :

— Tu es au courant pour Elaine Johnson ?

— Qui ça ?

— Elaine Johnson. Elle passait ses journées à la librairie jusqu'à ce qu'elle déménage dans le Maine. Lunettes en cul de bouteille…

— Ah oui, fit-il, et je vis avec surprise que Tess, à ma droite, hochait également la tête.

— Elle est décédée d'une crise cardiaque.

— Comment tu l'as su ?

Je faillis lui parler, à lui mais aussi à Tess, par la force des choses, de l'agente Mulvey et de la liste, mais je tins ma langue.

— C'est un client qui me l'a appris, mentis-je. J'ai pensé que ça pourrait vous intéresser de le savoir.

— Bon débarras, dit Tess.

Je me tournai vers elle, étonné.

— Tu la connaissais ?

— Oui. Un jour, à une des lectures de Brian, elle m'a servi tout un discours comme quoi il ne savait pas écrire. Quand je lui ai dit que j'étais sa femme, elle a éclaté de rire et m'a demandé si j'avais lu ses livres avant de l'épouser. Je ne l'oublierai jamais.

Brian souriait.

— Elle avait pas tort, en fait. Je me souviens d'elle maintenant. Elle m'avait confié un jour que son écrivain préféré était James Crumley. Je m'étais dit qu'elle ne pouvait pas être si mauvaise. Elle avait déménagé dans le Maine, non ?

— Qui t'en a parlé ?

— Emily, je suppose, la dernière fois que j'ai tenu la librairie. Elle me tient au courant des clients problématiques.

— Euh…, bégayai-je, un brin agacé que Brian, qui devait voir Emily une fois tous les trois mois, soit manifestement plus proche d'elle que je ne l'étais.

Tess proposa de me raccompagner jusqu'à la sortie. Je fus surpris, jusqu'à ce qu'on arrive sur le trottoir.

— Cette stupide chute l'a complètement transformé, me dit-elle. Tout l'effraie à présent. Il a peur de marcher, de sortir du lit… il ne fait plus rien. Je veux bien rester avec lui quelque temps mais pas indéfiniment. J'ai ma boutique en Floride, et puis je ne peux pas le supporter en permanence, et je suis pratiquement sûre que c'est réciproque.

— Vous devriez peut-être vous faire aider ?

— Exactement. C'est ce que je lui ai répété cent fois, mais il ne veut rien entendre. Écoute, si nous t'invitons à dîner un soir, tu voudrais bien aborder le sujet ? Peut-être que si ça vient de quelqu'un d'autre…

— Bien sûr.

— Merci, Mal. Tu es gentil. Comprends-moi, je ferais absolument tout pour Brian, et il ferait absolument tout pour moi, mais l'aider à sortir de la baignoire, ça ne faisait pas partie du contrat.

Elle repoussa une mèche de longs cheveux noirs derrière son oreille, puis se pencha et m'embrassa sur les lèvres avant de me serrer dans ses bras. Elle l'avait déjà fait auparavant, même devant Brian, que cela ne semblait pas gêner.

Je la sentis frissonner contre moi tandis que nous prolongions notre étreinte.

— Je ne sais pas comment tu fais pour supporter ce temps ? dit-elle en me relâchant.

Sur le chemin du retour, je sentis son parfum sur ma peau. Un parfum citronné et l'odeur d'olive de son martini.

Ce soir-là, je mangeai des céréales pour le dîner et poursuivis ma relecture du *Maître des illusions*, en attendant des nouvelles de Gwen. Je lui envoyai un dernier texto, disant que j'espérais que tout allait bien. Et au moment de m'endormir, ce n'est plus au visage de ma femme que je pensais, mais au sien.

# 18

QUAND ON SONNA à la porte le lendemain matin, un peu après huit heures, j'étais déjà debout et habillé, en train de préparer du café.

J'appuyai sur le bouton de l'interphone et un homme se présenta comme l'agent Berry. Il demanda s'il pouvait monter. Deux bruits de pas distincts s'élevèrent jusqu'à ma porte. Je me préparai à l'interrogatoire à venir. J'envisageai rapidement plusieurs hypothèses. Ils étaient là soit pour m'arrêter, soit pour m'interroger sur la mort d'Eric Atwell ou de Norman Chaney, ou les deux. Si Gwen n'avait pas répondu à mes messages la veille, c'était parce que j'étais devenu le suspect principal dans une affaire d'homicide.

J'ouvris à l'agent Berry – grand, voûté, vêtu d'un costume à rayures. Après m'avoir montré sa carte du FBI et répété son nom, il expliqua qu'il venait du bureau de New Haven et avait quelques questions à me poser. Derrière lui se tenait une femme plus petite, vêtue également d'un costume, qu'il me présenta comme l'agente Perez, du bureau de Boston. Je les invitai tous deux à entrer et leur proposai du café. L'agent Berry répondit qu'il n'avait rien contre ; l'agente Perez, qui regardait par la fenêtre, ignora mon offre.

Je me sentais étonnamment calme en démarrant la cafetière. Toute l'adrénaline qui avait afflué en moi au son de l'interphone s'était dissipée à leur arrivée. J'éprouvais une sensation de légèreté, planant presque tandis que je couvrais la courte distance jusqu'à mon fauteuil et les invitais à prendre place sur le canapé.

L'agent Berry tira le pli de son pantalon avant de s'installer. Il avait de grandes mains constellées de taches brunes et un visage oblong aux bajoues flasques. Après s'être raclé la gorge, il déclara :

— Je voudrais que vous nous expliquiez la nature de votre relation avec Gwen Mulvey.

— D'accord.

— Quand l'avez-vous rencontrée pour la première fois ?

— Elle m'a appelé jeudi dernier à la librairie Old Devils, où je travaille, et m'a demandé si elle pouvait venir me poser quelques questions. Est-ce qu'elle va bien ?

— Quelles étaient ces questions ? demanda-t-il.

Toujours aussi silencieuse, l'agente Perez avait cependant sorti un petit carnet à spirale et ôté le capuchon d'un stylo.

— Elles concernaient une liste que j'ai écrite il y a plusieurs années de ça, un article sur un blog.

Berry sortit son propre carnet et le consulta.

— Une liste intitulée "Huit crimes parfaits" ?

Je décelai un semblant de dédain dans sa voix.

— Oui.

— Sur quoi portaient ces questions ?

J'avais le sentiment qu'ils savaient déjà tout de la conversation que Gwen et moi avions eue, mais je décidai de leur dire ce qu'ils voulaient entendre. Du moins, tout ce que j'avais déjà dit à Gwen. J'expliquai donc que l'agente Mulvey avait identifié un lien entre la liste que j'avais écrite en 2004 et plusieurs crimes récents. J'ajoutai qu'au début le lien m'avait paru douteux, davantage de l'ordre de la coïncidence, jusqu'à ce que nous découvrions les huit livres de ma liste chez Elaine Johnson à Rockland.

— N'avez-vous pas trouvé étrange qu'elle vous demande de l'accompagner dans le cadre d'une enquête officielle du FBI ? Sur une possible scène de crime ?

Cette question était sortie de la bouche de l'agente Perez, les premiers mots que je l'entendais prononcer.

Elle se pencha en avant ; ses boutons de manchette tirèrent un peu le tissu, comme si elle avait forci récemment. Elle avait les cheveux noirs coupés court et un visage rond dominé par de grands yeux et des sourcils épais, et pas beaucoup plus de trente ans.

— Non, répondis-je. Je crois qu'elle considérait que le fait d'avoir écrit cette liste et lu les livres en question faisait de moi une sorte d'expert. Elle estimait que je pouvais remarquer un détail chez Elaine Johnson. En partie parce que je la connaissais.

— Et donc qu'avez-vous découvert ? Après votre visite au domicile d'Elaine Johnson ?

— J'ai découvert… *nous* avons découvert, l'agente Mulvey et moi-même, que quelqu'un s'inspirait probablement de ma liste pour commettre des crimes, et qu'il était très possible que cela ait un rapport avec moi.

— “Très possible” ? répéta l’agent Berry, ses bajoues tremblotant.

— Je connaissais Elaine Johnson, elle venait tous les jours à ma librairie. Il va de soi que je suis impliqué d’une certaine façon. Pas directement, mais celui qui l’a tuée me connaît, ou voulait que je le découvre, ou essaie de me piéger d’une manière ou d’une autre.

— Vous avez discuté de tout cela avec l’agente Mulvey ?

— Oui, nous avons évoqué les pistes possibles.

L’agent Berry regarda son carnet.

— Juste pour confirmation, avez-vous discuté des meurtres de Merle Callahan, Jay Bradshaw et Ethan Byrd ?

— Oui, répondis-je.

— Et de celui de Bill Manso ?

— L’homme retrouvé près de la voie ferrée… Oui, nous en avons discuté.

— Et la mort d’Eric Atwell ? dit-il en levant les yeux sur moi.

— Nous avons brièvement abordé le sujet, pas dans le cadre de la série de meurtres mais à cause de son lien avec moi.

— Quel lien avait-il avec vous ?

— Eric Atwell ?

— Oui.

— Votre collègue a dû consigner tout cela par écrit, dis-je. Ne pouvez-vous pas simplement en discuter avec elle ou consulter ses rapports ?

— Nous aimerions l’entendre de votre bouche, déclara l’agente Perez.

J'avais remarqué que chaque fois que sa collègue prenait la parole, l'agent Berry changeait de position sur mon canapé, comme s'il ressentait une démangeaison à un endroit embarrassant.

— Eric Atwell avait une liaison avec ma femme lorsqu'elle est morte. Il l'avait rendue accro à la drogue, et la nuit où elle a perdu la vie dans un accident de voiture, ma femme revenait de chez lui.

— Eric Atwell a bien été tué ?

— Oui, abattu. D'après ce que j'ai compris, la police penche pour un vol. Mais à ma connaissance, l'agente Mulvey n'y voyait aucun lien avec ma liste.

— D'accord, dit l'agent Berry. Une dernière question : avez-vous évoqué la mort de Steven Clifton ?

J'eus un bref moment de stupeur. Steven Clifton était le nom du professeur de sciences qui avait abusé de Claire au collège. Gwen ne m'avait jamais parlé de lui. Je secouai la tête.

— Non, je ne connais pas ce nom.

— Vous êtes sûr ?

— Je ne l'ai jamais entendu.

— Très bien, dit l'agent Berry en tournant une page de son carnet. (Il semblait accorder peu d'intérêt au fait que je connaisse ou non Steven Clifton.) L'agente Mulvey vous a-t-elle fait part de ses soupçons quant à l'auteur de tous ces meurtres ?

— Non, répondis-je. Enfin, c'est justement pour ça qu'elle s'était adressée à moi. Elle cherchait à savoir si je pouvais suspecter quelqu'un : un client, un ancien employé.

— Et était-ce le cas ?

— Non, répondis-je. Je ne suspectais… je ne suspecte personne. A priori du moins. Elaine Johnson était sans doute la cliente la plus excentrique de la librairie, mais il va de soi qu'elle n'est pas coupable.

— Vous avez indiqué à l'agente Mulvey que vous employiez actuellement deux personnes ?

— Oui, dis-je. Brandon Weeks et Emily Barsamian. La seule autre personne à travailler occasionnellement à la librairie est mon associé, Brian Murray.

Les agents notèrent tous deux son nom. J'entendis le vent battre contre la fenêtre de mon appartement.

— Il est arrivé quelque chose à l'agente Mulvey ? demandai-je de façon spontanée.

L'agent Berry leva les yeux en se mordillant la lèvre inférieure.

— L'agente Mulvey a été suspendue de ses fonctions, dit-il. Vous devez savoir qu'elle a désormais l'interdiction d'entrer en contact avec vous.

— Oh. Pourquoi ?

Les deux agents se regardèrent. L'agente Perez répondit alors :

— Cette information est confidentielle. À partir de maintenant, tout renseignement que vous voudrez nous communiquer passera par moi ou par l'agent Berry.

J'acquiesçai en silence. Après un nouvel échange de regards, Perez me demanda :

— Accepteriez-vous de nous accompagner au bureau afin de faire une déclaration complète ?

L'agente Perez me conduisit dans sa voiture jusqu'à leur bureau de Chelsea et se chargea de m'interroger, dans une petite pièce confortable, munie d'un enregistreur et de deux caméras fixées dans un coin du plafond. Nous reprîmes les choses depuis le début : l'origine de la liste, les livres que j'avais sélectionnés, Gwen Mulvey, les questions qu'elle m'avait posées. L'agente Perez voulait tout savoir de nos échanges, le détail de nos conversations. À mon grand soulagement, elle n'évoqua plus Eric Atwell ni Steven Clifton. Je craignais toutefois qu'elle ne garde le sujet sous le coude. L'entretien dura toute la matinée et je me sentais étrangement coupable, comme si je trompais en quelque sorte Gwen Mulvey en rapportant le contenu de nos conversations. Je ne cessais de m'interroger sur la raison de sa suspension, le rapport avec ma liste et la suite des événements. Alors que l'entretien touchait à sa fin, je priai une dernière fois l'agente Perez de m'éclairer sur la situation de l'agente Mulvey.

— Il y a des procédures à respecter lorsqu'on mène une enquête et l'agente Mulvey ne les a pas respectées. C'est tout ce que je peux vous dire.

— Je vois.

— Avant de vous laisser partir, je dois vous demander si vous estimez avoir besoin d'une protection policière ? dit-elle en tripotant ce qui ressemblait à une alliance sur son doigt.

— Non, je ne crois pas, répondis-je en faisant mine d'y réfléchir. Mais je vais surveiller mes arrières.

— Une dernière chose, dit-elle. Je sais que vous avez fourni un alibi à Gwen Mulvey pour le jour de la mort d'Elaine Johnson, mais j'espérais que vous pourriez en faire autant, dans la mesure du possible, pour les autres meurtres…

— J'essaierai.

Elle me renvoya chez moi avec une liste de dates exactes pour les meurtres de Merle Callahan, Jay Bradshaw, Ethan Byrd et Bill Manso. Alors que je m'asseyais devant mon ordinateur pour consulter mon agenda, je ressentis soudain une profonde fatigue. Je me levai et fus aussitôt pris d'un étourdissement. Je me rappelai tout à coup que mon seul repas de la journée se résumait à un feuilleté à la framboise industriel durant mon interrogatoire. J'allai dans la cuisine et me préparai deux sandwichs à la gelée et au beurre de cacahuètes, que j'engloutis avec deux grands verres de lait. Il était une heure et demie. Je me consolai en songeant que Marty Kingship et moi avions prévu de nous retrouver à six heures à la Jack Crow's Tavern. Je savais qu'il aurait des informations à me communiquer sur la mort de Norman Chaney, et peut-être aussi sur Nicholas Pruitt. Il fallait que je décide ce que j'allais faire d'ici-là. Je n'avais rien à gagner à contacter Pruitt par moi-même. Pas à ce stade, en tout cas. Je me souvins alors de la dédicace dans le recueil de nouvelles : "Pour Jillian". J'allai sur Internet afin de me renseigner plus avant sur Jillian Nguyen, la dédicataire potentielle. Elle avait débuté comme professeur auxiliaire à New Essex, où elle dispensait des cours de première année, et enseignait désormais la littérature à Emerson College. Elle enseignait également la poésie dans le département de création littéraire. Je recherchai certaines de ses œuvres sur Google. Comme souvent avec les poètes contemporains, je ne compris quasiment rien à ce que je lisais. Un poème cependant retint mon attention. Intitulé "Un dimanche après-midi au PEM", il avait été publié dans une revue baptisée *Undivider*. Le PEM en question faisait référence au Peabody Essex

Museum, un musée d'art situé à Salem, non loin de New Essex. Le poème traitait en grande partie d'une exposition consacrée à l'art populaire vietnamien, mais évoquait cependant un “il”, un compagnon de l'auteur, qui “ne voyait que l'espace négatif, la chair courbée”. Je me demandai si ce compagnon pouvait être Nicholas Pruitt. Si c'était le cas, je doutais que Pruitt et Jillian Nguyen fussent encore ensemble. Même moi je parvenais à percevoir le fond de reproche dans le vers.

La page de l'équipe pédagogique d'Emerson indiquait un numéro de téléphone pour joindre le professeur Nguyen. Je le composai, sans trop de conviction. Elle décrocha après deux sonneries.

— Allô ?

— Professeur Nguyen ? dis-je en espérant ne pas écorcher son nom.

— Oui.

— Bonjour, madame. Je m'appelle John Haley, dis-je en utilisant le premier nom qui me venait en tête, celui de l'ancien propriétaire de Old Devils. J'aurais souhaité vous parler de Nicholas Pruitt.

Il y eut un silence, et pendant un moment, je crus qu'elle avait raccroché.

— Qui vous a donné mon nom ? demanda-t-elle soudain.

— Je crains de ne pouvoir vous expliquer en détail les raisons de mon appel. Je peux juste vous dire qu'on envisage de confier à M. Pruitt une mission prestigieuse et qu'il est très important que nous examinions son profil de près.

Alors même que je prononçais ces mots, je savais qu'ils n'étaient guère convaincants.

— Qu'espérez-vous découvrir ?

— Écoutez, madame, je suis en ce moment à Boston, et le temps m'est compté. Peut-on se rencontrer cet après-midi ? À votre bureau, ou dans un café.

— Est-ce Nick qui vous a conseillé de me contacter ? demanda-t-elle.

— Je crois qu'il a mentionné votre nom, mais rien de tout cela n'est officiel. Ce que vous me direz sur lui restera confidentiel.

Elle égrena un petit rire.

— J'ai du mal à croire qu'il ait pensé à moi pour une recommandation. Votre requête m'intrigue.

— Vous me rendriez un grand service en acceptant cette entrevue, dis-je.

— D'accord, répondit-elle. Je peux vous accorder un moment cet après-midi, si ça ne vous dérange pas de vous déplacer.

— Pas du tout.

— Il y a un café à Downtown Crossing. Le Ladder Café. Vous connaissez ?

— Non, mais je trouverai.

— Je tiens ma permanence jusqu'à trois heures. Trois heures et demie ça vous va ?

# 19

Le secteur de Boston que l'on nomme Downtown Crossing se trouve de l'autre côté de Boston Common, le grand jardin public de la ville. Il était autrefois encadré par de grands magasins, notamment Filene's et Macy's. Aujourd'hui, ces deux édifices ne sont plus que des coquilles vides, au pied desquelles s'agglutine un méli-mélo de boutiques de chaussures de sport et de vendeurs de hot-dogs, ainsi que quelques bars et restaurants branchés espérant que la ville parviendra à redynamiser le quartier, rebaptisé "Ladder District", comme elle s'efforçait de le faire depuis quelques années.

Le Ladder Café était à n'en pas douter partisan de cette ambition. Coincé entre un magasin de tissus et un bar sportif, il tenait en une salle étroite et haute de plafond aux murs décorés d'œuvres minimalistes. J'arrivai en avance, commandai un café au lait à l'un des baristas tatoués et l'emportai jusqu'à une table face à l'entrée. Je savais que sitôt arrivée, Jillian Nguyen me poserait un tas de questions sur les raisons qui me poussaient à m'intéresser à son ancien petit ami. J'avais décidé de rester vague : on envisageait de lui confier la direction d'une anthologie à paraître chez un grand éditeur, et on voulait en savoir plus sur sa vie personnelle. Si elle se montrait trop insistante, je pourrais toujours prétendre que je réalisais une banale enquête d'antécédents pour une agence de détectives privés. Avec un peu de chance, elle ne demanderait pas à voir ma carte.

À trois heures et demie précises, une femme franchit les portes. Je reconnus Jillian, petite et enveloppée dans une veste bouffante à capuche. Sans doute remarqua-t-elle mon regard, car elle se dirigea aussitôt vers moi. Je me présentai.

— Je n'ai qu'une vingtaine de minutes à vous accorder, dit-elle.

Je me demandai si le temps écoulé depuis notre conversation avait accru sa méfiance.

Je proposai de lui offrir un café et elle commanda une infusion. Je retournai dans la queue. Je ne pus m'empêcher de repenser à Claire et à sa manie de commander des infusions dans les cafés ; l'idée de payer trois dollars, si ce n'est plus, pour un sachet d'herbes dans de l'eau chaude me mettait hors de moi.

— Merci encore d'avoir accepté cette entrevue, dis-je une fois revenu à la table. Je sais que cela doit vous paraître étrange, mais on m'a commandé une enquête d'antécédents et c'est assez urgent. Les éditeurs doivent prendre leur décision sans tarder.

Au mot "éditeurs", son visage s'anima, comme je l'avais anticipé.

— Oh, dit-elle. Quel…

— Je ne peux pas vous dévoiler le nom de la maison d'édition, mais on a pensé à lui pour diriger une importante anthologie. Apparemment, quelqu'un a exprimé des réserves relatives à sa vie personnelle.

Jillian s'apprêtait à boire une gorgée de son infusion, mais elle reposa la tasse sur sa soucoupe.

— Vous disiez que cette conversation resterait confidentielle… ?

— Absolument, dis-je. Je ne consignerai rien par écrit.

— Je n'ai pas vu Nick et je ne lui ai pas parlé depuis que j'ai quitté New Essex il y a plus de trois ans. Vous savez sans doute déjà pour l'ordonnance restrictive, sans quoi vous ne m'auriez pas contactée, je me trompe ?

— Exact, dis-je. Combien de temps votre relation a-t-elle duré ?

Elle regarda vers le plafond.

— Moins d'un an. Je veux dire, notre relation en elle-même. Je le connaissais depuis à peu près un an quand nous avons commencé à sortir ensemble, et j'ai continué de travailler six mois à New Essex après notre rupture.

— Qu'est-ce qui vous a amenée à réclamer cette ordonnance ?

Elle soupira.

— Il ne m'a jamais fait mal physiquement, ni même menacé de le faire, mais après notre rupture, il n'arrêtait pas de m'appeler, il me suivait partout où j'allais. Une fois – ça n'est arrivé qu'une fois, mais c'est ce qui m'a décidée –, il s'est introduit chez moi alors qu'il avait bu.

— Mince.

— Malgré tout…, dit-elle, je suis persuadée que c'est un homme bien. Seulement il boit trop. Vous savez…

vous savez s'il continue ? La dernière fois que je lui ai parlé, il m'a dit qu'il était sobre depuis plus d'un mois.

— Je vérifierai. Donc il ne s'est jamais montré violent envers vous ?

— Non. Jamais. Juste très insistant. Il me considérait comme l'amour de sa vie.

— Il vous a dédié son livre.

— Oh. (Elle se couvrit le visage d'un air gêné.) C'est vrai oui. Et c'était après que nous avons rompu. Écoutez, je ne veux pas lui mettre de bâtons dans les roues. Nick a sans doute besoin de ce travail. J'ai eu une mauvaise expérience avec lui, mais s'il a arrêté de boire, peut-être qu'il conviendra. C'est quelqu'un de très cultivé.

— Alors au vu du temps passé avec lui, vous ne le pensez pas capable de commettre un acte de violence ? Vous n'avez jamais eu peur qu'il se venge après votre rupture ?

Ma question la laissa perplexe et je me demandai si je n'étais pas allé trop loin. Elle débuta une phrase, se tut, puis reprit :

— Je n'ai jamais perçu de côté violent chez lui… il s'intéressait à la violence, en effet, mais d'un point de vue littéraire. Il était très attiré par les histoires de vengeance. Mais… Mais pour autant que je sache, c'était juste un intérêt professionnel. C'est un professeur de littérature assez typique en vérité. Toujours le nez dans un livre.

Je voulus lui demander si elle savait quelque chose de ce qui était arrivé à sa sœur, puis au mari de celle-ci, Norman Chaney, mais je sentais que j'avançais en terrain glissant. Jillian Nguyen m'étudiait comme on étudie une personne qu'on risque de devoir décrire plus tard.

— Je sais que ces questions doivent vous paraître étranges, répétai-je. Apparemment, entre vous et moi, quelqu'un aurait contacté la maison d'édition et accusé Nicholas Pruitt de violences.

— Oh, fit-elle, et elle but une gorgée d'infusion.

— Les éditeurs n'ont accordé aucune foi à l'accusation, pas plus qu'à l'accusateur, mais juste par acquit de conscience…

— Oh mon Dieu, vous me soupçonnez, dit-elle en se redressant sur sa chaise.

— Non, non. Pas du tout. Nous avons le nom de l'accusateur. Nous cherchons juste à vérifier si quelqu'un peut corroborer ces accusations.

— D'accord, dit-elle en posant sa tasse. Écoutez, je dois y aller. Et d'ailleurs, je n'ai rien à ajouter.

Elle se leva et je fis de même.

— Merci, vous m'avez beaucoup aidé. (J'avais de toute évidence perdu sa confiance, mais je décidai tout de même de tenter ma chance.) Une dernière chose : est-ce qu'à votre connaissance Nicholas Pruitt possède une arme à feu ?

Elle secoua la tête tout en enfilant son manteau.

— Non, dit-elle. À part ses armes anciennes, mais je ne sais même pas si elles fonctionnent.

— Ses armes anciennes ?

— Il collectionne les armes. Ce n'est pas pour tirer avec, mais il a de vieux revolvers. Tout ce qui a pu servir dans un vieux film policier. C'est sa passion.

La serveuse déposa nos bières, une Stella pour Marty, une Belhaven pour moi. Nous étions assis à la Jack Crow's

Tavern, dans un des box du fond qui me rappelaient les bancs compartimentés de la Old South Church. Nous bûmes une gorgée de nos bières.

— Content de te voir, Marty, dis-je.

Notre dernière rencontre était assez récente, pourtant je trouvai qu'il avait pris un coup de vieux. Ses cheveux gris coupés en brosse étaient plus clairsemés que jamais, la peau de son crâne mouchetée de taches sombres. Ses gros doigts étaient tordus comme ceux d'un arthritique.

— J'avais oublié à quel point ce pub est sympa, dit-il en se penchant sur le côté pour apercevoir l'effervescence derrière le comptoir. La dernière fois que nous sommes venus, on nous a servi des nachos avec des choux de Bruxelles.

— Ah oui ? Je ne m'en souviens pas.

— Je suis pas près de l'oublier, dit-il. Depuis quand on met des choux de Bruxelles sur des nachos ?

— Oui, ça me revient maintenant. Tenons-nous-en à la bière ce soir, ajoutai-je avant de trinquer. Alors tu as du nouveau ?

J'hésitais à lui avouer que j'avais glané mes propres informations sur Nicholas Pruitt, en particulier concernant sa collection d'armes à feu.

— Quelques trucs, oui, répondit-il. Je sais pas si ça te sera utile, mais une chose est sûre : ce Pruitt n'est pas un saint.

— Ah bon ?

— Il s'est fait arrêter deux fois, la première pour conduite en état d'ébriété et la seconde pour ivresse sur la voie publique, à la sortie, écoute un peu ça… à la sortie d'une messe de Noël. On l'a chopé en train d'essayer de voler une pleine caisse de ces petites bougies blanches qu'on distribue. Il a également fait l'objet de deux ordonnances restrictives. Attends voir. (Il mit la main dans la poche de son blazer en laine et en sortit un carnet à spirale ainsi qu'une paire de lunettes.) La première concerne une certaine Jodie Blackberry. C'était dans le Michigan quand il était étudiant. Elle l'accusait de l'épier par sa fenêtre et de la suivre dans tout le campus. L'autre est beaucoup plus récente. Il y a trois ans à peine. Réclamée par une Jillian N-G-U-Y-E-N. Je ne lui ferai pas l'offense d'essayer de prononcer son nom. Plus ou moins le même scénario. Une ex-petite amie se plaignant qu'il ne lui fichait pas la paix. Il était entré chez elle par effraction.

— Donc aucun acte de violence dans son dossier ? Rien qui touche aux armes à feu ?

— Rien, non. Mais ça colle quand même, non ? Si Pruitt voulait la mort de Chaney, alors il a pu faire appel à quelqu'un d'autre. C'est clairement un voyeur et un gars qui tient pas l'alcool, mais ce n'est pas un tueur. D'ailleurs, j'ai vérifié son alibi et il est en béton.

— Son alibi pour la mort de Chaney ?

— Ouais. (Marty consulta à nouveau son carnet.) C'était en mars 2011. Pruitt se trouvait à une réunion de famille en Californie. J'ai vérifié. Encore une fois, je pense pas qu'il soit le genre de type à battre à mort son beau-frère, mais il pourrait très bien être le genre à payer quelqu'un pour le faire à sa place. Ou peut-être qu'il a simplement demandé à quelqu'un de secouer un peu Chaney et que ça a dégénéré. Dans tous les cas, il n'a pas été inquiété. À mon avis, si tu tiens vraiment à connaître le fin mot de l'histoire, il y a moyen de lui tirer des aveux en le brusquant un peu. Je connais ce genre de type : si tu lui mets une légère pression, je suis sûr qu'il craquera. Je t'encourage pas à le faire, je dis ça comme ça.

— J'ai compris, dis-je. Non, c'est bon, j'avais juste besoin de l'information. Tu m'as bien rendu service, Marty, merci.

— Merci à toi. Pour une fois je me suis senti utile. Ça faisait une éternité. Le FBI continue de te chercher des poux dans la tête pour le meurtre de Chaney ?

Je bus une longue gorgée de ma bière et me demandai à nouveau jusqu'où je pouvais me confier à Marty.

— Non, répondis-je. Apparemment c'était lié à une liste que j'avais écrite pour le blog de Old Devils il y a un siècle de ça.

— Ah ouais ?

— Oui. Tu es déjà allé sur notre blog ?

— Tu parles, je sais même pas ce que c'est qu'un "blog", répondit Marty.

— Je ne m'en occupe plus, mais quand j'ai débuté à Old Devils, c'était un site en ligne où je publiais de petits articles. Des critiques de nouveaux livres, des listes de mes auteurs préférés, ce genre de trucs. À l'époque, j'avais écrit un article dans lequel je décrivais huit crimes parfaits tirés de la littérature. Quelqu'un au FBI a vu un lien entre cette liste et plusieurs homicides récents non élucidés. Mais le lien était assez ténu, alors je ne pense pas qu'ils y donneront suite.

— Sur quoi d'autre t'ont-ils interrogé ? voulut savoir Marty, manifestement intéressé.

— Un homme mort dans le Connecticut, qu'on a retrouvé le long des rails d'une ligne de banlieue. Ils m'ont aussi interrogé à propos de cette présentatrice, Merle…

— Merle Callahan. Évidemment, dit-il en se redressant brusquement. C'est son mari qui a fait le coup. J'arrive pas à croire qu'ils l'aient pas encore arrêté.

— T'es sûr de ça ?

— Pas à cent pour cent, mais elle a écrit un bouquin où elle affirme que l'adultère est bénéfique au mariage. Je crois pouvoir dire sans me tromper qu'ils devraient creuser du côté du mari.

Je ris.

— Oui, quoi qu'il en soit, je pense que je me suis monté la tête.

— Je sais pas si tu t'es monté la tête, mais eux, c'est sûr, d'après ce que tu m'expliques. Ils t'ont interrogé à propos de toutes ces affaires ?

Je voyais son intérêt croître à vue d'œil, mais je rechignais à l'impliquer. Il me faisait penser à un chien rongeant un os. Si je lui parlais de la série de meurtres, il y avait fort à parier qu'il mettrait le nez dedans. Après tout, c'est moi qui l'avais lancé sur la piste de Norman Chaney.

— Ils m'ont juste demandé si j'avais eu un lien avec eux – Norman Chaney, le type du Connecticut, ou Merle Callahan. J'ai répondu que non. Si je t'ai demandé de te renseigner à propos de Chaney, c'est simplement parce qu'ils semblaient s'y intéresser davantage, va savoir pourquoi. Mais en fin de compte, il n'y avait pas de quoi s'inquiéter. Du moins je l'espère. Ta fille te rend toujours visite ?

— Quels livres avais-tu mis dans ta liste ? demanda-t-il sans répondre à ma question.

Je lui donnai les titres, en faisant mine de me creuser la mémoire. J'omis volontairement *L'Inconnu du*

*Nord-Express*. Toujours en quête de conseils de lecture, Marty en nota certains dans son petit carnet.

— *A.B.C. contre Poirot*, dit-il. Le titre me plaît. Plus ça va et plus je préfère Agatha Christie à James Ellroy. Je sais pas pourquoi. Peut-être que je me ramollis.

— Tu lis du Agatha Christie ?

— Ouais, c'était ton conseil, tu as oublié ? Je viens de lire *Dix Petits Nègres*.

— *Ils étaient dix*, corrigeai-je presque automatiquement en utilisant le titre plus consensuel sous lequel le livre était aujourd'hui commercialisé.

— Celui-là même, dit-il. En voilà un, de crime parfait. Dommage qu'il n'inspire pas plus de meurtriers.

— Tu dis ça parce que le meurtrier se suicide après avoir commis les meurtres ? demandai-je.

Je ne me rappelais pas lui avoir conseillé de lire du Agatha Christie, mais je n'ai aucun mal à le croire. C'est tout à fait mon style.

Nous commandâmes chacun une autre bière et discutâmes de livres, et un peu de sa famille. Il me proposa de rester pour une troisième bière, mais je décidai de tirer ma révérence. Comme toujours avec Marty, j'appréciais sa compagnie, mais au bout d'un moment, la conversation s'essoufflait et le mélange de solitude et de tristesse refaisait surface. J'ai toujours trouvé que contrairement à la solitude, la compagnie des gens exacerbe le sentiment d'être seul.

— Tu comptes faire quoi pour Pruitt ? demanda-t-il tandis que j'enfilais ma veste.

— Rien, répondis-je. À moins que le FBI me recontacte. Dans ce cas, je leur parlerai peut-être de lui, j'expliquerai que j'ai demandé à un ancien policier de se renseigner sur le meurtre de Norman Chaney et qu'il suspecte Pruitt.

— Je préférerais que tu cites pas mon nom, demanda Marty. Si ça te dérange pas.

— Non, bien sûr, pas de problème. Je ne parlerai même pas de toi en fait. Je dirai simplement que j'étais curieux. Et déconcerté qu'ils aient pu faire un lien entre moi et ces crimes.

— Je pensais que tu allais me dire que tout ça c'était à cause de Nero, lâcha soudain Marty, avant de terminer sa bière.

— Quoi ?

— Oh. Eh bien je pensais que le FBI était venu t'interroger à propos de Norman Chaney à cause de ton chat. Nero. Le chat de ta librairie.

— Quel rapport ? dis-je en m'efforçant de rester calme.

— En consultant les rapports de police, j'ai vu que Norman Chaney avait un chat, un chat roux comme Nero, et qu'il a disparu après le meurtre. J'ai pensé que c'était peut-être ça l'explication.

— Drôle de coïncidence.

— Ton Nero, c'est une petite célébrité, tu sais ?

— Je sais. La moitié des gens qui entrent dans la librairie viennent le voir lui. Emily m'a dit qu'il avait sa propre page Instagram, même si je ne l'ai jamais vue. Non, ils ne m'ont pas parlé de mon chat. De toute façon il ne vient pas du Vermont.

J'ajoutai un rire, mais il sonnait faux à mon oreille.

— Je vais peut-être rester en boire une dernière, dit Marty.

Je le remerciai à nouveau puis sortis dans la nuit. La température avait chuté durant le moment que je venais de passer avec Marty et je rentrai chez moi en marchant prudemment, prenant garde aux plaques de verglas sombres sur les trottoirs étroits. Une fois dans ma rue, je ne la vis pas immédiatement – elle attendait à l'ombre du tilleul mort devant mon immeuble – mais je perçus sa présence. C'était le même sentiment que j'avais éprouvé dernièrement, celui d'être observé.

Alors que j'arrivais en bas des marches, elle sortit de l'ombre et dit :

— Bonsoir, Mal.

# 20

— Bonsoir, Gwen.

— Vous n'avez pas l'air surpris de me voir.

— Non, c'est vrai. J'ai parlé avec deux agents du FBI aujourd'hui et ils m'ont dit que vous aviez été suspendue.

— De qui s'agissait-il ? demanda-t-elle en s'avançant, de sorte qu'elle se trouvait maintenant sous la lumière du réverbère.

Sa respiration formait des volutes dans la nuit froide, mais je n'étais pas sûr de vouloir l'inviter à entrer.

— L'un venait de New Haven…

— Berry ?

— Écoutez, dis-je. Je ne suis pas certain qu'il soit très sage de vous parler.

— Je comprends parfaitement. Je ne vous demande rien, j'espérais juste discuter un moment, pour vous expliquer. Je vous aurais bien appelé mais je ne pouvais pas. Puis-je monter ? À moins que vous ne préfériez que nous allions prendre un verre quelque part ? N'importe où mais pas ici.

Nous descendîmes ma rue jusqu'à Charles Street et nous installâmes sur une banquette face à face au Sevens. Chacun de nous commanda une Newcastle Brown Ale. Gwen ôta son manteau mais garda une épaisse écharpe de laine enroulée autour de son cou. Ses joues et la pointe de son nez étaient encore rougies par le froid.

— Que voulez-vous savoir ? demanda-t-elle.

— On vous a suspendue ?

— Oui, le temps de l'enquête.

— L'enquête ?

Elle but une gorgée de bière à la bouteille, puis lécha la mousse sur sa lèvre supérieure.

— Quand j'ai fait part de mes découvertes à mes supérieurs… enfin, disons plutôt mes théories, à savoir qu'il existait un lien entre plusieurs meurtres non élucidés en Nouvelle-Angleterre, on m'a demandé de mettre un terme à mes recherches. J'ai alors commis l'erreur de leur dire ce qui m'avait au départ conduite à vous. En fait… Je savais déjà qui vous étiez. Disons que votre nom ne m'était pas complètement inconnu parce que… à une époque, j'ai connu votre femme. J'ai connu Claire.

Son regard était dirigé vers moi, mais elle ne me regardait pas ; ses yeux fixaient un point quelque part autour de mon menton.

— Comment l'avez-vous connue ? demandai-je.

— Mon père était un de ses professeurs au collège. Il s'appelait Steven Clifton.

Il fallait que je prenne une décision. Allais-je feindre l'ignorance ou lui dire la vérité, ou du moins une bonne partie ? Je pense que c'est l'expression sur son visage qui m'incita à choisir l'honnêteté. Elle paraissait terrifiée, et je me dis que puisqu'elle avait décidé de jouer franc-jeu, j'allais lui rendre la pareille.

— Oui. Je sais tout à son sujet.

— Que savez-vous au juste ?

— Qu'il a abusé de Claire, pendant au moins deux ans, quand elle était au collège. Il lui a fichu sa vie en l'air.

— C'est elle qui vous en a parlé ?

— Oui.

— Que vous a-t-elle dit exactement ? Désolée de vous poser cette question. Je comprendrais que…

Elle laissa sa phrase en suspens et je me rendis compte à quel point ce devait être dur pour elle.

— À vrai dire, expliquai-je, nous abordions rarement le sujet. Elle m'en a parlé au tout début de notre relation. Elle tenait à me mettre au courant, mais elle a toujours minimisé la chose. En tout cas vis-à-vis de moi.

Gwen hochait la tête.

— Vous n'êtes pas forcé de me répéter tout ce qu'elle vous a dit. Je comprendrais.

— Pourquoi ne portez-vous pas le même nom ? demandai-je. Pourquoi vous ne vous appelez pas Gwen Clifton ?

— C'était mon nom à une époque. Ça l'a été pendant des années. Mais je l'ai fait changer pour prendre celui de Mulvey, le nom de jeune fille de ma mère.

— Bien sûr, dis-je. Vous avez vraiment connu Claire ?

— Oui, répondit Gwen. Je me souviens d'elle. Elle devait avoir cinq ans de plus que moi, mais elle venait à la maison – mon père recevait parfois ses élèves chez nous. Je me souviens d'elle parce qu'elle jouait quelquefois au Boggle avec moi. Et puis, plus tard, quand j'étais au lycée et que mon père m'a avoué ce qu'il avait fait, il a cité son nom parmi d'autres.

— Il vous a dit ce qu'il avait fait?

Gwen pinça les lèvres et souffla tout doucement.

— À ce moment-là, Claire avait quitté le collège, mais une autre élève de mon père l'avait accusé de gestes déplacés. Tout le monde l'a su. On habitait la ville où il enseignait. C'était déjà embarrassant d'avoir un père prof dans le collège où j'allais, même s'il ne m'a jamais eue comme élève. Il a démissionné. Il n'a pas eu le choix. Et il a dû y avoir un accord juridique parce que le procès n'a jamais eu lieu. Ou peut-être qu'il n'y avait pas suffisamment de preuves. Un soir, il est venu dans ma chambre…

Elle s'arrêta de parler et appuya un moment son index contre son œil gauche.

— Vous n'êtes pas obligée de me raconter tout ça, lui dis-je.

— Un soir, il est venu dans ma chambre et m'a donné les noms de toutes les filles dont il avait abusé, y compris Claire, en expliquant qu'il avait fait ça pour me protéger. Il voulait m'épargner, alors il faisait ça à d'autres gamines.

Elle haussa les épaules et pinça de nouveau les lèvres en un sourire peu convaincant.

— Bon sang.

— Oui, dit-elle. C'est pour ça que je n'ai jamais oublié le nom de Claire. Et plus tard, quand j'ai appris qu'elle était morte dans un accident, j'ai vu dans sa notice nécrologique qu'elle était mariée et lu votre nom. Donc vous non plus ne m'étiez pas inconnu.

— Et votre père?

— La nuit où il est venu dans ma chambre, c'est la dernière fois que nous nous sommes parlé. Après ça il a quitté la maison et mes parents ont divorcé, et je ne l'ai plus jamais revu. On l'a tué, vous savez.

— Il a été assassiné ?

— Officiellement, non. Mais je crois que si.

— Comment ça ?

— Vous ne savez vraiment pas ?

Je me figeai, la bouteille de bière vide contre mes lèvres.

— Vous croyez que je l'ai tué ? demandai-je.

Elle haussa à nouveau les épaules et refit ce sourire étrange. Ses joues et son nez avaient perdu leurs couleurs, et comme à mon habitude, j'eus du mal à déchiffrer ses émotions : son visage pâle, ses yeux éteints.

— Je ne sais pas trop, Mal. Aujourd'hui, je ne sais plus vraiment quoi croire. Vous voulez que je vous dise le fond de ma pensée ?

— Oui.

— D'accord. Eh bien Eric Atwell a été assassiné, et je sais qu'à ce moment-là vous n'étiez pas dans cet État, mais vous auriez très bien pu orchestrer son meurtre. Mon père s'est fait renverser par une voiture alors qu'il était à vélo. On a classé ça comme un délit de fuite, mais j'ai toujours supposé que quelqu'un l'avait tué à cause de ce qu'il avait fait. Ce serait compréhensible. Ces deux meurtres seraient compréhensibles, justifiés même, surtout pour le mari de Claire Mallory.

— J'avoue que ni l'un ni l'autre ne m'inspirait de sympathie, dis-je, en tentant à mon tour un sourire, guère plus convaincant que le sien.

— Mais vous n'avez rien de plus à avouer ?

— Qu'est-ce qu'Atwell ou votre père ont à voir avec ma liste et les autres crimes ?

— Je ne sais pas. Rien peut-être. Quand mon père est mort, j'ai repensé à vous. J'avais entendu parler de la mort d'Eric Atwell, et je me disais que vous étiez peut-être également impliqué. Ça ne me faisait ni chaud ni froid. À l'époque j'avais déjà intégré le centre de formation du FBI. Je savais que quelqu'un avait tué mon père et j'espérais que ce soit quelqu'un avec une bonne raison de le faire, plutôt qu'un chauffard qui avait simplement pris la fuite. Je voulais qu'on l'ait tué par vengeance. Et je m'en suis convaincue. Franchement, ça m'aide à dormir la nuit. En mon for intérieur, je me disais que c'était vous. Claire n'a pas été la seule victime de mon père, mais c'est elle dont je me souviens, sans doute parce qu'elle était gentille avec moi et ça, je ne l'oublierai jamais.

"Et puis en me renseignant sur vous, je suis tombée sur la liste. J'ai dû la garder en mémoire car quand j'ai entendu parler de ces postes de police qui avaient reçu des plumes, c'est la première chose à laquelle j'ai pensé : *A.B.C. contre Poirot.*

— Vous avez cru que j'avais commis tous ces meurtres ?

Elle se pencha vers moi.

— Non, non, pas du tout. Je ne sais pas ce que je croyais, mais je savais qu'il y avait quelque chose, et que ça avait peut-être un rapport avec mon père, et avec vous. Ça n'a pas tardé à m'obséder, j'ai même cru un moment qu'il y avait un rapport entre la mort de mon père et *Le Maître des illusions.*

— Comment ça ?

— Eh bien, quelque part, mon père aussi a choisi les circonstances de sa mort.

— Parce qu'il faisait beaucoup de vélo ?

— Oui. Il était toujours sur son vélo, surtout après le divorce, quand il a déménagé dans le nord de l'État de New York. Je ne le savais pas, mais je l'ai lu dans le rapport de police. Il partait seul, le plus souvent dans les collines, sur des routes tranquilles. Il a été percuté par une voiture arrivant en sens inverse. Alors oui, j'ai pensé au roman. Si quelqu'un avait voulu le tuer, le plus simple était de le renverser pendant qu'il roulait à vélo. Ça passerait pour un accident, enfin, un accident avec délit de fuite, mais pas pour un homicide.

— Vous avez expliqué tout ça à votre chef?

— Pas tout de suite. J'ai commencé par lui parler de votre liste, et de son lien avec les meurtres à la plume, ainsi qu'avec celui de Bill Manso dans le Connecticut. Je lui ai dit que je voulais mener l'enquête mais il n'a pas mordu. Et j'ai commis l'erreur d'ajouter qu'il y avait également un lien avec la mort de mon père, et c'est à ce moment-là qu'on m'a interdit de poursuivre mon enquête. On la confierait à d'autres agents si on le jugeait nécessaire. J'étais en vacances la semaine dernière, le jour où je suis venue vous interroger et quand nous sommes allés à Rockland. Quelqu'un au bureau du coroner a contacté ma hiérarchie au lieu de me contacter directement et c'est comme ça que je me suis fait repérer. C'est pour ça que je suis suspendue. S'ils savaient que j'étais ici en train de vous parler, ils me vireraient.

— Alors pourquoi êtes-vous venue ?

— J'ai pensé…, dit-elle. J'ai pensé que je vous devais la vérité. Je voulais aussi vous mettre en garde. Ils savent tout ce que je sais à présent. Pour eux, vous êtes un suspect.

— Pour vous aussi ?

— Je ne sais plus quoi penser. Est-ce que je pense que vous êtes allé tuer Elaine Johnson dans le Maine, ou Bill Manso, Merle Callahan ou Ethan Byrd ? Pas vraiment, non. Mais c'est juste une intuition. Je sens que vous ne me dites pas toute la vérité. Si je devais échafauder une théorie, et je sais qu'elle paraîtra ridicule, je dirais que vous avez peut-être convaincu quelqu'un de "punir" Eric Atwell, et peut-être aussi mon père… Et maintenant cette personne… quel que soit son nom…

— Charlie, dis-je. Vous avez oublié ?

— Oui, Charlie. Écoutez, ça fait plusieurs jours que je n'ai pas dormi. Je voulais vous parler, et c'est fait. Je n'ai plus le droit de me mêler de cette enquête. Pas si je veux garder mon travail. Je peux vous demander de ne parler à personne de cette entrevue ?

— Évidemment.

Elle but une gorgée de sa bière, encore aux trois quarts pleine.

— Et si vous êtes effectivement impliqué dans la mort de mon père…

— Je ne le suis pas.

— Mais *si* vous l'étiez… sachez que personne sur cette terre n'a pleuré sa mort.

Elle se leva brusquement en se cognant les cuisses contre la table.

— Ça va ? demandai-je.

— Ça va. Je suis juste épuisée.

— Que comptez-vous faire maintenant ?

— Rentrer chez moi et essayer d'oublier tout ça.

Je la raccompagnai jusqu'à sa voiture, hésitant à lui proposer mon canapé pour la nuit. Je pensais que c'était une mauvaise idée pour un tas de raisons. D'ailleurs, elle n'aurait sans doute pas accepté. Et je n'étais pas certain de désirer sa présence. Elle n'avait pas été honnête avec moi, et ce soir encore, je doutais de sa sincérité.

Arrivés devant son Equinox beige garée au pied du Flat of the Hill, nous restâmes un moment immobiles dans la bise sifflante. Gwen se mit à grelotter.

— Vous continuez de relire les livres ? demanda-t-elle.

— Je lis *Le Maître des illusions*, répondis-je.

— *Le Maître des illusions*. Ce titre prend soudain un tout nouveau sens.

Je ris.

— Ce n'est pas faux.

— De nouvelles pistes ?

— Tirées de mes lectures ?

— Ou autres.

— Si je vous confie une information, puis-je être sûr que vous n'en parlerez à personne… sauf sous la contrainte ?

— Je ne suis même pas censée être ici, alors il y a peu de risques.

— Très bien. Il s'agit juste d'un nom sur lequel je suis tombé. Je ne vous dirai pas comment. Mais s'il venait à m'arriver quelque chose, intéressez-vous à un certain Nicholas Pruitt.

Elle répéta le nom et je le lui épelai.

— Qui est-ce ?

— Un professeur de littérature. Ce n'est sans doute rien, mais…

— D'accord, dit-elle. Avec un peu de chance, il ne vous arrivera rien et je n'aurai pas à m'intéresser à cet homme.

Nous nous dîmes au revoir, sans étreinte ni poignée de main. Puis je regagnai mon appartement, en repensant à tout ce que nous venions de nous dire.

Vingt minutes plus tard, incapable de trouver le sommeil, je décidai de ressortir et de me rendre à New Essex sur-le-champ pour affronter Nick Pruitt. J'avais trouvé son adresse sur Internet et localisé sa maison sur Zillow, un site de transactions immobilières. Il habitait un pavillon aux abords de la ville, dans un quartier proche de l'université. Je n'aurais qu'à aller frapper à sa porte. Si Nick était bien Charlie, comme j'en étais presque convaincu, il me reconnaîtrait immédiatement. Peut-être pourrais-je alors lui parler, découvrir ce qu'il voulait, faire en sorte qu'il mette un terme à ses agissements. Mais si je me rendais chez lui là maintenant, comment prédire sa réaction ? Et comment être certain qu'il serait seul ?

Je décidai de remettre mon projet au lendemain matin. J'irais à New Essex, je surveillerais sa maison et observerais un moment ses faits et gestes. Cela pourrait me donner un avantage.

# 21

Le lendemain de bonne heure, je fis un saut à Old Devils avant de partir pour New Essex. Nero surgit de sa chatière d'un pas déterminé et m'accueillit en levant la tête. Je le pris dans mes bras et le grattai sous le menton. Je m'étais quelquefois demandé si j'avais bien fait de le sauver, et je pense que oui. Je ne sais pas s'il existe un moyen d'évaluer le degré de bonheur d'un animal, mais je crois que Nero aime sa vie dans cette librairie. Je le reposai à terre et retirai un poil sur mon manteau en laine. Avait-on prélevé ses poils au domicile de Norman Chaney durant l'enquête ? Avait-on considéré qu'il s'agissait d'indices pertinents ? Je n'en avais pas la moindre idée.

Je laissai un mot pour Emily et Brandon, accompagné d'une liste de tâches, puis ressortis dans le froid.

Environ une heure plus tard, j'étais à New Essex, longeant au ralenti le trottoir face au domicile de Nick Pruitt – une petite maison carrée avec mansarde. Il était huit heures du matin et je me sentais exposé aux regards. Corning Street était une rue résidentielle et toutes les maisons disposaient d'une allée. Ma voiture était la seule stationnée le long du trottoir. Il y avait une épicerie au coin de la rue à une centaine de mètres et je fis demi-tour pour aller me garer devant, avant de couper mon moteur. J'avais toujours vue sur la maison de Pruitt, mais si quelqu'un me demandait ce que j'attendais, je pouvais au moins répondre que j'avais une course à faire.

Comme l'habitacle s'embuait, je dégageai un petit espace en bas du pare-brise pour continuer de distinguer la maison du fond de mon siège. Je bus à petites gorgées un peu de café de ma Thermos. Une voiture était garée dans l'allée de Pruitt – un modèle sportif, peut-être une Porsche –, mais cela ne signifiait pas pour autant qu'il était chez lui. Il travaillait à l'université, à quelques rues de là, et s'il donnait un cours en matinée, il pouvait s'y être rendu à pied.

Je tuais le temps en passant mentalement en revue les livres de ma liste, reliant chacun d'eux au meurtre correspondant. À moins que Gwen Mulvey n'en ait manqué un, Charlie avait reproduit quatre meurtres sur les huit de la liste, peut-être cinq. Le premier, il l'avait évidemment commis avec ma complicité. Eric Atwell contre Norman Chaney. L'échange de meurtres, comme dans *L'Inconnu du Nord-Express*. Charlie avait ensuite remanié l'intrigue d'*A.B.C. contre Poirot*, remplaçant les lettres de l'alphabet par des noms d'oiseaux. Bill Manso avait été tué en utilisant le stratagème d'*Assurance sur la mort* et Elaine Johnson avait connu le même sort que l'épouse du dramaturge dans *Piège mortel*. Se pouvait-il que Charlie ait assassiné Steven Clifton en reprenant l'idée développée dans *Le Maître des illusions*? Mais comment avait-il su pour

Clifton ? Il avait très bien pu le découvrir. Après tout, il nous connaissait, moi et ma femme. Il avait pu apprendre que Claire Mallory avait fréquenté un collège dans lequel un professeur avait été accusé de gestes déplacés envers ses élèves. Peu probable, mais pas impossible. Restait donc trois livres : trois meurtres à commettre. *Le Mystère de la maison rouge*, *Préméditation* et *Le Bouillon rédempteur*. Ces meurtres s'étaient peut-être déjà produits.

Vers onze heures, je sortis de voiture et fis quelques étirements puis entrai dans l'épicerie. C'était une de ces échoppes où l'on trouve du lait et des produits alimentaires de base mais qui survivent uniquement grâce au loto et aux cigarettes. J'achetai une barre de céréales et une bouteille d'eau couverte de poussière que je payai en espèces. Alors que je retournais à ma voiture, je vis une jeune femme en jean et bottes cuissardes qui se dirigeait d'un pas rapide vers la porte de Pruitt. Tandis qu'elle appuyait sur la sonnette, je me hâtai de regagner ma place derrière le volant et d'essuyer la buée du pare-brise. La femme attendait en se balançant sur ses talons. Elle sonna de nouveau, puis frappa, puis colla son visage contre l'une des vitres rectangulaires encadrant la porte. Elle finit par abandonner et, après un coup d'œil à son téléphone, rebroussa chemin.

Je descendis de voiture et décidai de la suivre. Si elle cherchait Pruitt, elle finirait sans doute par le trouver, donc en la suivant, je le trouverais aussi.

Elle marchait vite, alternant grandes enjambées et petites foulées, et je dus presser le pas. Arrivée au bout de la rue, elle tourna à gauche sur Gloucester Road et gravit la petite côte en direction de l'université, où elle disparut derrière les portes d'un bâtiment d'un étage en briques à la limite du campus. Une plaque au-dessus de l'auvent indiquait PROCTOR HALL. Je courus et franchis les portes vitrées, débouchant dans un hall d'accueil juste à temps pour apercevoir la silhouette de la femme s'éloigner dans un long couloir à gauche et entendre ses bottes résonner sur le sol. Derrière le comptoir d'information, un homme barbu leva les yeux à mon passage. Je lui adressai un signe de tête doublé d'un sourire, comme si nos regards s'étaient déjà croisés des dizaines de fois, puis enfilai à mon tour le couloir éclairé de néons. J'aperçus la jeune femme pousser la troisième porte sur la gauche. Une pancarte indiquait qu'il s'agissait de la "salle 1C". Je donnai un coup d'œil par la petite fenêtre en verre armé, mais tout ce que je vis, ce fut le dos d'une rangée de sièges type gradin et une dizaine d'étudiants affalés sur leur table. J'entrai et allai discrètement m'asseoir au dernier rang. Je me trouvais dans un grand auditorium d'une centaine de places dont j'estimai que deux tiers étaient occupés. La femme avait ôté sa parka noire et son bonnet en laine et se tenait à présent à l'avant de la salle ; elle semblait nerveuse.

— Le professeur Pruitt ne sera malheureusement pas en mesure d'assurer son cours aujourd'hui, dit-elle. Je resterai jusqu'à la fin de l'heure pour répondre à vos questions. Par contre, à moins d'une nouvelle consigne, le cours de vendredi matin est maintenu ainsi que le devoir sur table.

Avant la fin de son annonce, tous les élèves avaient glissé leur ordinateur dans leur sac à dos et remis leur manteau. Je me levai aussi et quittai rapidement la salle, remontant le couloir jusqu'à l'extérieur en espérant que personne n'ait remarqué ma présence. J'allai nonchalamment m'asseoir sur un banc face à l'Atlantique, gris sombre sous le ciel de plomb, et restai assis là un moment, tourné de manière à voir les portes du bâtiment d'où les étudiants sortaient en flot continu, craignant que leur professeur n'apparaisse et ne les prive de leur matinée libre.

Je devinai sans mal ce qui s'était passé. Comme Pruitt ne s'était pas présenté à son cours et qu'il ne répondait ni aux messages ni aux appels sur son portable, son assistante s'était vue contrainte de courir chez lui pour voir s'il y était. J'avais un mauvais pressentiment, mais je me raisonnai. Aux dires de Jillian Nguyen, Pruitt était un ivrogne. Peut-être avait-il la gueule de bois. Ce genre d'incident se produisait peut-être fréquemment et son assistante réussissait parfois à le réveiller en cognant à sa porte.

Je continuais de surveiller l'entrée du bâtiment, curieux de voir ce que l'assistante ferait en ressortant. Retournerait-elle au domicile de Pruitt ? Je me rappelai alors qu'elle avait proposé de rester toute la durée du cours pour répondre aux questions. Je me relevai et entrepris de redescendre jusqu'à la rue de Pruitt. Mon instinct me criait de regagner ma voiture et de rentrer chez moi. Il s'était passé quelque chose. Un vers me traversa l'esprit : *Quelqu'un est mort, même les arbres le savent*. Il me fallut un moment pour me souvenir qu'il était tiré d'un poème d'Anne Sexton, sur l'un de ses parents mourant, je crois. Tandis que je me rapprochais de la maison, j'étudiais l'alignement d'arbres le long de Corning Street. Privés de leurs feuilles, ils n'étaient que des formes noires, des traits de crayon contre le ciel gris foncé. On avait du mal à les imaginer verdoyants par un jour d'été. Oui, *quelqu'un est mort.* Mais le savoir ne me suffisait pas.

En arrivant au niveau de chez Pruitt, je coupai par son allée et passai devant sa voiture. D'une main gantée, j'ouvris le portillon en bois menant derrière la maison. Le carré de jardin était rempli de congères durcies. Il n'y avait rien d'autre qu'un gril sous une bâche. Contre la clôture du fond, un amas de feuilles noircies attendait d'être ratissé.

Je montai les trois marches d'une petite terrasse jusqu'à la porte de derrière. Par la vitre, j'aperçus une cuisine avec un linoléum à carreaux, et au-delà, ce qui ressemblait à une salle à manger dotée d'une longue table. La porte étant verrouillée, je frappai au carreau. J'allais le briser quand une rangée de pots de plantes à mes pieds attira mon attention. Je m'accroupis et les soulevai l'un après l'autre. Sous un pot de romarin, je découvris une clé grise. Elle joua dans la serrure. Une fois à l'intérieur, je lançai un bonjour dans la maison vide et attendis une réponse. Traversant la cuisine parfaitement en ordre, je m'avançai dans la salle à manger, laissant mes yeux s'habituer à la pénombre. Tous les rideaux étaient tirés. Mais de l'endroit où je me trouvais, j'aperçus un canapé au fond de la pièce principale. Pruitt était assis dans un coin, les pieds à plat sur le sol, sa tête reposant contre le dossier. Il était mort. Je le sus au premier regard ; à son immobilité parfaite, à son cou exposé, à l'angle inconfortable de sa tête.

J'étais tout aussi choqué par la vue de son corps sans vie que par ce qu'elle signifiait : Pruitt n'était pas Charlie, alors que j'en avais été convaincu. Il existait bien sûr une infime probabilité que Pruitt fût Charlie et que la culpabilité l'ait poussé à se saouler à mort, mais je savais en mon for intérieur qu'il n'en était rien. Pruitt avait été tué par Charlie, et Charlie avait plusieurs longueurs d'avance sur moi.

La pièce sentait le whisky. J'aperçus une bouteille renversée sur le mince tapis persan. Le peu de lumière qui entrait faisait scintiller la maille métallique autour du flacon triangulaire. Je reconnus la marque – du scotch – sans toutefois me rappeler le nom. Il y avait une autre odeur, une odeur d'hôpital. Je m'approchai jusqu'au seuil du salon et distinguai du vomi séché sur le pull de Pruitt.

Il était hors de question que je m'aventure plus loin dans la pièce, aussi me contentai-je d'un regard à la ronde. Sans grande surprise, il y avait de nombreuses étagères. Dans un coin, je vis une grande télévision à écran plat et ce qui devait être une vieille chaîne stéréo. Sur le mur au-dessus du canapé, une affiche de théâtre annonçait une production du *Conte d'hiver* de Shakespeare ; un dessin au trait montrait un ours coiffé d'une couronne. Je notai qu'à l'exception de la bouteille tombée devant le canapé, je n'avais vu aucune trace d'alcool dans la maison.

Je reculai lentement jusque dans la cuisine. J'y cherchai également de l'alcool mais n'en trouvai nulle part. J'ouvris le réfrigérateur ; il ne contenait pas grand-chose, mais je découvris tout de même un pack de six bières sur l'étagère du haut. Mais des bières sans alcool. Je refermai le frigo et me demandai s'il était utile d'explorer le reste de la maison ou stupide de m'y attarder. Bien qu'engourdi par le choc, j'avais compris ce qui s'était passé ici. *Préméditation*. Dans ce roman, une femme rendue morphinomane reçoit une overdose, et le crime passe pour un accident. À ce qu'il semblait, Pruitt était un ancien alcoolique sur la voie de la guérison, mais Charlie s'était débrouillé pour qu'il replonge et absorbe une dose fatale.

Soudain, un bruit de stridulation emplit la cuisine et je sursautai, le cœur battant à tout rompre. C'était le téléphone de Pruitt, en charge sur le plan de travail près du grille-pain. J'allai jeter un coup d'œil à l'écran. L'appel provenait d'une certaine Tamara Strahovski – sans doute son assistante qui le relançait une énième fois. Combien de temps avais-je avant qu'elle n'appelle la police pour leur demander de passer vérifier si tout allait bien ? Aucune idée. Je décidai de me contenter d'une exploration rapide – pas plus de cinq minutes.

La cuisine disposait d'une seconde porte qui donnait sur un couloir menant à une salle de bains et au bureau de Pruitt. À l'intérieur, un pupitre où était posé un ordinateur portable ouvert et des étagères pleines de livres, parmi lesquels un nombre incalculable d'exemplaires de son recueil de nouvelles, *Du menu fretin*. Je savais, pour avoir rendu visite à Brian Murray chez lui, que les auteurs recevaient des exemplaires de leurs livres, mais pas autant. Les livres de Pruitt occupaient deux étagères et s'élevaient en montagnes sur le sol. Il devait y en avoir des centaines. Peut-être les avait-il achetés lui-même pour gonfler les ventes. Je sortis du bureau et trouvai rapidement les escaliers au détour d'un petit couloir. À l'étage, j'inspectai du regard la chambre de Pruitt ; elle était beaucoup moins bien rangée que les pièces du rez-de-chaussée. Plus spartiate aussi : il y avait une pile d'habits posée par terre, un lit défait et une autre affiche de théâtre encadrée sur le mur : *La Nuit des rois*. Cette fois, je pus m'approcher. Montée par la New Essex Community Playhouse, elle avait été mise en scène par Nicholas Pruitt. Avant de quitter la chambre, je jetai un coup d'œil à la commode. Elle était envahie de cadres photos ; essentiellement de vieux clichés de famille, mais sur l'une d'elles, je reconnus Jillian Nguyen, posant avec Pruitt devant une réplique du Globe Theatre de Londres.

Je ressortis de la maison par la porte du jardin et replaçai la clé sous le pot de romarin. Je regagnai alors ma voiture et rentrai à Boston.

## 22

Je n'étais pas retourné sur Duckburg depuis 2010, lorsque j'avais organisé l'échange de meurtres, mais c'était maintenant nécessaire si je voulais entrer en contact avec Charlie. En toute logique, le site figurait toujours dans mes favoris sur l'ordinateur de la librairie. C'était le début d'après-midi et je marchais de chez moi jusqu'à Old Devils. Chaque fois que je fermais les yeux, je revoyais le corps sans vie de Nick Pruitt, assis tranquillement dans son canapé, la tête en arrière et la mâchoire pendante.

Je poussai la porte. Emily était derrière le comptoir en train d'encaisser un client, quant à Brandon, je l'entendis avant de le voir.

— L'équipe est au complet, lança-il de sa voix forte.

Il était accroupi à ma gauche et fouillait l'une des étagères du bas. Sans doute cherchait-il un livre pour une commande en ligne.

— Pas pour longtemps, dis-je. Désolé de vous abandonner si souvent ces derniers jours.

— Qu'est-ce qui t'arrive ?

Il s'était relevé et tenait un exemplaire de *L'Espion qui venait du froid*, de John le Carré.

— Pour ne rien te cacher, répondis-je, je me sens un peu patraque. (C'était le premier mensonge qui me venait à l'esprit.) Grosse fatigue et courbatures. Je ne sais pas ce que je couve.

— Eh bien, reste chez toi et ne viens pas ici nous le refiler, rétorqua Brandon. Emi et moi, on gère. Pas vrai, Emi ?

Emily ne répondit pas, mais elle leva la tête derrière la caisse. Le client dont elle s'occupait, un habitué dont j'oubliais toujours le nom mais qui repartait immanquablement avec le dernier Michael Connelly, se dirigeait d'un pas traînant vers la sortie.

— J'ai deux ou trois choses à régler dans mon bureau et ensuite, promis, je rentre chez moi, dis-je en partant vers le fond du magasin.

J'entendis Brandon expliquer à Emily que sa mère avait une fois traîné un rhume toute une année.

Je trouvai Nero couché en boule sur mon fauteuil. Il se réveilla quand j'entrai, s'étira, puis sauta au sol. Je m'installai devant mon ordinateur et l'allumai. Une inquiétude me saisit soudain : peut-être avais-je effacé le lien vers Duckburg (en vérité, c'eût été la chose la plus intelligente à faire) ? Mais lorsque j'ouvris mon navigateur, le lien était là. Aussitôt connecté, j'accédai à la section "échanges" et fis rapidement défiler la cinquantaine de publications les plus récentes. Il s'agissait de propositions classiques : diverses tâches rémunérées en faveurs sexuelles ou en stupéfiants. Il y avait aussi des offres insolites, comme cet homme qui échangeait la collection complète de chaussures de sa femme ("dont au moins huit paires de Jimmy Choo") contre une place pour un concert de Springsteen à guichets fermés. Je ne vis rien qui fît référence à *L'Inconnu du Nord-Express*. Cela ne me surprenait pas. Charlie n'avait plus besoin de chercher à entrer en contact avec moi puisqu'en réalité il l'avait déjà fait. Il savait désormais qui j'étais. Mais je n'avais rien à perdre à lui envoyer un message, pour le cas où il surveillerait le site.

Je me créai une nouvelle fausse identité, en choisissant de m'appeler Farley Walker, et déposai un message :

> Cher fan de *L'Inconnu du Nord-Express*. J'aimerais te proposer un nouvel échange. Tu te reconnaîtras.

Je mis le texte en ligne, puis fixai l'écran durant cinq bonnes minutes en me demandant si j'allais recevoir une réponse dans la foulée. Rien. Je me déconnectai et effectuai une recherche rapide sur l'université de New Essex afin de vérifier s'il y était question de Nick Pruitt. Sans surprise, il n'y avait rien. Même si son corps avait déjà été découvert, et je doutais que ce fût le cas, l'information n'avait rien d'intéressant en soi. En outre, tout laissait penser à l'overdose accidentelle d'un alcoolique qui aurait replongé. À moins que Charlie n'ait commis une erreur quelque part, c'était bel et bien un crime parfait. Personne ne suspecterait un homicide.

Je me demandai comment il s'y était pris. Le plus plausible était qu'il soit allé sonner à la porte de Pruitt avec une bouteille de whisky et une arme, et l'ait forcé à boire. Peut-être avait-il aussi drogué le whisky.

Une question en particulier me préoccupait : qui avait orienté Charlie vers Pruitt au départ ? Les seules personnes à savoir que je m'intéressais à lui étaient Marty et Jillian Nguyen. Bien sûr, Pruitt était lié à Norman Chaney ; et si Charlie avait orchestré la mort de Chaney, il devait également avoir un lien avec Pruitt. Je repensai soudain au livre, *Du menu fretin*, que j'avais laissé ici au magasin. Emily ayant regagné sa place derrière son bureau, où je supposais qu'elle s'occupait des commandes en ligne, j'allai jusqu'à la caisse. Le livre n'avait pas bougé. Je me rendis soudain compte à quel point détenir un exemplaire de ce livre pouvait être incriminant : mieux valait ne pas le laisser traîner.

— Au fait, tu as eu de la visite hier soir, me dit Brandon.

— Ah oui ? dis-je en levant la tête.

— Ouais. La femme de Brian Murray. C'est bien Tess, son prénom ? Elle te cherchait.

— Ah ? Tu sais ce qu'elle voulait ?

— Non. Elle a juste dit qu'elle passait parce qu'elle était dans le coin, c'est tout. Mais j'ai senti qu'elle était déçue de pas te trouver. Elle est pas à Boston d'habitude à cette période de l'année… Quand ça gèle comme en ce moment.

— Brian s'est cassé le bras, expliquai-je. Je les ai vus avant-hier soir et elle est venue l'aider. Il ne peut plus rien faire seul.

— Non ? Trop marrant, dit-il, même si je ne voyais pas en quoi c'était drôle.

Je m'étais attendu à ce que Tess fasse un saut à la librairie. Après tout, elle avait travaillé dans le milieu du livre et en avait certainement assez de faire du baby-sitting. Toutefois, je ne pouvais m'empêcher de repenser à son étreinte de l'autre soir, quand nous avions pris un verre tous les trois au Beacon Hill.

— Elle a acheté quelque chose ? demandai-je.

— Non. Mais elle a pris le temps de remettre en ordre tous les romans de Brian.

— Ça ne m'étonne pas.

Avant de partir, je recopiai le lien compliqué du site Duckburg sur un morceau de papier, afin de pouvoir le consulter depuis mon ordinateur portable. Je récupérai ensuite *Du menu fretin*, et après avoir averti Brandon et Emily que je m'absentais, je rentrai chez moi. Au-dehors, de minuscules flocons commençaient à tourbillonner dans l'air. Une autre tempête de neige – moins violente – menaçait dans la nuit. Je n'arrêtais pas de penser au fait que Tess Murray soit entrée dans le magasin. Avait-elle vu mon exemplaire du livre de Pruitt ? Possible… Et après ? Il n'empêche que cela m'embêtait.

J'ouvris la porte de mon immeuble puis montai l'escalier jusqu'à mon appartement. Il y faisait étonnamment froid. Je m'aperçus que j'avais laissé les fenêtres entrouvertes : je ne m'en souvenais pas. Je les refermai puis allumai mon ordinateur pour me rendre sur Duckburg. Il n'y avait toujours aucune réponse. Je lançai une recherche sur Tess Murray. En fait, je ne savais quasiment rien d'elle, excepté qu'elle était l'épouse de mon associé, qu'elle était beaucoup plus jeune que lui et qu'elle travaillait comme attachée de presse à l'époque de leur rencontre. Je trouvai une page LinkedIn que je supposai être la sienne, bien qu'il n'y eût aucune photo. La liste de ses précédents employeurs mentionnait une grande maison d'édition ainsi qu'une société nommée Snyman Publicity; je me souvins que Snyman était son nom de jeune fille. Son entreprise actuelle était La Malle aux trésors, la boutique de bijoux qu'elle tenait désormais sur l'île de Longboat Key en Floride. Je me demandais si c'était à cause de son mariage avec Brian qu'elle avait quitté le milieu du livre. Leur union avait fait un petit scandale, en partie parce que Tess brisait un ménage, mais aussi parce qu'elle était beaucoup plus jeune que lui. Et beaucoup plus séduisante. Ils avaient beau être mariés depuis plus de dix ans, tout le monde continuait de la voir comme une croqueuse de diamants.

Je me rappelai une anecdote que j'avais entendue à son sujet, probablement de la bouche d'un autre écrivain de romans policiers de la région. Elle datait du temps où Tess était encore attachée de presse et fréquentait déjà Brian. Alors qu'elle se trouvait à un cocktail au Thrillerfest de New York, quelqu'un avait lancé une remarque désobligeante sur Brian, disant qu'il inondait depuis des années les éditeurs de ses romans toujours plus creux. Je crois que l'accusation n'était pas entièrement fausse, mais apparemment, Tess avait giflé l'auteur de la remarque avant de partir, furibonde. La personne qui m'avait rapporté cette histoire l'avait fait pour illustrer à quel point Tess était dérangée, mais j'y avais vu une confirmation de son amour inconditionnel pour Brian. De la solidité de leur mariage.

Je vérifiai sur mon téléphone pour voir si j'avais les coordonnées de Tess Murray. Oui. Je disposais de son adresse e-mail et de son numéro de portable. Je lui envoyai un message:

Salut Tess, c'est Malcolm, au cas où tu ne reconnaîtrais pas le numéro. On m'a dit que tu étais passée au magasin et que tu me cherchais. Dînons ensemble un de ces soirs… tous les trois. On a du temps à rattraper.

À peine mon téléphone posé, il se mit à vibrer. C'était Tess :

Oui !!! Viens dîner demain soir !!!

J'acceptai avec plaisir et lui demandai de me préciser l'heure et ce que je pouvais apporter.

"Sept heures !!! Et juste toi !!!" disait le message suivant, qui était arrivé si vite que je me demandai comment Tess avait eu le temps de le rédiger. Après les points d'exclamation, Tess avait ajouté un cœur rouge.

J'allai me chercher une bière au réfrigérateur. Constatant que j'avais des œufs et du fromage, je décidai de me préparer une omelette pour le dîner, même si j'avais perdu tout appétit en découvrant le corps de Pruitt le matin même. Je glissai quelques CD de Michael Nyman dans mon vieux lecteur et choisis d'écouter d'abord la bande originale de *La Fin d'une liaison*. Je préparai mon omelette, en mangeai une moitié, m'ouvris une autre bière, puis cherchai dans ma bibliothèque la section où je rangeais les romans de Brian Murray. Je les avais presque tous. Les plus récents en tout cas, car Brian organisait ses fêtes de lancement à Old Devils et il me dédicaçait toujours un exemplaire. Mais je possédais aussi la plupart des anciens en poche, les premiers romans d'Ellis Fitzgerald, que j'avais lus pour la première fois vers l'âge de dix ans.

Je n'avais pas eu à pédaler jusqu'à Annie's Book Swap pour me les procurer, car ma mère en était une inconditionnelle. Les premiers livres étaient vraiment bons, un peu comme des romans de Ross Macdonald, avec plus d'humour. Au début des années 1980, le fait que le détective fût une femme, teigneuse et intraitable, avait bousculé les codes. Brian m'avait expliqué à plusieurs reprises que dans la première mouture du premier roman de la série, *L'Arbre empoisonné*, Ellis Fitzgerald était un homme. Son agent lui avait dit que le livre était bon mais un peu réchauffé. Brian avait fait d'Ellis une femme, sans rien changer d'autre, et le livre s'était vendu comme des petits pains.

Je sortis l'édition de poche de *Jusqu'à l'os*. Il s'agissait du cinquième livre de la série, celui qui avait remporté l'Edgar. Pour les fans, c'était soit leur préféré, soit celui qu'ils aimaient le moins. Moi, c'était mon préféré, en tout cas, ça l'était quand j'avais découvert la série à l'adolescence. À la fin du livre précédent, *Sang tiède*, Peter Appleman, le petit ami d'Ellis, se fait tuer par un mafieux de Boston. Dans *Jusqu'à l'os*, Ellis se venge en assassinant consciencieusement tous ceux qui ont été impliqués de près ou de loin dans la mort d'Appleman. Ce livre a très peu de choses en commun avec le reste de la série. Il n'y a aucune trace des clients bouffonesques ou des bons mots d'Ellis habituels; le roman se rapproche plus de la série Parker de Richard Stark.

J'allai m'asseoir sur mon canapé avec le livre et une bière fraîche. Il avait été lu tant de fois que certaines pages se détachaient de la reliure fendue. La couverture noire élimée montrait six chambres de revolver vides. Je l'ouvris à la page de titre et ne fus guère surpris d'y voir le nom de ma mère, écrit de sa main, dans le coin supérieur droit, MARGARET KERSHAW, suivi de la date à laquelle elle avait acheté le livre. Juillet 1988. J'avais treize ans et je l'avais certainement lu dès que j'avais pu poser mes petites mains sales dessus, autrement dit dès qu'elle l'avait eu terminé. Je crois me souvenir qu'elle m'avait averti qu'il était très violent et que cela m'avait donné encore plus envie de le lire.

Le roman était dédié à la première femme de Brian : Mary. Je ne l'avais pas connue, mais Brian m'avait expliqué un jour que s'il lui avait dédié presque tous ses livres, c'était parce qu'elle boudait pendant des jours s'il ne le faisait pas. Il avait ajouté qu'un des gros points positifs de son divorce était qu'il pouvait désormais dédier des livres à d'autres personnes.

Dès les premières lignes, je fus à nouveau happé par l'histoire. Le roman s'ouvre sur une rencontre entre Ellis et le chef de la mafia de Boston au bar du Ritz. Elle lui remet une liste de noms. "Soit vous les punissez, soit c'est moi qui m'en charge. À vous de voir", lui dit-elle. Il ricane et répond qu'elle doit tourner la page et passer à autre chose. Le reste du livre la suit dans sa traque des responsables de la mort de son petit ami. Il y a du suspense et de la violence. Ellis révèle une personnalité quelque peu psychotique : après chaque meurtre, elle s'applique du rouge à lèvres et embrasse le mort sur la joue, pour laisser une empreinte. Le roman se termine sur une nouvelle rencontre au Ritz. Alors qu'Ellis boit un verre de chardonnay, le chef de la mafia s'excuse de l'avoir sous-estimée. Ils conviennent qu'ils sont quittes. Ellis a obtenu sa vengeance. Il lui pose tout de même la question au sujet du rouge à lèvres. "J'ai pensé que ça émoustillerait les flics, répond-elle. Ils raffolent des tueurs avec une signature. Ça leur donne l'impression d'être dans un film de Clint Eastwood."

Je terminai le livre un peu après minuit et ne cessai ensuite de repenser à la réponse d'Ellis. Au fond, c'était le sens des meurtres de Charlie : laisser une marque quelconque, un signe distinctif, pour dire au monde que le meurtrier était plus important que la victime. À l'origine, Charlie avait peut-être été inspiré par un sentiment de vengeance ou de justice quand il m'avait demandé de tuer Norman Chaney. Mais à présent tout tournait autour de lui. De ma liste. Et de moi aussi, sans doute. Quel genre de personne se place au-dessus de ses victimes ? Quel genre d'individu peut se laisser obséder par une liste de livres ?

Voici l'un des conseils que Brian donne aux écrivains en herbe : lorsque vous n'arrivez pas à démêler un problème dans votre intrigue, allez vous coucher et laissez votre subconscient s'en occuper. Je décidai donc de tâcher de trouver enfin le sommeil, et peut-être même quelques réponses.

# 23

Je passai la matinée suivante à feuilleter tous mes romans de Brian Murray. J'allai jusqu'à lire en diagonale son dernier livre, *Meurs juste un peu*, dans lequel Ellis Fitzgerald résout une affaire de meurtre liée aux gangs dans un lycée. L'histoire sentait tellement le réchauffé que c'en était presque embarrassant. Brian avait horreur des recherches préparatoires et j'eus l'impression qu'il s'était contenté, en guise de documentation, d'une soirée ciné devant *Boyz'n The Hood* et ce film où Michelle Pfeiffer enseigne à des gamins des quartiers sensibles.

Peu après midi, je reçus un coup de téléphone de l'agente Perez. Elle me rappela que je ne leur avais toujours pas communiqué mon emploi du temps les jours des meurtres.

— Désolé, répondis-je. J'ai été très occupé. Peut-on se débarrasser de ça maintenant ? Donnez-moi les dates et je verrai si je peux vous dire où je me trouvais ces jours-là…

— Très bien, dit-elle.

J'ouvris mon agenda sur mon ordinateur et elle me communiqua la première date : celle du meurtre d'Elaine Johnson.

— J'ai déjà envoyé ces renseignements à l'agente Mulvey. J'étais en voyage à Londres. C'était bien le 13 septembre ?

— En effet, répondit l'agente Perez.

Elle me demanda ensuite pour Merle Callahan. Elle avait été tuée le 16 août 2014 et mon agenda n'indiquait rien pour cette semaine ; logiquement, je devais donc me trouver à la librairie. J'expliquai cela à l'agente Perez et elle me demanda si quelqu'un pouvait le confirmer. Le 16 août était un vendredi. Je répondis qu'habituellement, mes deux employés travaillaient avec moi ce jour-là et l'invitai à leur poser la question. Vint ensuite le meurtre de Jay Bradshaw, l'homme tabassé à mort dans son garage à Dennis, sur la péninsule. Le crime s'était produit le 31 août.

— C'est le dimanche où j'ai pris l'avion pour Londres, dis-je.

— À quelle heure ?

— Mon avion décollait à 6 h 20. Je suis probablement sorti de chez moi vers trois heures.

— Ça fait tôt, dit-elle.

— Je sais. J'aime arriver en avance dans la mesure du possible. Je préfère avoir du temps devant moi que de devoir courir.

Pour les deux autres affaires sur lesquelles elle m'interrogea, je n'avais aucun alibi solide. Je me trouvais sans doute à Old Devils.

— Navré de ne pas pouvoir vous aider davantage, dis-je.

— Vous nous avez beaucoup aidés, monsieur Kershaw. J'aimerais juste que vous m'envoyiez les numéros de vol exacts de votre voyage à Londres, si vous les avez.

— Bien sûr, dis-je, en me retenant de lui signaler que j'avais également transmis cette information à l'agente Mulvey.

— Et enfin, pour terminer, je sais que ça ne date pas d'hier, mais pouvez-vous me dire où vous étiez le 27 août 2011 ?

— Je vais regarder. Que s'est-il passé à cette date ? demandai-je.

— C'est le jour où Steven Clifton a été tué dans un accident de vélo, près de Saratoga Springs.

— Vous avez déjà évoqué ce nom auparavant. J'ignore qui c'est. L'agente Mulvey ne m'a jamais parlé de lui.

— Le meurtre de cette personne figure dans ses notes, dit Perez.

Je remontai dans mon agenda. Je songeai d'abord à broder une réponse, mais décidai finalement d'avouer :

— Je suppose que je travaillais ce jour-là, mais en toute franchise, ça fait longtemps. Il n'y a rien sur mon agenda.

— Très bien, monsieur Kershaw. Ce n'est pas grave, je voulais simplement vous poser la question.

— D'accord. Merci.

Je pensais la conversation terminée quand l'agente Perez toussa avant d'ajouter :

— Je sais que je vous ai déjà interrogé à ce sujet, mais quand l'agente Mulvey est venue vous voir, avez-vous immédiatement cru à sa théorie qu'il existait un lien entre votre liste et certains crimes non résolus ? J'aimerais réentendre votre réponse.

— Non, je n'y ai pas cru immédiatement. Peut-être parce que je refusais de l'admettre… ce n'est pas très agréable de se dire qu'une liste anodine qu'on a écrite puisse pousser quelqu'un à commettre de vrais meurtres…

— Certes.

— Elle a commencé par me parler des meurtres à la plume, et du lien qu'elle établissait avec *A.B.C. contre Poirot*…

— Le livre d'Agatha Christie ?

— Oui. Je reconnais que ça me semblait tiré par les cheveux. Après cela, l'homme retrouvé mort le long des rails, Bill Manso… ce meurtre-là avait effectivement l'air d'imiter celui d'*Assurance sur la mort*, mais comme je vous le disais, je n'y croyais pas vraiment, jusqu'à ce qu'on trouve les livres chez Elaine Johnson. Là c'est devenu évident : à travers ces meurtres, le tueur voulait attirer mon attention. Ou attirer l'attention sur moi, plutôt. Je ne sais pas vraiment. Nous en avons beaucoup discuté tous les deux.

— Vous voulez dire vous et l'agente Mulvey ?

— Oui. Nous nous sommes demandé ce que le tueur, Charlie, ainsi que nous l'avions appelé, essayait d'accomplir au travers de ces meurtres. Nous en avons conclu qu'il essayait de transmettre le plus fidèlement possible l'esprit des meurtres originaux.

— J'aimerais vous interroger à propos d'une de ses notes. Elle a écrit les noms des trois victimes de ce qu'elle a appelé “les meurtres à la plume”, et au-dessous : “Qui était la vraie cible ?” Savez-vous ce qu'elle entend par là ?

— Dans *A.B.C. contre Poirot*, un homme commet plusieurs meurtres pour faire croire à l'œuvre d'un tueur en série. En fait, il s'avère qu'il n'avait qu'une seule cible et qu'il a tué les autres pour masquer ses intentions.

— Donc vous croyez qu'il en est de même pour les meurtres à la plume ?

— Je ne sais pas si je le crois, mais ce n'est pas impossible.

— Il n'est pas impossible non plus que tous ces crimes liés à votre liste ne servent en fait à couvrir qu'un seul meurtre.

— Bien sûr, dis-je. Ce n'est pas impossible, mais alors ce serait commettre beaucoup de meurtres pour en cacher un seul.

— C'est vrai.

Il y eut un long silence, et l'espace d'un instant, je me demandai si nous avions été coupés ou si elle était simplement en train de réfléchir.

— Si vous deviez me donner un nom, dit-elle finalement, laquelle des trois victimes constitue d'après vous la véritable cible ?

— Je dirais Merle Callahan. C'est la plus connue des trois et elle s'est mis à dos beaucoup de gens.

— C'est aussi mon avis, dit-elle avant de marquer une nouvelle pause. Est-ce que je peux vous recontacter si jamais j'ai d'autres questions ?

— Bien entendu, répondis-je avant de lui dire au revoir et de raccrocher.

J'appelai Old Devils. Emily me répondit.

— Tu es toujours malade ?

— Je ne suis pas au fond de mon lit mais ce n'est pas la grande forme.

— Eh bien, reste chez toi. Tout se passe bien ici.

J'allais mettre un terme à la conversation, mais puisque je l'avais au bout du fil, autant lui poser quelques questions.

— Je vais te donner des noms. Peux-tu me dire s'ils te sont familiers ? expliquai-je.

— Euh, d'accord, dit-elle.

— Ethan Byrd.

Un moment de silence passa.

— Ça ne me dit rien, répondit-elle.

— Jay Bradshaw.

— Non plus.

— Merle Callahan.

— Oui évidemment. C'est la présentatrice dérangée qui s'est fait assassiner. On finira sûrement par en tirer un best-seller.

— Pourquoi dis-tu qu'elle était dérangée ?

— Je ne sais pas. C'est ce qu'on dit. Elle n'a pas écrit un livre sur l'adultère ?

— Si.

Après avoir raccroché, je considérai à nouveau la possibilité que Merle Callahan soit la véritable cible des trois meurtres à la plume. Même s'il n'y avait pas eu de cible évidente, il y en avait au moins eu une à laquelle Charlie avait pensé en premier. Il savait qu'il voulait reproduire *A.B.C. contre Poirot*, mais qu'il n'utiliserait pas les lettres de l'alphabet… S'il choisissait de tuer Merle Callahan, alors il lui fallait trouver deux autres victimes aux noms d'oiseaux afin de couvrir le meurtre. Et Merle Callahan était parfaite, puisque les gens étaient remontés contre elle. Elle défendait l'adultère et avait brisé au moins deux mariages.

Durant l'après-midi, je dormis sur le canapé. Une fois de plus, je rêvai que j'étais poursuivi. Déjà adolescent, je faisais ces rêves où je découvrais que mes parents, mes amis, mes professeurs étaient en réalité des monstres auxquels je devais échapper. Dans les plus effrayants, j'étais incapable de bouger, mes jambes étaient lourdes, mes pieds collés au sol. Cet après-midi-là, dans mon rêve, la seule personne à qui je n'essayais pas d'échapper, c'était Gwen Mulvey. Elle était à mes côtés, et ensemble nous tentions de fuir la horde meurtrière. En me réveillant, je courus à la salle de bains, pensant que j'allais vomir, mais non.

Je me préparai pour le dîner ; je passai une chemise à carreaux bleue que je rentrai dans un pantalon en velours côtelé sombre, puis j'enfilai mon pull préféré, un col roulé en cachemire noir, le dernier cadeau que Claire m'avait offert, le Noël avant sa mort. Posté devant mon miroir en pied, je demandai à Claire, dans ma tête, comment j'étais. *Tu es beau*, répondit-elle. *Tu es toujours beau.* Je l'imaginai passer ses doigts dans mes cheveux courts argentés.

*Qu'est-ce que je dois faire ?* lui demandai-je. *À propos de ces meurtres ?*

*C'est ton merdier*, répondit-elle. *Il faut que tu règles ça par toi-même.*

Elle disait souvent cela, même si en fait elle s'adressait à elle-même. C'était ce qu'elle avait dit après m'avoir avoué qu'elle avait replongé dans la drogue. Je lui avais proposé mon aide mais elle avait répondu : "Pas question. C'est mon merdier et il faut que je le règle par moi-même." J'ai longtemps considéré ce trait de personnalité – la façon qu'elle avait d'assumer ses défauts – comme une qualité. Aujourd'hui, ce n'est plus vraiment le cas. Sa vie était un vrai foutoir, mais le plus important pour elle, c'était d'éviter la confrontation, ne pas blesser les gens, prendre tout à son compte. Elle n'avait aucun problème à se faire du mal, mais se mettait en quatre pour ne pas blesser les autres.

C'était sa directive première, ce besoin d'éviter les heurts, les collisions. De ne pas laisser quiconque prendre soin d'elle.

*C'est mon merdier.*

Elle se trompait.

# 24

Je sortis de chez moi sans vérifier le temps qu'il faisait et m'aperçus que la neige avait repris. Elle tombait à présent en gros flocons, s'accrochant aux arbres et aux buissons mais fondant rapidement sur les trottoirs et la chaussée.

Avant de me rendre chez Brian dans le South End, je m'arrêtai chez un marchand de vins sur Charles Street et achetai une bouteille de syrah. J'étais presque sorti du magasin quand je fis demi-tour pour prendre une bouteille de Zwack, une liqueur aux herbes hongroise que j'appréciais. Je passai alors à Old Devils, où Brandon et Emily s'apprêtaient à fermer. Avant d'entrer, je contemplai un moment l'intérieur de la librairie, éclairé d'une lumière douce. Brandon discutait avec une cliente, et même si je n'entendais pas ce qu'il disait, son timbre grave retentissait jusque dans la rue. Au fond, Emily allait et venait derrière la caisse. Les vendredis soir et les journées du samedi étaient les moments où l'on travaillait généralement tous ensemble – les trois employés de la librairie Old Devils. Les regarder ainsi de l'extérieur vaquer dans leur petit univers me laissait une sensation étrange. Le monde continuerait de tourner sans moi.

Je poussai la porte et offris à Brandon la bouteille de Zwack.

— C'est quoi ? dit-il d'une voix forte.

— Un cadeau d'excuse, répondis-je. Je m'en veux de mes absences répétées. Vous n'avez pas chômé tous les deux, ces derniers temps.

— Ah ça non, dit-il en allant montrer la bouteille à Emily.

Je saluai la cliente, une jeune auteur de romans policiers de Boston que nous avions invitée pour une lecture l'an passé. Son nom ne me revenait pas.

— Comment allez-vous ? dit-elle.

Elle avait de grands yeux noirs rapprochés et un visage allongé. La raie au milieu qui partageait sa chevelure brune et raide lui donnait l'air de sortir du cahier d'esquisses d'Edward Gorey.

— Ça va, répondis-je. Quoi de neuf de votre côté ?

Avant qu'elle puisse ouvrir la bouche, j'entendis Brandon m'appeler du fond du magasin. Il avait arraché Emily à sa tanière.

— Toi aussi, Jane ! ajouta-t-il.

Le nom de la jeune femme me revint tout à coup : Jane Prendergast. Elle avait écrit une enquête policière intitulée *Du clocher la chouette fondra.* Nous rejoignîmes Brandon qui s'affairait à verser des shots dans les petits verres à eau que nous rangions dans un placard.

— On entre feuilleter quelques bouquins et on se retrouve à boire des shots, dis-je à Jane en plaisantant.

— Jane fait partie de la famille, dit Brandon, et je vis Emily, son verre à la main, piquer un fard.

Le regard de Brandon glissa d'elle à moi.

— Mince, dit-il.

— Jane et moi sortons ensemble, précisa Emily.

— Je comprends maintenant pourquoi tu places toujours ses livres sur la première table.

Ce fut au tour de Jane de rougir. Je m'excusai et lui dis que je plaisantais. Nous levâmes alors nos verres.

— À Old Devils, m'exclamai-je.

Emily tressaillit et voulut savoir ce qu'elle venait d'avaler. Je lui répondis que je ne connaissais pas grand-chose au Zwack mais qu'il me semblait approprié pour la saison, le genre de remontant qu'un saint-bernard vous apporte quand vous êtes piégé dans une avalanche. Je restai un peu plus mais déclinai un second verre. Il allait être sept heures ; l'heure de fermer. L'heure de me rendre dans le South End où j'étais attendu. Soudain je n'eus plus envie d'y aller. Je me sentais en sécurité ici, alors que je ne savais pas ce qui m'attendait chez Brian et Tess. J'avertis cette dernière que j'arriverais un peu en retard, puis aidai Brandon et Emily à fermer. Jane attendait Emily.

Je traversai Boston Common en direction du South End. La température avait encore chuté de quelques degrés et la neige recouvrait les pavés. Je dépassai la mare aux grenouilles, éclairée et remplie de patineurs, puis descendis Tremont Street et passai au-dessus de l'autoroute, pour arriver dans le South End. Neige ou pas, on était vendredi soir et les gens sortaient nombreux, occupant bars et restaurants. Les Murray habitaient une maison en briques à façade arrondie, dans une rue résidentielle. Leur porte était bleu foncé. Je sonnai et entendis un carillon à l'intérieur.

— Merci, Mal, dit Tess en prenant la bouteille que je lui tendais. (J'aurais préféré leur apporter quelque chose de plus intéressant.) Entre te mettre au chaud. Brian est en haut, il prépare les boissons.

Je montai l'étroit escalier aux murs tapissés de couvertures d'Ellis Fitzgerald encadrées, puis me dirigeai vers le grand salon à l'étage. Debout devant l'âtre, Brian fixait le feu qu'on venait d'y allumer.

— Bonsoir Brian, dis-je.

Il se retourna, tenant un verre dans sa main valide.

— Qu'est-ce que je te sers ?

— La même chose que toi.

Soulevant une carafe en cristal d'un meuble à alcools, il versa une dose de whisky dans un verre, ajouta un glaçon et me l'apporta. Sur la table basse entre les deux canapés, j'aperçus une planche en bois avec du fromage et des crackers. Nous nous assîmes et Brian posa son verre pour prendre un biscuit.

— Comment va ton bras ? demandai-je.

— Quand on a atteint mon grand âge, on finit par s'habituer à avoir deux bras. C'est pas facile d'en perdre un, même temporairement.

— Heureusement que Tess t'aide, dis-je.

— Oui, bien sûr, elle m'aide, mais elle ne se prive pas de me le rappeler. Non, je plaisante. Je suis content qu'elle soit là. Parle-moi un peu de la librairie. Qu'est-ce qui marche ces temps-ci ?

Nous avons parlé boutique un moment, jusqu'à ce que Tess apparaisse au coin de l'escalier et vienne s'asseoir sur l'accoudoir du canapé à côté de Brian. Elle portait un tablier et avait le visage rouge et brillant, comme si elle venait de se pencher au-dessus d'une marmite. Humphrey, leur chien de chasse tacheté, avait suivi Tess dans le salon. Il flaira brièvement ma main puis se mit à renifler le plateau de fromage.

— Humphrey ! le réprimandèrent-ils d'une même voix.

Le chien se rassit sur son postérieur, sa queue fouettant le sol.

— Qu'est-ce que tu nous as préparé ? demandai-je à Tess.

Je les observai, l'un et l'autre, attentif. Ses yeux brillaient d'excitation. Brian la regardait comme il eût regardé un barman, avec une légère indifférence… jusqu'à ce que le besoin d'un autre verre se fasse sentir.

— Buvez-en un autre. Ensuite vous pourrez descendre dîner, dit Tess en se levant.

Elle posa sa main sur mon épaule en passant près de moi et tapa sur sa cuisse pour qu'Humphrey la suive.

— Je m'en occupe, dis-je à Brian, en emportant nos deux verres vides jusqu'au meuble à alcools.

Je versai deux doigts de scotch dans le sien, un peu moins dans le mien. J'ajoutai les glaçons et revins au canapé.

— Je garde la bonne bouteille pour tout à l'heure, dit Brian. J'ai un Talisker de vingt-cinq ans d'âge quelque part ici.

— Ne l'ouvre pas pour moi, répliquai-je. Celui-ci est très bien.

— Ma foi, on est en train de boire du scotch de milieu de semaine, et sauf erreur, c'est le week-end, du moins si j'en crois Tess. J'ouvrirai une bonne bouteille tout à l'heure.

— Tu n'as jamais pensé à écrire un livre sur la bouteille ? demandai-je.

— Mon agent me l'a suggéré plusieurs fois. Non pas qu'il pense que le bouquin se vendrait, mais au moins, je mettrais à profit tout le temps que j'ai perdu à boire.

— Au fait, dis-je, avant d'oublier : je viens de relire *Jusqu'à l'os*.

— Ah ? En quel honneur ? demanda-t-il sans toutefois parvenir à masquer la pointe de satisfaction sur son visage.

— J'étais en train de passer en revue ma collection de tes livres, je l'ai ouvert, j'ai commencé à lire… et je l'ai lu d'une traite.

— Ouais. Avec le recul, je me dis qu'Ellis aurait dû tuer plus de monde. J'ai adoré écrire ce livre. Tu sais que je continue de recevoir des lettres de lecteurs me disant qu'ils détestent ce livre. Et d'autres qui me disent que c'est le seul bon bouquin que j'ai écrit.

— On ne peut pas plaire à tout le monde.

— C'est bien vrai. Je me rappelle qu'après l'avoir écrit, j'ai fait lire *Jusqu'à l'os* à mon agent. Celui de l'époque. Tu te souviens de Bob Drachman ? Il m'a dit qu'il n'avait pas pu le lâcher, mais qu'il était hors de question qu'il le propose à un éditeur. D'après lui, Ellis n'était pas une tueuse de sang-froid. Il m'a mis en garde : "Tu vas perdre la moitié de tes lecteurs." "Peut-être, je lui ai répondu, mais j'en gagnerai le double." Il m'a demandé d'écrire une deuxième version, moins violente… Alors j'ai rajouté un meurtre.

— Lequel ?

— Je me souviens plus. Attends, si. Je crois que c'est le type qu'elle enferme dans le congélateur. Oui, c'est lui, parce que Bob m'a avoué qu'il avait bien aimé ce passage en lisant la dernière version. Bref, je lui ai dit de proposer le manuscrit tel quel, sans quoi je me chercherais un autre agent. Alors il l'a envoyé. Ils l'ont publié. Et devine quoi ? Le monde a pas arrêté de tourner pour autant.

— Oui. Et tu as doublé ton lectorat.

— Ça, je sais pas, mais j'en ai pas perdu autant qu'on pensait. Et au passage, j'ai raflé un Edgar, alors voilà.

— C'est un bon roman.

— Merci, Mal.

— Tu n'as jamais eu envie d'en écrire un autre dans la même veine ? Un autre roman de vengeance avec Ellis ?

— Non. Pas vraiment. En vérité, une seule histoire suffit. Maintenant le lecteur connaît cette facette d'Ellis. Mais si chaque fois qu'elle perdait un être cher elle se lançait dans une vendetta sanglante, Ellis ne serait plus la même personne. Non, ça s'est passé une fois. Elle est brisée, alors elle se venge et elle sait désormais qu'elle ne pourra plus se laisser dominer par cette facette de sa personnalité. Par contre, j'ai écrit un livre où elle ne figure pas et qui fait pas partie d'une série. Je t'en ai déjà parlé ?

Il l'avait fait, bien évidemment, mais je répondis que non.

— Eh bien si, dit-il, j'ai écrit un *standalone* comme on dit. C'était deux ou trois ans après *Jusqu'à l'os*, il me semble. Une histoire de vengeance, mais avec un homme cette fois. Un flic de South Boston dont la femme se fait violer et tuer par une bande de voyous irlandais. Il les traque et les tue l'un après l'autre. Je l'ai écrit en deux semaines, et quand je l'ai relu, je me suis rendu compte que j'avais plus ou moins réécrit *Jusqu'à l'os*. Alors j'ai fourré le manuscrit dans un tiroir et je l'ai oublié.

— Tu l'as toujours ?

— Bon Dieu, dit-il en grattant le coin de son nez caoutchouteux. Ça remonte à l'époque où j'habitais à Newton avec Mary. Je suis pas sûr qu'il ait survécu au déménagement. Mais je me rappelle pas l'avoir jeté donc oui, il doit être ici quelque part.

— Vous êtes en train de parler de Mary ? demanda soudain Tess en entrant dans la pièce.

Elle ne portait plus son tablier et s'était visiblement maquillée.

— Oui, répondit Brian. Le bon vieux temps. Le dîner est prêt ?

— Oui, c'est prêt.

Nous descendîmes au rez-de-chaussée et dînâmes à la lueur des chandelles autour de la table de la salle à manger, devant la baie vitrée avec vue sur la rue. Le chien mâchonnait une friandise qu'on lui avait donnée, couché dans son panier dans un coin de la pièce. Tess avait préparé des côtelettes braisées, et nous vidâmes trois bouteilles de vin à nous trois. Tess apporta alors le dessert, une tarte aux clémentines.

— C'est toi qui l'as faite ? demandai-je.

— Oh là là, non, répondit-elle. Je cuisine mais je ne fais pas de pâtisserie. Qui veut du porto ?

— Pas nous, répondit Brian en me lançant un regard. On va goûter ce whisky dont je te parlais tout à l'heure. Le Talisker.

— Bois ton whisky, si tu veux, dit Tess. Moi, je prends du porto.

— Je vais te le chercher ? proposai-je.

Sur ces mots, je me levai et me cognai la cuisse contre le bord de la table.

— Volontiers, Mal. Merci beaucoup. Il y a une bouteille à la cave. Brian, tu veux bien lui dire laquelle prendre. Je crois que le whisky est à l'étage.

Je pris mes instructions et descendis d'abord à la cave pour chercher le porto. C'était la première fois que j'y mettais les pieds. Elle n'était qu'à moitié bétonnée : les murs étaient en placo, mais le sol tenait en une simple chape de ciment. Un des murs était occupé par une énorme bibliothèque regroupant tous les livres de la série Ellis Fitzgerald, dans leurs différentes versions et éditions, y compris les étrangères. Je restai un moment à les regarder, vaguement conscient que j'avais beaucoup trop bu au cours du dîner. Le faible éclairage de la cave me donnait l'impression d'être dans un rêve. Les conversations au cours du dîner avaient été divertissantes : j'avais servi de public à Tess et Brian dans leurs petites joutes verbales entre clash et flirt. Mais à présent, tandis que je chancelais devant la bibliothèque, tenant entre les mains ce qui semblait être une édition de poche russe de *Jouer l'ordure*, je ne cessais de repenser à tout ce dont Brian et moi avions parlé avant le dîner, au plaisir évident qu'il avait pris à écrire ses histoires de vengeance. Et à cette seconde qu'il n'avait jamais fait publier. Je voulais réaborder le sujet.

L'autre mur de la cave était couvert de casiers à bouteilles du sol au plafond. Brian m'avait dit que la bouteille de porto Taylor Fladgate Tawny devait être rangée en haut à droite. J'en sortis plusieurs avant de trouver la bonne, et je remontai avec jusque dans la cuisine, où Tess empilait les assiettes dans le grand évier.

— Voilà ton porto, dis-je.

Je ne fus qu'à moitié surpris quand, après avoir pris la bouteille et l'avoir posée sur le plan de travail, elle me serra dans ses bras.

— Je suis vraiment contente de t'avoir parmi nous, Mal, dit-elle. J'espère que tu passes un bon moment.

— Bien sûr, dis-je.

Elle posa sa main sur ma joue et me remercia de ma gentillesse.

— Apporte son whisky à Brian avant qu'il dessaoule. Je vais ouvrir le porto.

Je montai au salon. Il ne restait plus du feu que quelques braises fumantes au milieu d'un tas de cendres. Et la chaleur dans la pièce. J'allai jusqu'au meuble à alcools et m'accroupis pour l'ouvrir. Il contenait une douzaine de bouteilles. Je trouvai celle de Talisker et la sortis. Derrière elle, j'aperçus une bouteille triangulaire de Dimple Pinch. Il s'agissait du même scotch que la bouteille renversée au pied de Nick Pruitt. La forme du flacon était bien particulière : trois faces, chacune présentant un motif gravé. La bouteille était enchâssée dans une maille en fil de fer. Je fouillai jusqu'au fond du placard et découvris deux autres bouteilles identiques, neuves toutes les deux. C'était sans doute le whisky de milieu de semaine auquel Brian faisait référence, celui contenu dans la carafe posée sur le meuble.

Je me redressai, tenant toujours le Talisker à la main et regrettai d'avoir bu autant ; je n'arrivais pas à décider quoi faire. Soudain, j'entendis quelqu'un monter l'escalier et fis volte-face. C'était seulement Humphrey, haletant, qui accourut et bondit sur les crackers et le fromage restés sur la table basse.

## 25

La bouteille de Talisker entre nous, j'écoutais Brian me raconter son week-end de beuverie avec Charles Willeford à Miami. Me sachant un inconditionnel de *Hérésie*, il ne manquait jamais une occasion de me ressortir cette histoire. Et chaque fois, quelques détails changeaient.

J'avais beau ne pas être fin connaisseur en matière de scotch, je pouvais dire que celui-ci était du bon. Malgré cela, chaque fois que je portais le verre à mes lèvres, je n'en prenais qu'une minuscule gorgée. J'avais besoin de toute ma lucidité pour réfléchir à ce qu'impliquait la présence de ces bouteilles de Dimple Pinch dans le meuble à alcools des Murray. Se pouvait-il que Brian soit Charlie ? Instinctivement, je répondis par la négative. Brian faisait partie de ces hommes capables d'un tas de choses en paroles mais de bien peu en actes. Il ne savait ni conduire ni cuisiner et j'étais certain que quelqu'un organisait ses voyages à sa place, qu'on lui remplissait ses déclarations d'impôts et qu'on épluchait ses factures pour lui. Il savait écrire, boire et parler. Mais il aurait été infichu de planifier, encore moins d'exécuter de véritables meurtres.

Et si on l'avait aidé ?

Tandis que nous buvions, je voyais Tess en train de nettoyer la cuisine. Elle fredonnait et avait l'air heureuse, presque détendue. Comme Brian marquait un temps mort dans son récit, j'en profitai pour lui demander :

— Tu as déjà lu les articles que j'ai écrits pour le site ?

— Quel site ?

— Notre site Internet. Celui de Old Devils. Il est rattaché à un blog.

— Ah oui.

Des années durant, je l'avais harcelé pour qu'il y écrive un article, quelque chose, une simple suggestion de lecture ou une liste de ses romans préférés. Il ne l'avait jamais fait.

— Eh ben quoi ? demanda-t-il.

— Tu te souviens d'une liste que j'ai écrite il y a des années, avant même que tu rachètes Old Devils ? Ça s'appelait "Huit crimes parfaits".

Il se frotta l'intérieur de l'œil. Je l'observai.

— Ah, cette liste-là, oui, je m'en souviens. Je crois que c'est là que j'ai lu ton nom pour la première fois. Et tu sais ce que je me suis dit ?

— Non.

— Je me suis dit : "J'en reviens pas que ce con ait pas mis un de mes livres."

Je ris.

— Tu t'es vraiment dit ça ?

— Absolument. Il arrive un moment dans sa carrière où on prend comme un affront personnel de ne pas voir son nom dans le classement des dix meilleurs bouquins de l'année ou de tel ou tel thème. Ce qui m'avait tué, c'était… bon, que tu aies pas mis la plupart de mes livres, passe encore… mais même pas *La Saison des moissons*. Je veux dire, quand même, Mal, merde…

Il souriait.

— Aide-moi sur ce coup-là, dis-je. C'est celui avec Carl…

— Carl Boyd, c'est ça.

Je me souvenais de ce titre. C'était un de ses premiers. Le méchant de l'histoire, Carl Boyd, était un tueur psychopathe déterminé à se venger de tous ceux qui l'avaient dénigré. Et ils étaient nombreux. Si ma mémoire est bonne, Carl était pharmacien. Il kidnappait ses victimes et avant de les tuer, il leur injectait une dose de sodium de penthotal ou un équivalent, bref, un produit pour les faire parler. Il leur demandait alors de décrire leur phobie, la mort qu'ils redoutaient le plus. Si quelqu'un avouait par exemple être claustrophobe, Carl Boyd l'enterrait vivant dans un cercueil.

— Comment oublier ce roman ? dis-je.

— Eh ben, visiblement t'as réussi.

— De toute façon, il n'aurait pas eu sa place dans cette liste. C'était une liste de crimes parfaits. Insolubles.

— De quoi est-ce que vous parlez ? demanda Tess.

Arrivant de la cuisine, elle essuyait ses mains humides sur son pantalon.

— De meurtres, répondis-je en même temps que Brian disait :

— D'affront.

— Ah, le bon vieux temps. Je comptais faire un café. J'en prépare pour combien de personnes ? Oui, Brian, je sais, tu n'es pas intéressé.

— J'en veux bien un, dis-je.

— Normal ? Déca ?

— Du vrai, répondis-je.

Il me sembla avoir bégayé un peu.

Tandis que Tess retournait dans la cuisine, Brian déclara :

— Ça n'existe pas, tu peux me croire.

— Quoi donc ?

— Je parle de ta liste. Ça n'existe pas les crimes parfaits.

— En fiction ou dans la vraie vie ?

— Les deux. Y a toujours trop de variables. Sur ta liste, tu avais mis, laisse-moi deviner… *L'Inconnu du Nord-Express* ?

— Exact.

Brian s'était redressé dans son fauteuil et semblait un peu moins ivre.

— Évidemment. Je me rappelle très bien cette liste maintenant, et pas juste parce que tu m'avais oublié. Sans vouloir manquer de respect à Patricia, ce serait stupide de s'inspirer de son roman pour commettre un meurtre. Qu'est-ce qu'il a de si intelligent ? Demander à un inconnu de tuer à ta place ? Histoire d'avoir un alibi en béton ? Tu parles. Si tu fais ça, t'as plus vite fait d'aller te constituer prisonnier. Y a trop d'impondérables. Si tu veux tuer quelqu'un, tue-le toi-même. Pour ça, on peut pas faire confiance à quelqu'un.

— Et si tu étais certain que la personne n'allait pas te dénoncer ?

Brian grimaça en fronçant les sourcils.

— Écoute, dit-il, je ne prétends pas être expert en psychologie, mais y a une chose que je sais, et je m'assure de la garder en tête à chaque fois que j'écris un livre. Personne ne sait vraiment ce qui se passe dans le crâne ou dans le cœur de quelqu'un. (Il se toucha la tempe, puis la poitrine.) On ne sait pas. Même un couple marié depuis cinquante ans. Tu crois que l'un sait ce que l'autre pense ? Tu parles. Ils savent que dalle.

— Tu veux dire que tu ne sais pas ce que Tess pense en ce moment ?

— Eh ben, dit-il avec un haussement de sourcils, j'ai deux trois idées de ce à quoi elle pense, mais seulement parce qu'elle m'en a parlé.

— Ça ne compte pas.

— Non, ça compte pas. Autrement à quoi elle pense ? À part au nombre de cuillères qu'il faut pour faire son café. J'en sais rien. Enfin non, c'est pas complètement vrai. Je m'en doute un peu. Elle compte sûrement le nombre de verres que j'ai bus par exemple, en se demandant à quel moment elle viendra me dire que j'ai eu ma dose. Elle pense sûrement au jean à trois cents dollars qu'elle veut s'acheter. Elle pense à toi, mon gars.

— Comment ça ?

— Depuis qu'on t'a croisé au bar l'autre soir, elle n'arrête pas de répéter qu'il faut qu'on t'invite à dîner.

— Elle a une idée derrière la tête, dis-je, en me rappelant qu'elle m'avait demandé d'essayer de convaincre Brian de faire appel à une aide-ménagère.

— Tess a toujours une idée derrière la tête.

Un parfum de café commençait à émaner de la cuisine, une odeur profonde et amère qui suffisait à me dégriser. Le glissement de sujet de la conversation me rendit nerveux. Je connaissais Brian depuis longtemps, et ce n'était pas la première fois que je le voyais saoul, mais je ne l'avais jamais vu se comporter ainsi ; comme s'il me cachait quelque chose. Brian n'avait jamais été du genre secret.

— Et qu'a-t-elle en tête ce soir ?

— Je crois savoir, mais comme je t'ai dit, on peut jamais être sûr de ce que quelqu'un a en tête.

J'entendis un bruit de porcelaines entrechoquées et vis Tess arriver vers nous. Elle tenait un plateau avec deux tasses à café, ainsi que du sucre et de la crème. Elle posa une des tasses sur la table devant moi avec sa soucoupe, puis s'assit et lâcha un soupir.

— Merci, merci, dis-je.

J'ajoutai du sucre et de la crème et bus une gorgée.

— Tu veux du whiskey irlandais dans ton café ? demanda Brian. J'en ai quelque part ici. N'y mets pas du scotch.

— Il est parfait comme ça, dis-je.

— Alors, insista Tess, de quoi étiez-vous en train de parler tous les deux ?

Elle remuait son café dans lequel elle venait d'ajouter de la crème. Ses lèvres étaient légèrement teintées de la couleur du porto, et sa chevelure qui lui tombait habituellement de chaque côté du visage était ramenée derrière ses oreilles.

— Raconte-lui, dit Brian. Il faut que j'aille pisser.

Il se releva en s'aidant de sa main valide. Tess et moi surveillâmes son degré de stabilité : il semblait tenir sur ses jambes en quittant la pièce.

— Alors ? Tu lui as parlé de l'aide-ménagère ? me demanda Tess quand nous entendîmes la porte de la salle de bains se refermer.

— Non, j'ai totalement oublié.

— C'est pas grave, dit-elle. De toute façon, peu importe le sujet que tu abordes ce soir, il ne s'en souviendra plus demain matin. Mais je suis curieuse : de quoi bavardiez- vous ? Brian avait l'air si passionné.

— Il me disait qu'on ne connaît jamais vraiment quelqu'un. On ne sait jamais vraiment ce que l'autre pense.

— Tu le crois aussi ? demanda-t-elle en soufflant sur son café.

De petites rides d'ancienne fumeuse lui creusaient le coin des lèvres, mais il y avait des années que je ne l'avais pas vue avec une cigarette.

— Je crois, oui. Je n'arrête pas d'y réfléchir. On ne sait pas ce que les gens pensent. Mais je ne sais jamais si c'est seulement moi ou si c'est pour tout le monde pareil.

— Comment ça, seulement toi ?

— J'ai beaucoup de mal à deviner ce que les gens ressentent. Enfin, en surface, ça va. Mais dès que je me rapproche d'une personne, j'ai l'impression qu'elle disparaît. Je la regarde, et soudain je me dis que je n'ai plus aucune idée de qui elle est ou de ce qu'elle pense.

— C'était le cas avec ta femme ?

— Claire ? dis-je spontanément.

Tess éclata de rire :

— Oui, à moins que tu m'aies caché un autre mariage.

Je réfléchis. Avais-je déjà discuté de Claire avec Tess par le passé ? Ou même avec Brian ?

— Quelle était la question ? dis-je finalement.

— Oh, je t'ai mis mal à l'aise. Excuse-moi.

— Non, non. Je suis juste un peu éméché.

— Bois ton café. Ça ira mieux.

Je pris une autre gorgée. Et soudain, instinctivement, je laissai le liquide retomber dans ma tasse. Je savais que j'étais en train de sombrer dans la paranoïa, mais si Tess ou Brian, ou les deux, me voulaient du mal, quoi de plus simple que de droguer ce qu'ils me servaient ?

— J'étais plus proche de Claire que je ne l'ai jamais été de personne avant elle, ou depuis, dis-je. Mais parfois, elle me semblait étrangère.

Tess hochait la tête.

— C'est pareil avec Brian. Je me sens proche de lui, et puis par moments, il dit quelque chose ou je lis un texte qu'il a écrit, et j'ai l'impression de ne jamais l'avoir connu. C'est un sentiment universel. Comment en êtes-vous arrivés à parler de ça ?

Je me creusai la mémoire. Mon cerveau fonctionnait-il au ralenti ?

— On parlait d'une liste que j'ai écrite autrefois. Une liste de crimes parfaits. Et Brian m'expliquait qu'on ne pouvait pas demander à quelqu'un de tuer à notre place. Parce qu'on ne sait pas ce que les gens ont dans la tête.

Tess réfléchit un moment en silence.

— Je suppose que si je devais demander à quelqu'un de commettre un meurtre à ma place, la personne la plus indiquée serait mon mari…

— Ah bon ? Tu pourrais faire ça pour Brian ?

— Tout dépend de la personne qu'il me demanderait de tuer, mais j'y réfléchirais tout de même. Tu vois un peu le genre d'épouse que je suis. Les gens croient que Brian a quitté Mary pour moi à cause de mon âge, mais pas du tout. On a beau passer beaucoup de temps loin l'un de l'autre, Brian et moi sommes très proches, tu sais. Il n'a jamais été aussi proche de quelqu'un. Nous sommes très loyaux l'un envers l'autre. Je ferais tout pour lui, et lui pareil.

Elle se penchait vers moi en parlant, et je sentais l'odeur du café dans son haleine, mêlée à celle du vin.

— En parlant de Brian…, dis-je.

Elle se radossa, attendant patiemment la suite.

— Je suis sûre que tout va bien, dit-elle. Il nous laisse seulement un peu de temps pour discuter, toi et moi.

— Tu crois ? On ne devrait pas aller voir ?

Je me sentis soudain nerveux. Peut-être était-ce tout cet alcool, mais j'avais l'impression d'être dans une pièce de théâtre et que le point d'orgue de la soirée était ce moment d'intimité avec Tess autour d'un café.

Elle posa sa main sur mon genou et se leva.

— Tu as raison. Je vais aller le chercher et lui dire qu'il est temps de se coucher. Mais ne t'en va pas, Mal. J'aimerais que tu restes. La soirée commence à peine. Allons nous asseoir là-bas pour prendre un autre verre.

Inclinant la tête, elle indiqua deux petits canapés situés en face à face devant une haute bibliothèque, le tout formant un espace cosy entre la salle à manger et la cuisine ouverte.

— D'accord, dis-je.

Elle se leva et sortit de la pièce. Je restai assis un moment, hésitant. J'entendis de la musique du côté de la cuisine ; Ella Fitzgerald chantait *Moonlight in Vermont*. Je sentis mon fond de café et en bus une infime gorgée. Puis je goûtai celui de Tess. Elle non plus n'avait pas mis de sucre, seulement de la crème, mais il y avait une différence notable de goût. Je goûtai l'un, puis l'autre, puis recommençai, en me demandant si je devenais fou. Si Tess avait voulu m'empoisonner, elle aurait très bien pu mettre quelque chose dans mon verre, ou dans mon assiette. Mais peut-être avait-elle voulu attendre la fin du repas… Je me levai et passai entre les canapés pour me rendre dans la cuisine. J'entendais la voix de Tess dans le couloir, qui parlait à Brian, mais je n'arrivais pas à distinguer ses paroles. La cuisine était impeccable. Je ne savais pas vraiment ce que je cherchais… Quelque chose qui confirmerait mes soupçons. À savoir qu'on m'avait invité ici ce soir pour une raison précise.

J'examinai l'évier en inox. Il était profond, et vide. Quelques poêles et casseroles séchaient dans l'égouttoir, et un lave-vaisselle invisible laissait entendre son martèlement régulier. Près de la cafetière, voyant rouge allumé, était posée une planche à découper, et sur celle-ci, un long cylindre imposant en bois ; il me fit l'effet d'une arme dans ma main. Ce devait être un rouleau à pâtisserie, mais jamais je n'en avais vu de tels.

— Tu cherches quelque chose, Mal ?

Tess se tenait à l'entrée de la cuisine.

— Non, rien, répondis-je. J'admirais simplement votre cuisine. Comment va Brian ?

— Il dort dans la chambre d'amis du rez-de-chaussée. “La chambre de Brian”, comme je l'appelle. Il y dort plus souvent qu'à l'étage.

Je reposai le rouleau sur la planche à découper.

— Je vais y aller, dis-je.

— Tu es sûr ?

— Oui. Je crois que moi aussi j'ai un peu trop bu. Et je ne dors pas très bien ces derniers temps. Je vais rentrer.

— Je comprends, dit Tess. Je suis déçue, mais je comprends. Je vais te chercher ton manteau.

J'attendis ce qui me parut un long moment dans l'entrée que Tess revienne. Elle finit par réapparaître, mon manteau coincé sous son bras. Elle s'approcha de moi et dit :

— Et si je refusais de te laisser repartir ?

Sa voix avait changé ; plus feutrée, comme un murmure.

J'attrapai mon manteau dans ma main gauche et la repoussai de l'autre, espérant pouvoir sortir le temps qu'elle retrouve ses esprits. Elle trébucha et tomba assise sur le parquet.

— Putain, qu'est-ce qui te prend, Mal ?

— Reste où tu es.

Je secouai mon manteau pour vérifier qu'elle n'y avait pas dissimulé une arme. Le rouleau à pâtisserie, peut-être…

Elle se tourna sur le côté pour se relever.

— Tu as un problème ?

Bien qu'en proie au doute, je lançai :

— Je sais ce que tu as fait à Nick Pruitt.

J'espérais qu'elle se trahirait en entendant ce nom.

Tess leva les yeux vers moi, les cheveux défaits :

— Je ne sais absolument pas de quoi tu parles. Qui est ce Nick Pruitt ?

— Tu l'as tué avant-hier soir. En voyant son livre à la librairie, tu as compris que je m'intéressais à lui à cause de son lien avec Norman Chaney. Alors tu as pris les devants. Tu lui as proposé de boire un verre avec toi, un whisky, du Dimple Pinch. Puis peut-être qu'ensuite tu l'as forcé.

Tess me dévisageait, l'air perplexe, un début de sourire sur les lèvres, comme si elle s'attendait à m'entendre dévoiler la chute d'une plaisanterie.

— Tu voulais que je comprenne, n'est-ce pas ? Que je te démasque ? C'est pour ça que tu m'as invité ce soir.

La confusion dans son regard s'était muée en inquiétude.

— Mal, dit-elle, je vais me relever. Je ne vois pas de quoi tu parles. C'est une blague ? Un jeu entre Brian et toi ?

— Cette liste dont j'ai parlé…

— Quoi ? dit-elle. La liste de crimes ?

— Quelqu'un s'en inspire pour tuer des gens. Je sais que j'ai l'air dingue. Mais je ne suis pas dingue. Le FBI m'a contacté. Je pensais que c'était peut-être toi. Ou Brian…

— Moi ?

— Pourquoi ton café n'avait pas le même goût que le mien ? Et pourquoi tu refuses de me laisser partir ?

Elle baissa la tête et émit un petit rire.

— Aide-moi à me relever. Je promets de ne pas te tuer.

Je me penchai pour l'aider.

— Mon café n'avait pas le même goût parce que c'est un déca. Et je te retenais parce que j'essayais de te séduire.

— Oh, dis-je.

— Brian est au courant, enfin il savait que j'allais essayer. Ça ne le dérange pas. Cette partie de notre vie, c'est fini, et vu que je suis coincée ici à Boston pour un moment… Il t'aime beaucoup, tu sais.

Elle ajouta avec un haussement d'épaules :

— Moi aussi. Enfin…

— Excuse-moi.

— Ne t'excuse pas. Tout ça est ridicule. J'essaie de t'attirer dans mon lit et tu imagines que je cherche à t'assassiner.

— Je n'ai pas beaucoup dormi ces derniers temps, déclarai-je, penaud.

— C'est vrai, cette histoire de liste ?

— Oui. Quelqu'un s'en inspire pour tuer des gens. Et je suis quasiment sûr que c'est quelqu'un de mon entourage.

— Bon sang, dit-elle. Tu veux me raconter ? Il n'est pas si tard.

— Une autre fois, si tu veux bien ? Je crois qu'il faut vraiment que j'y aille. Excuse-moi de t'avoir poussée. Excuse-moi de…

— C'est rien, dit-elle, avant de me serrer fort dans ses bras. (Je crus qu'elle allait à nouveau tenter de m'embrasser, mais sans doute le moment n'était-il plus propice.) Rentre bien. Tu veux que je t'appelle un taxi ?

— Ça ira, merci. La prochaine fois qu'on se verra, promis, je t'expliquerai ce qui se passe.

— Je te le rappellerai, dit-elle.

Une fois la porte fermée, je demeurai un instant debout sur le perron. La rue était silencieuse et la neige tenait. Un bruit de musique me parvint et je vis des gens sortir d'un bar au coin de la rue. Je descendis les trois marches jusqu'au trottoir et partis sur la gauche, mes pas laissant des empreintes bien visibles sur la neige immaculée. Je n'avais pas parcouru cinquante mètres que j'entendis du bruit derrière moi. Je me retournai et vis Tess, courant vers moi sans manteau. Elle tenait quelque chose à la main. Sans doute avais-je sursauté car elle s'arrêta brusquement, à quelques mètres, et me tendit un livre.

— Ça m'était sorti de la tête, dit-elle, légèrement essoufflée. Brian tenait à ce que je te remette ça. Ce sont les épreuves de son nouveau roman. Ne lui dis pas que je t'en ai parlé, mais il va te le dédier.

# 26

JE MIS UNE HEURE pour rentrer chez moi. J'avais froid, mes habits étaient humides et j'étais à bout de souffle après l'ascension de ma rue enneigée.

Je retirai manteau, chaussures et chaussettes et m'allongeai sur le canapé dans l'obscurité. Il fallait que je réfléchisse. Ma longue marche de retour m'avait dégrisé et je ne cessais de revivre par flashs certains épisodes grotesques de ma soirée chez Brian et Tess. Je voyais maintenant combien il était ridicule d'accuser Tess du meurtre de Nicholas Pruitt et des autres victimes de la liste, mais sur le moment, j'étais convaincu d'être dans le vrai, tout comme j'étais sûr qu'elle avait empoisonné mon café. Je me demandai ce qu'elle faisait à présent. Avait-elle réveillé Brian pour lui raconter comment je l'avais poussée au sol et accusée de meurtre ? Me croyait-elle devenu fou ? Je décidai de l'appeler le lendemain à la première heure et peut-être de m'ouvrir à elle sur certains des événements récents. Je considérai également sa proposition et les raisons qui l'avaient incitée à m'inviter ce soir. En d'autres circonstances, j'aurais pu être en train de coucher avec Tess Murray en ce moment même.

Je me redressai et le livre de Brian Murray glissa de mes genoux et tomba à terre. J'allumai la lampe, le ramassai et le regardai pour la première fois. Il s'intitulait *Air sauvage*, et l'illustration de couverture, comme la plupart de celles de la série, montrait Ellis Fitzgerald de dos, contemplant un paysage ou une scène de crime. Ici, elle contemplait un arbre seul à l'horizon, des branches duquel s'élevait une volée d'oiseaux ; l'un d'eux gisait dans le champ recouvert de neige, vraisemblablement mort.

Je le feuilletai jusqu'à la page de dédicace. Elle ne portait qu'une indication : "Dédicace à voir avant B.A.T.", note qui, dans le jargon de l'édition, désignait un texte à ajouter par la suite. Je me demandai si Brian maintiendrait son choix de me dédier son livre après les accusations que j'avais portées contre Tess.

Le livre commençait ainsi :

> — Qu'est-ce que tu prends ? demanda Mitch.
> Ellis hésita. Sa réponse était toujours : "Un verre de vin." Mais cette fois, elle répondit :
> — Un soda cranberry, merci.

J'envisageai de lire le reste mais me ravisai : j'avais besoin de dormir. Je posai le livre sur la table basse, éteignis la lampe, me tournai face au dossier du canapé et fermai les yeux. Je les rouvris au bout de cinq minutes. Mon cerveau fonctionnait à plein régime, me repassant les événements des derniers jours. Je me souvins alors du message que j'avais laissé sur Duckburg afin de reprendre contact avec Charlie. Y avait-il répondu ? J'allai chercher mon ordinateur et le rapportai sur le canapé. Je me connectai sous mon nouveau pseudo, Farley Walker. Un point bleu indiquait que mon dernier message avait reçu une réponse. Je cliquai dessus pour le lire ; il disait juste :

> Bonjour mon vieil ami.

J'écrivis :

> Es-tu la personne que je crois ?

Il n'y avait aucune heure affichée sous le message ; je ne savais donc pas quand je l'avais reçu. Je décidai néanmoins d'attendre, les yeux rivés sur l'écran. Alors que j'allais me déconnecter, un nouveau message s'afficha :

> Tu crois savoir qui je suis, Malcolm ?

Je répondis :

> Non. Pourquoi ne pas me le dire ?

> Je te le dirai peut-être. Passons d'abord en discussion privée.

Je cliquai sur CONVERSATION PRIVÉE. Mon cœur battait la chamade et mes mâchoires étaient si serrées qu'elles en devenaient douloureuses. Je demandai :

> Pourquoi ?

Pourquoi quoi ? Pourquoi j'ai continué la mission que tu m'avais confiée ? Je crois qu'il faudrait plutôt demander : pourquoi tu as arrêté ?

J'ai arrêté parce que je ne souhaitais la mort que d'une seule personne. Une fois cette personne morte, je n'avais plus de raison de continuer à tuer.

Un long moment passa, et je craignis bientôt qu'il se fût déconnecté. Je voulais continuer à discuter. Et puis, aussi ridicule que ce soit, discuter avec lui avait quelque chose de rassurant. Au moins, pendant qu'il m'écrivait, il ne faisait pas… autre chose.

Désolé d'avoir tardé, écrivit-il enfin. Là où je me trouve, je dois rester discret.

Où te trouves-tu ?

Je te dirai, mais pas tout de suite. Ça jetterait un froid dans la discussion, et justement je suis content qu'on ait cette discussion.

Quelque chose dans son ton commençait à m'agacer. J'écrivis :

Tu es un putain de déséquilibré ! Est-ce que tu t'en rends compte ?

Courte pause, puis :

Je le croyais aussi au début. Après avoir tué Eric Atwel

à ta demande, je me suis senti si bien que j'ai cru être un monstre. Je n'arrivais pas à penser à autre chose je lui ai tiré dessus 5 fois et c'est la cinquième balle qui l'a tué. La première fois, j'ai tiré dans le ventre. Il souffrait énormément, mais quand je lui ai expliqué pourquoi il allait mourir, j'ai vu la douleur céder place à la peur. J'ai vu qu'il comprenait ; il comprenait qu'il allait mourir. C'était pareil de ton côté pour Chaney ?

Non.

Il a su pourquoi il mourait ?

Je ne sais pas. Je ne lui ai rien dit.

C'est peut-être pour ça que tu n'y as pas pris autant de plaisir. Si tu avais vu l'étincelle dans son regard, au moment ou il comprenait ce qui lui arrivait, et pourquoi ça lui arrivait… là tu saurais.

Je n'y ai pris aucun plaisir, écrivis-je. Contrairement à toi. C'est la grande différence entre nous deux.

C'est pour ça que d'après moi, c'est toi le déséquilibré. Tu écris une liste célébrant l'art de tuer, et quand je décide de faire exactement ce que ta liste propose, créer des œuvres bien réelles, tu dis que tu ne comprends pas ?

Il y a une différence entre la fiction et la réalité.

Pas autant que tu le crois, répondit Charlie. Dans les deux, il y a de la beauté, et je sais que tu le sais.

Je tapai la phrase :

Je n'ai vu aucune beauté quand j'ai tué Norman Chaney.

Puis je l'effaçai. J'avais besoin de réfléchir. Je voulais gagner la confiance de Charlie, pour qu'il me révèle son identité, ou bien où il se trouvait. J'écrivis :

Peut-on se rencontrer ?

La réponse fut immédiate :

On s'est déjà rencontrés.

Quand ça ?

Je te vois venir. On va gagner du temps : Je ne te dirai pas qui je suis. Pas ici, pas comme ça. Le travail n'est pas terminé. Tu as vraiment le chic pour me fournir des victimes parfaites. C'est pas croyable. Tu m'as servi Nick Pruitt sur un plateau.

Il n'était pas coupable de quoi que ce soit.

Oh si, crois-moi, il était coupable de quelque chose. Je pensais avoir plus de mal à l'obliger à boire jusqu'à en mourir, mais en fait, je crois que ça lui a presque plu. Le plus dur c'était le premier verre. Après ça, il a bu tout ce que je lui servais. Il semblait presque heureux.

J'imagine que je n'ai aucune chance de te convaincre

de te livrer à la police avant d'aller plus loin…

"Seulement si tu te livres avec moi", écrivit-il, comme je l'espérais.

Ça va de soi, répondis-je. On se livre ensemble. On dira toute la vérité.

Un long moment passa encore. Je le pensai soit déconnecté, soit en train de réfléchir à la proposition. Il finit par écrire :

C'est très tentant mais je n'ai pas fini. Et le truc c'est que tu viens de me fournir deux autres victimes : l'une va mourir et l'autre disparaître, comme dans la maison rouge. D'ailleurs tu peux m'aider si ça te dit.

Le sang se glaça dans mes veines.

"Laisse-moi y réfléchir", écrivis-je, déjà debout.

Je m'habillai à la hâte, renfilai mes chaussettes humides et mes chaussures. Je tremblais comme une feuille. Il était en route vers la maison des Murray à South End. À moins qu'il n'y soit déjà. J'attrapai mon téléphone et appelai Tess sur son portable pour l'avertir de n'ouvrir à personne. Je tombai directement sur son répondeur et ne laissai pas de message. J'aurais pu appeler le 911, mais je savais qu'à leur arrivée, ils ne trouveraient rien, et je serais forcé de leur expliquer pourquoi j'avais cru urgent de les appeler. Je me persuadai que je prenais la bonne décision.

Dehors, la neige tombait plus drue que jamais. Je me dépêchai de monter jusqu'à ma voiture garée un peu plus haut. La circulation serait sûrement très difficile mais j'estimai tout de même que j'arriverais plus vite en voiture qu'à pied. Je démarrai et fis demi-tour, puis lançai la voiture à tombeau ouvert dans la descente. Dès que j'enfonçai la pédale de frein en bas de la rue, elle partit en glissade et se tourna presque sur le côté. Je retirai mon pied du frein et appliquai de petites pressions, mais la voiture continuant sa course folle, je grillai un feu rouge et déboulai sur Charles Street. Je me préparai à encaisser un choc, mais par chance, il n'y avait aucun autre véhicule sur la grande artère. Seuls quelques piétons marchaient sur le trottoir, dont un couple qui s'était arrêté pour assister à l'accident qui s'annonçait.

La voiture s'immobilisa finalement en travers de la route, orientée plus ou moins dans la bonne direction. Je la redressai et me remis en route, roulant plus prudemment, en me disant que le pire qui puisse m'arriver serait d'aller dans le décor. À moins que Charlie n'ait dit cela dans l'intention de me faire peur : cette fois, il m'avait dévoilé ses prochaines victimes. Si je le devançais, alors j'avais une chance de les avertir. Mais il se pouvait qu'il soit déjà sur place… Peut-être se trouvait-il à l'intérieur de la maison au moment où nous discutions sur Duckburg, envoyant ses réponses depuis son téléphone. Cela expliquerait les erreurs de frappe. Je m'efforçais de rester concentré sur ma conduite et de ne pas y penser. La neige tombait à présent beaucoup plus vite, fouettant le pare-brise, et mes essuie-glaces avaient beau fonctionner, du givre commençait à se former sur les bords et le pare-brise s'embuait. J'actionnai le dégivrage à fond, baissai ma vitre et passai la tête par la fenêtre pour longer Boston Common sur Arlington Street. Je poursuivis sur Tremont, avec un peu plus de visibilité. La rue des Murray étant à sens unique, j'avais prévu d'abandonner la voiture un peu plus haut à l'angle et de continuer à pied. Mais avant de m'en apercevoir, j'avais dépassé la rue en question. Je n'avais plus qu'à prendre la première sur ma droite et tenter de faire le tour du pâté de maisons.

Tout mon corps était tendu ; je me forçai à desserrer mes mains sur le volant. La rue latérale dans laquelle je venais de m'engager n'avait pas été déneigée et mes roues se mirent à patiner. Dès que je le pus, je tournai deux fois de suite sur ma droite, espérant de cette façon retomber dans la rue de Tess et Brian. Toutes les maisons dans le South End se ressemblaient, cependant j'avais l'impression d'être au bon endroit. Je ralentis pour essayer d'identifier la maison à la porte bleue. J'étais arrivé aux trois quarts de la rue quand je la repérai. Contrairement à la plupart des autres maisons du quartier, les fenêtres donnant sur la rue étaient encore éclairées. J'essayai de me retenir de toute déduction sur ce que je trouverais en entrant.

J'arrêtai la voiture devant une bouche d'incendie, coupai le moteur et sortis pour mettre les pieds dans dix centimètres de gadoue glacée. J'étais en train de traverser la rue quand j'entendis quelqu'un crier "on n'a pas le droit de se garer là !" En me retournant, je vis une femme sous un réverbère à une centaine de mètres, tenant son chien en laisse. Je lui adressai un signe sans m'arrêter.

Alors que je me rapprochais, je me rendis compte que je n'avais rien sur moi qui pût servir d'arme. L'espace d'un instant, j'envisageai d'aller chercher le démonte-pneu dans le coffre de ma voiture. Mais je ne voulais pas perdre un instant de plus. Arrivé devant la porte, je la trouvai fermée à clé. J'appuyai sur la sonnette tout en frappant contre le battant, en me demandant quoi faire si personne ne venait ouvrir. J'essuyais la petite fenêtre octogonale au centre de la porte lorsque je perçus des bruits de pas à l'intérieur.

La porte s'ouvrit.

# 27

— Mal, dit Tess d'une voix rauque, en attrapant le revers de ma veste pour me tirer à l'intérieur.

— Tout va bien ici ? demandai-je pendant qu'elle fermait déjà la porte.

Elle se jeta alors contre moi et m'embrassa. Je lui rendis son baiser, d'abord parce que j'étais soulagé de la trouver encore en vie, mais aussi parce que c'était tout simplement agréable. Je ne voulais pas non plus lui dire de but en blanc que j'étais revenu parce que je la croyais en danger. Ç'aurait semblé ridicule.

Nous cessâmes de nous embrasser et je la serrai contre moi. Comme elle semblait s'abandonner totalement dans mes bras, je lui redemandai :

— Tout va bien ?

Elle se recula :

— Pourquoi tu n'arrêtes pas de me poser cette question ? dit-elle d'une voix pâteuse, en clignant rapidement des yeux.

— C'est juste que tu as l'air… Tu es saoule ?

— Peut-être bien, rétorqua-t-elle. Et après ? Toi aussi, non ?

Elle se détourna de moi, et tout son corps chancela, comme si elle s'apprêtait à tomber. Je m'empressai de la rattraper par le bras et la guidai vers l'un des deux canapés près de la cuisine. Nous nous assîmes.

— Je me sens bizarre, dit-elle en posant une main sur mon épaule pour se pencher.

Je sentis l'amertume du café dans son haleine.

— Qu'est-ce que tu as fait après mon départ ? demandai-je.

— Tu es parti il y a combien de temps ?

— Deux heures. Moins peut-être. Je ne sais pas exactement.

— Ah, d'accord. Eh bien j'ai pansé les blessures infligées à mon amour-propre, parce que, enfin tu sais… ensuite j'ai repris un peu de café, et je me suis sentie tout à coup fatiguée, très fatiguée. J'allais monter me coucher mais j'ai décidé de faire plutôt un somme sur le canapé. C'est là que j'ai entendu la porte et que je t'ai ouvert.

— Quelqu'un d'autre est-il venu ?

— Quelqu'un d'autre ? Ici ? Non. Qui veux-tu… Personne à part toi. Embrasse-moi encore.

Je l'embrassai à nouveau, furtivement. Elle ouvrit la bouche et pressa ses lèvres contre les miennes. J'avais les yeux ouverts, mais l'espace d'un instant, ses cheveux me tombèrent devant le visage et je ne distinguai plus rien. Je posai sa tête sur ma poitrine.

— C'est agréable, dit-elle, avant de marmonner quelque chose d'inintelligible.

Nous restâmes ainsi un moment. Devinant qu'elle s'endormait contre moi, je la laissai faire et en profitai pour balayer la pièce du regard. Tout était tel qu'au moment de mon départ, nos tasses étaient restées sur la table de la salle à manger devant les baies vitrées, la lampe près de la table. Seul l'éclairage au-dessous des placards me laissait distinguer une partie de la cuisine. La maison était silencieuse, à l'exception des ronflements de Brian que je pensais entendre dans la chambre d'amis du rez-de-chaussée. Je n'en étais pas sûr. Mais s'il s'agissait bien de lui, ça signifiait qu'il était toujours en vie.

Je savais pourtant que Charlie se trouvait dans la maison.

J'avais déjà imaginé un scénario. Il m'avait suivi ici ce soir, attendant probablement dehors pendant que je dînais avec Brian et Tess. Peut-être avait-il prévu de me suivre après mon départ ? Ou de s'introduire chez Tess et Brian ? Là une occasion s'était présentée : Tess s'était précipitée derrière moi pour me remettre le livre de Brian, laissant la porte ouverte. Charlie s'était faufilé à l'intérieur. Et ensuite ? Il s'était caché dans la maison et s'était débrouillé pour droguer le café de Tess, probablement avec la même substance qu'il avait ajoutée au whisky de Pruitt. Je ne pensais pas qu'elle fût ivre, pas plus que lorsque je l'avais quittée deux heures auparavant. Non, Tess avait été droguée. Et j'étais arrivé juste avant que Charlie ne passe à la seconde étape. À présent, nous étions tous réunis dans la maison. Où se cachait-il exactement ? Où me serais-je caché à sa place ?

Lentement, je soulevai la tête de Tess de ma poitrine et l'allongeai sur le canapé, puis je me levai.

— Où vas-tu ? demanda-t-elle dans un murmure indistinct.

Elle glissa une main sous sa joue et inspira profondément par le nez, sans ouvrir les yeux. J'entrai dans la cuisine, aussi discrètement que possible. Une porte battante sur le côté menait au couloir ; de là, on pouvait accéder à une salle de bains et à la chambre d'amis où dormait Brian. Il y avait aussi un placard, si je me souvenais bien. J'allai chercher le rouleau à pâtisserie sur le plan de travail et le pris dans ma main droite. Je songeai un moment à prendre un couteau à la place, mais j'aimais la sensation du rouleau dans ma main. Ce n'était qu'un lourd morceau de bois, évidemment inutile si Charlie avait un pistolet, mais c'était au moins quelque chose, et je me sentais plus fort avec ça.

Peut-être valait-il mieux que je reste dans la cuisine, un œil sur la porte battante et l'autre sur la salle à manger et le salon. Je pouvais patienter là toute la nuit, à attendre que Charlie se manifeste. Mais j'étais inquiet pour Tess. La drogue qu'on lui avait administrée était peut-être mortelle… D'une voix que j'espérais normale, je lâchai dans la cuisine vide :

— Je sais que tu es là.

Aucune réponse.

J'attendis un moment, peut-être cinq minutes, en me demandant si je n'avais pas tout bonnement basculé dans la paranoïa. Peut-être Tess avait-elle continué à boire après mon départ, et était-elle tout simplement ivre. Charlie s'était amusé avec moi en me poussant à accourir ici pour rien. Je regagnai lentement le salon. Tess n'avait pas bougé d'un pouce ; elle était toujours recroquevillée sur le canapé, une main sous son visage. Je m'accroupis et l'entendis respirer tranquillement. J'avançai vers le couloir sur ma gauche, dont les lattes du vieux plancher grinçaient à chaque pas. Je dépassai l'escalier et poussai la porte de la salle de bains. L'éclairage du couloir aidant, je m'assurai qu'elle était vide.

Je perçus alors un bruit de pas dans mon dos; je me figeai.

Les pas cessèrent et cédèrent la place à une respiration lourde. Je me retournai, affermissant ma prise sur le rouleau à pâtisserie, pour découvrir Humphrey, le chien des Murray, me regardant d'un air interrogateur. Je m'accroupis et lui tendis ma main, et il s'avança pour la renifler. Sa curiosité assouvie, il fit demi-tour et repartit dans le salon.

Je me relevai et décidai d'aller vérifier que Brian était bien seul dans la chambre d'amis. Peut-être pourrais-je alors rentrer chez moi? Peut-être n'avais-je plus rien à faire ici?

— C'est quoi le nom du chien?

La voix venait de derrière moi, et je l'avais évidemment reconnue. Je fis volte-face et le vis au bas de l'escalier, le visage dans l'ombre.

Dans une main, il tenait nonchalamment un revolver. Mais à l'instant où j'amorçai un pas vers lui, Marty Kingship leva l'arme et la pointa sur ma poitrine.

# 28

— HUMPHREY, dis-je.

— Ha. À cause de l'acteur ?

— Je suppose, je ne sais pas.

— Tu parles d'un chien de garde.

— Oui…

Il y avait quelque chose dans l'autre main de Marty, et il me fallut un moment pour réaliser qu'il s'agissait d'un téléphone portable. Il détonnait sur Marty. J'avais souvent pris des verres avec lui, je l'avais croisé lors de lectures à la librairie, mais je ne me souvenais pas de l'avoir jamais vu avec un téléphone. Je ne l'avais jamais vu non plus avec une arme, cela dit, mais le téléphone portable jurait plus que l'arme.

— Depuis combien de temps tu es là ? demandai-je. Tu écrivais tes messages là-dessus quand nous discutions sur Duckburg ? ajoutai-je en désignant le téléphone de la tête.

— Ouais, répondit-il. Je me débrouille plutôt bien, non ? Avec mes doigts boudinés. Viens, on va s'asseoir.

(Il indiqua le salon avec le revolver.) À cette table, tiens. Tu peux poser ce que tu as à la main, comme ça j'aurai pas à pointer cette arme sur toi. Et on pourra discuter gentiment.

— D'accord.

Tandis qu'il se dirigeait vers la table, je m'imaginai me jeter sur lui et le frapper au moment où il se retournerait avec son arme avant de s'écrouler au sol. En fait, je me contentai de le suivre et nous nous installâmes tous les deux à l'endroit précis où Tess et moi étions assis quelques heures plus tôt. Marty recula de quelques dizaines de centimètres, gardant l'arme sur sa cuisse.

— Qu'est-ce que tu tiens à la main ? demanda-t-il.

— Un rouleau à pâtisserie, dis-je en le posant sur la table.

— Tu l'as trouvé ici ou tu l'as apporté avec toi ?

— Je l'ai trouvé ici.

Un plafonnier était resté allumé, et je distinguai beaucoup mieux le visage de Marty. Il ressemblait au Marty habituel, le teint cireux, les cheveux ébouriffés, l'air de n'avoir pas dormi depuis un moment, mais son regard, lui, était légèrement différent. J'allais dire plus intense, plus vivant, mais ce n'était pas tout à fait ça. Marty avait un regard heureux. Il n'y avait aucune trace de sourire sur son visage, excepté dans ses yeux.

— J'imaginais que tu viendrais un peu mieux armé, dit-il. J'ai l'impression que c'est pas ton truc. Tu as appelé la police ?

— Oui, m'empressai-je de répondre. Elle sera là d'un instant à l'autre.

Il fronça les sourcils.

— Arrêtons un peu le baratin, tu veux ? On va se dire la vérité, et à partir de là, on décidera de l'issue à donner à tout ça. Je sais ce que tu te dis : que ta seule chance de t'en tirer, c'est de me sauter dessus. Mais oublie ça. Je compte me montrer raisonnable. D'accord, je ne suis peut-être plus tout jeune, mais je suis encore… c'est quoi ce mot qu'on utilise avec condescendance pour parler d'un vieux qui tient encore sur ses jambes ?

— "Alerte" ?

— C'est ça, "alerte". Je suis encore alerte. Et s'il te prend l'envie de te jeter sur moi, je te colle une putain de balle en pleine tête.

Il sourit.

— D'accord, dis-je.

— C'est juste pour te prévenir. Des fois qu'il te viendrait une idée stupide…

Je levai les mains.

— Je ne bougerai pas.

— Parfait. Je te crois sur parole. On va donc pouvoir discuter. J'arrête pas de repenser à ce que tu as écrit tout à l'heure sur la fiction et la réalité. Comme quoi ta liste de crimes appartenait à la fiction, et que ça changeait tout. Tu as raison, Mal, mais je crois que tu vois pas les choses sous le bon angle. La fiction est bien plus intéressante que la réalité. J'en sais quelque chose, je roule ma bosse depuis un bout de temps. Et tu sais où j'ai appris ça ? Je l'ai appris de toi. C'est toi qui m'as poussé à lire, et c'est toi qui m'as amené au meurtre. Ça a totalement transformé ma vie, en mieux. Dis, tu crois qu'ils ont des bières ici ? Je dirais pas non à une petite bière fraîche pendant qu'on discute.

— Sûrement, oui.

Il déplaça son regard de la table à la cuisine, où le grand réfrigérateur scintillait dans la pénombre.

— Je peux te demander de nous rapporter deux bières ? Tu vas rien tenter de stupide ?

— Non.

Je me levai et marchai en direction de la cuisine. Marty pointait son arme sur moi. Je passai devant Humphrey qui était couché sur un canapé, Tess sur celui d'en face, tous deux endormis. J'ouvris le réfrigérateur et repérai deux bouteilles de Heineken tout au fond. Je dénichai un décapsuleur dans un tiroir et fis sauter la capsule.

— Ah, Heineken, dit Marty en souriant lorsque je posai la bouteille devant lui. Magnifique.

Il but une gorgée, et je fis de même. J'avais la bouche sèche et pâteuse, et la bière me sembla bonne, en dépit des circonstances.

— Ouais, Mal, par deux fois, tu m'as transformé, dit Marty comme si la conversation que nous avions débutée quelques minutes plus tôt s'était poursuivie dans sa tête. Tu m'as amené au meurtre, et tu m'as amené à la lecture. Et ça a changé ma vie.

— Je doute que tu aies eu besoin de moi pour tuer, dis-je.

Il rit.

— Bien sûr que si. J'étais flic, ça faisait pas de moi un tueur.

Je crois que nous avons discuté trois heures cette nuit-là. C'était surtout Marty qui parlait, sa voix s'éraillant avec la fatigue. Malgré cela, il semblait rajeunir au fur et à mesure qu'il racontait son histoire. De toute évidence, les actes qu'il avait choisi de commettre lui avaient procuré une seconde jeunesse. Mais ce n'était pas suffisant. Marty avait besoin de se confier à quelqu'un.

Il me raconta qu'il y a cinq ans de cela, en 2010, l'année où Claire avait perdu la vie, il était officier de police dans la ville de Smithfield. Il songeait à prendre sa retraite et vivait avec une femme infidèle. Par deux fois au moins, tard le soir, il s'était enfoncé un pistolet chargé dans la bouche. L'idée lui avait même traversé l'esprit de supprimer d'abord sa femme, afin qu'elle ne puisse pas continuer de s'amuser après sa mort. La seule chose qui l'empêchait de passer à l'acte, c'étaient ses deux enfants, et l'idée qu'ils devraient vivre avec ça. Mais il y pensait chaque jour ou presque.

À peu près à la même époque, il avait fait partie d'une équipe spéciale qui avait démantelé un réseau de prostitution amateur opérant depuis une laverie automatique de Smithfield. Le réseau diffusait ses annonces douteuses sur des sites comme Craigslist, mais également sur un site plus obscur nommé Duckburg. Marty avait commencé à parcourir ces deux sites au milieu de la nuit, en se demandant si la solution n'était pas d'avoir une liaison de son côté : il y avait sûrement un moyen d'obtenir ce genre de chose en ligne. C'était là qu'il m'avait trouvé, sur Duckburg, à travers l'appel que j'avais lancé aux fans de *L'Inconnu du Nord-Express*. Il n'avait pas lu le livre – Marty n'était pas encore un passionné de lecture –, mais il avait vu le film avec Robert Walker et Farley Granger étant enfant et ne l'avait jamais oublié. "Je commets votre meurtre, et vous le mien." Il avait répondu à mon annonce, envisageant d'abord de me demander de tuer sa femme, avant de réaliser qu'il ne s'en tirerait probablement pas à bon compte, même avec un alibi. Par contre, il y avait quelqu'un d'autre dont il souhaitait encore plus la mort. Norman Chaney était propriétaire d'une petite entreprise à Holyoke ; il possédait trois stations-services, dont aucune n'était réputée pour la qualité de ses services, en revanche, elles étaient toutes connues pour abriter un trafic de drogue. On n'avait jamais rien pu obtenir de concret sur Chaney, mais il était clair qu'il blanchissait de l'argent sale, et ses stations servaient sans doute de lieux de vente. Mais ce qui avait attiré l'attention de Marty, c'était la mort de Margaret Chaney, la femme dont Norman était séparé, dans l'incendie de sa maison. Tous les flics du coin savaient que Chaney l'avait tuée pour en être débarrassé, et aussi pour toucher l'argent de l'assurance et récupérer la maison. Il était ensuite allé se faire oublier dans le New Hampshire. Sans être inquiété.

Après avoir reçu les nom et adresse d'Eric Atwell, il m'avait donc communiqué en échange ceux de Norman Chaney.

Avant d'abattre Eric Atwell à Southwell, Marty avait mené son enquête, juste pour s'assurer qu'il ne s'apprêtait pas à tuer un bon samaritain. Il avait évidemment découvert qu'Atwell était une vermine notoire. Il comptait quelques arrestations pour des délits mineurs : conduite en état d'ivresse, possession de stupéfiants. Mais Atwell avait également fait l'objet de trois ordonnances restrictives, demandées par trois femmes différentes qui l'accusaient toutes d'abus.

Tuer Atwell n'avait pas été bien difficile. Après une surveillance de quelques jours, Marty avait établi que

Atwell sortait de chez lui en fin d'après-midi, écouteurs sur les oreilles, pour aller faire de longues marches sportives sur les nombreux sentiers de randonnée isolés autour de sa ferme. Muni d'une arme qu'il avait subtilisée deux ans plus tôt lors d'une perquisition dans une maison abandonnée, Marty avait suivi Atwell dans un petit bois de Southwell et lui avait tiré dessus à cinq reprises.

— Tu te souviens de cette scène dans *Le Magicien d'Oz* où l'image passe du noir et blanc à la couleur ? demanda Marty.

— Bien sûr.

— Eh bien c'est ce que j'ai vécu. Le monde a changé. Et quand j'ai appris ce qui était arrivé à Chaney, je me suis dit que pour toi aussi, le monde avait dû changer.

— Tu te trompais, dis-je. Ou plutôt si, le monde avait changé, mais en pire. Il s'était vidé de ses couleurs.

Il se rembrunit puis haussa les épaules.

— Alors j'avais tort. Je pensais que tu avais ressenti la même chose que moi, et qu'il fallait que je découvre qui tu étais. Peut-être même qu'on se rencontre.

Il n'avait pas eu beaucoup de mal à me trouver. En effectuant ses recherches préliminaires sur Atwell, Marty avait découvert qu'il était impliqué dans le décès de Claire Mallory, épouse d'un libraire de Boston. Avec mon nom, Marty avait trouvé mon blog, et en particulier l'article que j'avais écrit, "Huit crimes parfaits". Et là, trônant au milieu de la liste : *L'Inconnu du Nord-Express.* Marty avait lu le livre, puis les autres, et le monde s'était ouvert à lui. Avant que tous ces événements se produisent, il végétait dans un mariage brisé. Son fils luttait contre la drogue ; sa fille passait encore parfois du temps avec lui, mais il savait au fond de lui qu'elle voyait cela comme une corvée. Marty avait à présent découvert le meurtre, et mieux encore, il avait découvert la lecture. Il avait signé les papiers du divorce, pris une retraite anticipée et déménagé à Boston.

Pour se rapprocher de moi.

En 2012, il avait commencé à venir aux lectures, et finalement nous avions fait connaissance. Il pensait probablement que me rencontrer et devenir mon ami lui suffirait. Peut-être même imaginait-il que nous discuterions de ce qui s'était passé, des meurtres que nous avions commis l'un pour l'autre. Mais ça ne s'était pas passé comme il s'y attendait. Nous étions effectivement devenus amis, mais ce n'était pas assez pour lui. Et comme je l'ai déjà dit, une distance avait fini par s'installer. C'est alors qu'a germé en lui l'idée de terminer les crimes de ma liste. Puisque quelques bières ne suffisaient pas à créer un lien entre nous, il décida de procéder différemment. Autrement dit, si j'avais été de meilleure compagnie, un tas de gens seraient encore en vie aujourd'hui. À moins que tout cela ne soit faux. Quand Marty avait tué Eric Atwell, ce fut comme déboucher une bouteille de champagne. Une fois ouverte, impossible de la reboucher. Et voilà qu'il venait de découvrir toute une sélection de méthodes pour se livrer à son nouveau passe-temps. Il ne lui manquait que les victimes.

Du temps où Marty habitait encore à l'ouest de Smithfield, avant que sa femme n'ait une liaison, cette dernière avait lu le livre de la célèbre présentatrice Merle Callahan sur les bienfaits de l'adultère. *La vie est trop longue* avait été publié un an après la révélation de sa relation extraconjugale avec son collègue présentateur marié. Des mois durant, la nouvelle avait fait les choux gras des tabloïdes, et le fait que Merle Callahan, blonde provocante, n'ait exprimé aucun remords, n'y avait pas été étranger. Profitant de sa notoriété, elle avait publié un livre soutenant, pour faire court, la thèse que l'adultère était une attitude plus naturelle que la monogamie, et que l'espérance de vie avait trop augmenté pour ne pas rendre obsolète le concept de fidélité conjugale. Merle Callahan avait fait le tour des talk-shows et son livre avait grimpé au sommet des meilleures ventes. C'est à ce livre que Marty imputait l'aventure de sa femme avec le dentiste de la famille. Il n'avait certainement pas été le seul conjoint à nourrir du ressentiment à l'égard de Merle Callahan. Mais contrairement à eux, Marty était quelqu'un qui avait déjà tué, s'en était tiré, et brûlait d'envie de recommencer.

Il avait parcouru ma liste de crimes parfaits, en quête d'une idée ingénieuse pour tuer Merle Callahan. Il avait particulièrement aimé *A.B.C. contre Poirot* d'Agatha Christie, dans lequel un tueur cachait son meurtre ciblé au milieu d'une série de meurtres plus aléatoires et faisait croire qu'ils avaient tous été commis par un fou. Peut-être pouvait-il en faire autant avec Merle Callahan ? Tuer d'autres personnes ayant des noms similaires… Pourquoi pas des noms en rapport avec les oiseaux. Il avait ensuite eu l'idée de la plume : une simple plume qu'il pourrait abandonner sur chaque scène de crime. Ou mieux encore, envoyer à la police locale.

Il avait mis son idée à exécution. Marty avait tué Merle Callahan chez elle, après être entré en lui présentant son ancienne carte de police. Il avait également tué Ethan Byrd, un étudiant du coin repéré en cherchant dans les fichiers de police des noms ayant un rapport avec les oiseaux. Ethan Byrd avait été arrêté dans un bar sportif de Lowell pour avoir menacé le barman et troublé l'ordre public. Il avait trouvé Jay Bradshaw de la même manière ; une arrestation pour viol qui n'avait abouti à aucune condamnation. Marty avait constaté que Bradshaw passait la plupart de ses journées sur la péninsule, enfermé dans son garage où il conservait les outils qu'il avait mis en vente. Marty s'était présenté chez lui en plein jour et l'avait frappé à mort.

Dès qu'il s'était lancé dans l'imitation des crimes d'*A.B.C. contre Poirot,* Marty comprit qu'il ne pourrait pas s'arrêter avant d'avoir terminé la liste. Bill Manso était un autre nom qu'il avait tiré des fichiers de la police. Le type avait fait l'objet d'une enquête pour violence domestique, mais aussi d'accusations de la part d'une voisine qui l'avait surpris chez elle en pleine journée en train de lui voler ses petites culottes. Tout cela s'était produit cinq ans plus tôt, mais Marty s'était renseigné et avait appris que Manso avait été innocenté parce qu'il prenait régulièrement le même train entre son domicile et New York, et qu'il avait fourni des preuves de sa présence à bord au moment de l'effraction. Le détail du train avait rappelé à Marty l'intrigue d'*Assurance sur la mort,* un autre livre de la liste. Il l'avait évidemment lu, mais il avait aussi emprunté le film à sa médiathèque. Marty préférait le film ("Grâce à lui, j'ai redécouvert Fred McMurray"). Il avait donc tué Bill Manso d'un coup de matraque puis l'avait déposé le long des rails. Le lendemain matin, il était monté dans le train de banlieue et avait brisé l'une des vitres au moment voulu afin de faire croire que Manso avait sauté du train. Il savait que ça ne ferait guère illusion. Les techniciens de scène de crime verraient rapidement que Manso avait été tué ailleurs, et que le corps gisant au bord des rails n'était qu'une mise en scène. Mais ce qui excitait Marty, c'était que quelqu'un puisse commencer à soupçonner qu'il y avait anguille sous roche, établisse un lien entre les deux livres, et que la piste le mène à moi. Peut-être même m'arrêterait-on ? Je me retrouverais impliqué, et c'était tout ce qu'il souhaitait.

Marty avait longtemps hésité sur la manière de s'approcher de Bill Manso. Mais une fois dans le Connecticut, l'habitude de Manso d'aller boire au bar voisin de la gare lui facilita grandement les choses. Chaque soir à cinq heures et demie, Manso se rendait directement au Corridor Bar and Grill pour n'en sortir qu'à dix heures, tituber jusqu'à sa voiture et parcourir les deux kilomètres qui le séparaient de chez lui. Marty l'avait tué dans son parking avec une matraque télescopique ("Beaucoup plus efficace qu'une batte de base-ball, tu peux me croire !") avant de déposer son corps le long des rails. Le lendemain, il avait brisé une des fenêtres du train avec la même matraque en acier.

Après son cinquième meurtre, Marty avait commencé à s'impatienter. Sans l'exprimer clairement, il me fit comprendre qu'il avait décidé de semer des indices un peu plus évidents. Il était temps de m'impliquer.

Comme tous les habitués de Old Devils, et notamment ceux qui assistaient à nos rencontres, Marty connaissait Elaine Johnson. Elle lui avait tenu la jambe plus d'une fois, à lui répéter quels livres il fallait lire et lesquels ne méritaient pas qu'on s'y attarde. Elle lui avait parlé de sa propriétaire – une affreuse lesbienne – et de la saleté de cette ville ; elle lui avait dit comment sans elle, la librairie Old Devils aurait depuis longtemps mis la clé sous la porte. Et elle lui avait aussi confié ses problèmes cardiaques, expliquant que ses médecins lui avaient conseillé de déménager dans une région plus calme pour éviter toutes les sources de stress.

Sachant qu'elle avait emménagé dans la maison de sa sœur décédée à Rockland, Marty lui avait rendu visite. Alors qu'elle s'était absentée (probablement pour aller harceler un libraire du coin), il s'était introduit chez elle et caché dans le placard de sa chambre. Il portait un masque de clown avec une grande bouche hideuse, pleine de dents acérées. Quand Elaine Johnson était revenue, il avait attendu patiemment. Il l'avait entendue bricoler en bas, loin de soupçonner la présence d'un intrus. Puis elle s'était décidée à monter se coucher et une fois dans la chambre, s'était dirigée droit vers le placard pour l'ouvrir. Marty n'avait plus eu qu'à en surgir. Elle avait blêmi, porté la main à sa poitrine, puis fait exactement ce qu'il avait espéré : elle était morte d'une crise cardiaque.

— Pourquoi avoir laissé les livres ? demandai-je.

— Je voulais que la police vienne te voir, à ce moment-là ou plus tard. Je savais que le meurtre d'Elaine Johnson était absolument indétectable. Il n'y avait aucune chance qu'un coroner y voie une mort suspecte. Alors j'y ai placé les livres, histoire de brouiller les pistes. En espérant que quelqu'un dans les forces de l'ordre serait assez futé pour faire le rapprochement.

— Et quelqu'un l'a fait, dis-je.

— Ouais. Et toi, t'as paniqué et accouru pour me demander de l'aide. Je n'y croyais pas vraiment, alors j'étais fébrile quand tu m'as appelé. Pour me demander un service, en plus. Ça m'a fait plaisir d'entendre ta voix.

— Tu aurais pu t'arrêter là. Tu avais obtenu ce que tu voulais…

— Non. Ce que je voulais, c'était aller jusqu'au bout du projet, mais je ne voulais pas faire ça seul. Je voulais qu'on fasse équipe. Et ça y est, maintenant. Tu veux entendre la suite ?

# 29

— QUAND TU M'AS DIT que le FBI était venu te voir, j'ai su que quelqu'un avait fini par comprendre. Je savais aussi que plus l'enquête se rapprocherait de toi, plus tu te démènerais pour découvrir mon identité. Alors, juste pour repousser l'inévitable, je t'ai offert Nick Pruitt.

Marty me confirma que Pruitt avait effectivement porté plainte contre Chaney après l'incendie qui avait tué sa sœur. Marty s'était donc déjà renseigné sur lui bien avant que je ne lui demande des informations sur la mort de Chaney. Pruitt était un ancien alcoolique avec quelques arrestations à son actif ; Marty voyait en lui le candidat parfait pour le rôle du mort dans *Préméditation.* Si Pruitt succombait à un coma éthylique, qui songerait à un meurtre ? Avec ses antécédents d'alcoolisme…

Après avoir pris quelques verres avec moi à la Jack Crow's Tavern le mercredi soir précédent, Marty était allé dans un magasin d'alcools acheter une bouteille de scotch pour l'emporter chez Pruitt à New Essex.

— Il m'a laissé entrer sans problème – bien sûr, je lui avais montré mon arme. Je lui ai dit que je voulais qu'il boive quelques verres. Et après le premier verre, il les a enchaînés sans broncher. J'ai pas eu de mal à lui faire boire toute la bouteille ou presque. Par précaution, j'y avais glissé des benzodiazépines sous forme liquide.

Il sourit.

— Une fois Pruitt hors circuit, je me suis dit que je pouvais peut-être m'arranger pour que tu soupçonnes Brian Murray, ou même Tess. Ça a marché ? demanda-t-il. Tu as remarqué que c'était la même marque de scotch ?

— Oui.

— Merci, dit-il, comme si je venais de le complimenter sur son pull.

— Tu les connais bien ? demandai-je. Brian et Tess Murray ?

— J'avais jamais rencontré Tess avant ce soir. On a joué un peu à cache-cache dans la maison avant ton arrivée. En ce qui concerne Brian, je le connais assez bien, d'abord à travers la librairie, ensuite parce que ces dernières années, j'ai pris l'habitude de passer de temps en temps au bar de son hôtel fétiche pour boire quelques verres avec lui. En fait, je t'ai vu avec eux mardi soir. Je savais que Tess était revenue à cause de Brian et de son bras cassé. Maintenant le problème est réglé. La police retrouvera le cadavre de Brian chez lui – je crois que je vais opter pour un oreiller sur le visage et une balle dans la tête. Quant à Tess, elle se sera volatilisée. On peut même lui préparer une valise. Ce sera comme dans *Le Mystère de la maison rouge*. Un cadavre et un meurtrier en fuite. Tout ce qu'il nous faut, c'est bien cacher son corps.

— Que reproches-tu à Tess ? demandai-je en tournant mon regard vers le canapé où elle dormait recroquevillée.

Elle n'avait pas bougé.

— J'ai versé un peu de ces benzodiazépines dans sa tasse de café. Dans son porto aussi. Il y a de fortes chances qu'elle en ait pris assez pour y passer, mais si elle se réveille, je pense que j'aurai aucun mal à l'achever. Une mort douce, du genre sac plastique sur la tête, devrait convenir.

Pour lui comme pour moi, les ronflements réguliers de Brian dans la chambre du bas étaient plus ou moins devenus un bruit de fond, mais soudain, nous entendîmes un grognement sonore si surprenant que nous nous regardâmes. Resserrant sa prise sur l'arme posée sur sa cuisse, il tourna son attention dans cette direction.

— Apnée du sommeil, dit-il. Je pense pas que ça le réveillera, mais allons quand même jeter un coup d'œil.

Il se leva et j'entendis ses genoux craquer.

— Tu viens avec moi, dit-il en pointant l'arme vers moi.

Je me levai à mon tour.

Nous marchâmes ensemble jusqu'à la chambre d'amis au bout du couloir, moi devant, Marty derrière moi. La porte était restée entrouverte et je la poussai. Il faisait sombre à l'intérieur, bien qu'un rai de lumière qui entrait par la fenêtre me permît d'apercevoir Brian, allongé sur le dos au-dessus des draps. Tess lui avait laissé ses vêtements, mais son pantalon était déboutonné et sa ceinture desserrée. Je regardais sa poitrine palpiter, se soulevant et retombant rapidement. Il émit alors un autre ronflement explosif. J'ignore par quel miracle ça ne l'a pas réveillé.

— Bon Dieu, dit Marty dans mon dos. Mettons fin aux souffrances de cet enfoiré.

Marty actionna l'interrupteur au coin de la porte et la lumière inonda soudain la chambre. Au-dessus du lit était accrochée une grande toile abstraite : de gros blocs rouges et noirs.

— Tu n'es pas obligé de continuer, Marty, dis-je. Tu peux arrêter là ce soir.

— Et faire quoi ? demanda-t-il.

— Te rendre. On se livrera tous les deux. On ira voir la police ensemble.

Je savais que c'était loin d'être gagné, mais Marty paraissait fatigué, et je songeai tout à coup qu'il était peut-être fatigué de jouer. Peut-être qu'au fond de lui, il cherchait à se faire prendre…

Il secoua la tête.

— Rien que l'idée de devoir parler à tous ces flics, puis à ces avocats, et à ces psychiatres… autant continuer. On a presque fini de toute manière. Huit crimes parfaits. *Tes* crimes préférés, Mal.

— Dans la littérature, Marty, pas dans la vie réelle.

Marty resta un moment silencieux. J'avais l'impression qu'il respirait un peu fort. Et s'il s'écroulait, pensai-je, terrassé par une crise cardiaque. Mais il leva les yeux et dit :

— Je reconnais que savoir que tout ça est terminé serait un soulagement. Tu sais quoi ? Je vais te faire un cadeau. Je vais te laisser t'occuper de celui-là – Brian. Parce qu'honnêtement, mis à part Chaney, c'est moi qui me suis tapé tout le boulot. Alors je vais te donner cette arme, et tout ce que t'auras à faire, ce sera de lui coller un oreiller sur le visage et de tirer. Je pense pas que les voisins entendront… Et s'ils entendent, ils se diront que c'était autre chose. Une voiture qui pétarade par exemple.

— D'accord, dis-je en tendant la main.

— Je sais ce que tu penses, Mal. Si je te donne l'arme, tu pourras me garder en joue jusqu'à ce que les flics arrivent, mais je ne te laisserai pas faire. Je m'avancerai vers toi et tu seras forcé de me tirer dessus. Alors dans les deux cas, tu vas devoir tuer quelqu'un. Soit Brian, soit moi. Je te laisse le choix. Si tu choisis de me tuer moi, alors d'accord. Ma prostate est grosse comme une balle de base-ball. J'ai fait mon temps. Et je me dis que tout ce qui m'est arrivé ces dernières années, apprendre à te connaître, jouer à ce petit jeu, c'était que du bonheur.

— Pas pour tout le monde.

— Ha. Je suppose que non. Mais au fond, toi et moi, on sait que rien de tout ça n'est vraiment important. Si je te donne cette arme et que tu tires une balle dans la tête de Brian, tu lui rendras sûrement service. Si ça se trouve, tu y prendras même du plaisir, crois-moi.

— D'accord, dis-je une nouvelle fois, en approchant ma main.

Il sourit. Cette lueur indéfinissable que j'avais vue dans ses yeux un peu plus tôt, ce bonheur, n'y était plus. J'y voyais maintenant ce que j'avais toujours vu. J'avais toujours pris ça pour de la bienveillance.

Il déposa l'arme dans ma main. C'était un revolver et je ramenai le chien en arrière.

— C'est un revolver double action, dit Marty. T'as pas besoin de l'armer.

Je regardai Brian Murray, allongé sur le lit, puis je me retournai vers Marty et lui tirai une balle dans la poitrine.

# 30

L'AVANT-DERNIER CHAPITRE du *Meurtre de Roger Ackroyd* s'intitule "Toute la vérité". C'est là que le narrateur – le médecin de campagne qui est en fait le meurtrier – révèle au lecteur ce qu'il a fait.

Je n'ai donné de titre à aucun des chapitres de ce récit. Il me semble que c'est une convention un peu démodée, je trouve ça ringard. Quel titre aurais-je pu donner au chapitre précédent ? Peut-être quelque chose comme : "Charlie montre son vrai visage". Vous voyez ce que je disais ? Ringard, non ? Mais si je l'avais fait, si j'avais effectivement donné un titre à mes chapitres, alors celui-ci se serait à coup sûr intitulé "Toute la vérité".

La nuit où ma femme est morte, je l'avais suivie en voiture jusqu'à Southwell, chez Eric Atwell. Ce n'était pas la première fois que j'y allais. Après avoir découvert que Claire avait replongé dans la drogue et qu'elle avait vraisemblablement une liaison avec quelqu'un à Black Barn, j'étais passé plusieurs fois en voiture devant la ferme restaurée. J'avais même aperçu Atwell un jour – du moins je pense que c'était lui. Il faisait son jogging sur le trottoir, non loin de sa maison, vêtu d'un survêtement bordeaux. Tout en courant, il donnait des enchaînements de coups de poing dans le vide, comme s'il était Rocky Balboa.

Cette année-là, Claire et moi avions décidé de passer la soirée du Nouvel An à la maison. Elle m'avait dit qu'il y avait une petite fête à Black Barn, mais maintenant qu'elle avait arrêté de se droguer (c'était en tout cas ce qu'elle m'avait dit), elle n'avait plus de raison d'y aller. Nous avions fait rôtir un poulet pour le dîner. J'avais préparé une purée de pommes de terre et elle avait fait cuire des choux de Bruxelles à la vapeur. Nous avions bu une bouteille de Vermentino durant le repas, puis ouvert une seconde bouteille après avoir débarrassé. Nous nous étions installés pour regarder *Eternal Sunshine of the Spotless Mind*, un des films préférés de Claire. Moi aussi j'aimais bien ce film. À l'époque. Aujourd'hui, son seul titre me donne la nausée.

J'avais dû m'endormir, parce qu'à mon réveil, l'écran affichait les options du menu du DVD. Sur la table basse, j'avais trouvé un mot de Claire.

Je reviens très vite. Promis. Désolée. Bisous, C

Je savais évidemment où elle était allée. Sa Subaru n'était plus là.

Je pris ma Chevy Impala pour me rendre à Southwell. En arrivant là-bas, je vis qu'on donnait une petite fête chez Atwell. Cinq voitures étaient stationnées dans l'allée et deux autres dans la rue, dont celle de Claire. J'allai me garer quelque deux cents mètres plus loin, bien rangé sur le bas-côté. Ce secteur de Southwell comptait peu d'habitations. Il s'agissait surtout d'anciennes terres agricoles légèrement vallonnées, quadrillées de murs en pierre et parsemées de demeures à plusieurs millions de dollars.

Laissant ma voiture, je sortis dans la nuit froide et limpide. J'étais parti de chez moi de manière si précipitée que je n'étais même pas vraiment habillé ; je portais une vieille veste en jean par-dessus un pull et un jean. Boutonnant ma veste jusqu'au cou, j'enfonçai mes mains dans mes poches et marchai le long de la route jusqu'à la maison d'Atwell. Près de la boîte aux lettres, un petit panneau discret indiquait BLACK BARN ENTERPRISES. Je restai un moment planté là, étudiant la maison de loin. Il y avait la maison de ferme, peinte en blanc, et, s'avançant sur le côté, une imposante grange. Je l'avais déjà vue en journée, naturellement, et elle n'était même pas noire, plutôt peinte en gris foncé. Transformée en environnement de travail moderne, la grange avait vu son portail remplacé par deux portes en verre plein, et ses entrailles investies par un open space équipé de bureaux et de tables de ping-pong.

Longeant le bord de la propriété, je m'étais approché suffisamment près de la grange pour constater qu'en dépit de la lumière qu'y diffusaient des luminaires industriels, elle était vide. La fête se déroulait à l'intérieur de la maison. Je fis le tour de la grange pour m'en approcher par l'arrière et restai un moment subjugué par le panorama. C'était presque la pleine lune et il n'y avait pas un nuage dans le ciel. La maison d'Atwell se trouvait sur une petite crête, et de là où je me tenais, je voyais s'étendre des champs en pente, jusqu'à une ligne d'arbres sombres baignée par le clair de lune argenté. J'admirai le paysage pendant quelques instants, frissonnant sous ma veste fine, jusqu'à ce que me parviennent des rires mêlés à une odeur de cigarette. De l'angle de la grange, je distinguai la terrasse derrière la maison, incontestablement une extension récente. Un couple que je ne connaissais pas fumait des cigarettes en riant bruyamment, les détails de leur conversation emportés par le vent glacial. Je les regardai terminer leurs cigarettes puis rejoindre les autres convives. J'approchai discrètement d'une fenêtre et scrutai l'intérieur de la maison.

Il y a beaucoup de choses que je n'oublierai jamais de cette nuit, mais l'image que je surpris alors en fait assurément partie. Une vingtaine de personnes s'agitaient à l'intérieur d'un grand salon bien meublé. Au centre de la pièce, sur un canapé en cuir, je reconnus Claire, vêtue d'une courte jupe en velours côtelé vert et d'un chemisier en soie crème que je n'avais jamais vus auparavant. Elle était assise à côté d'Atwell, épaule contre épaule, et tenait à la main une coupe de champagne. Malgré l'éclairage tamisé, je distinguai un petit monticule de poudre blanche sur le plateau en verre d'une table basse ; agenouillé sur l'un des tapis qui recouvraient le sol, un des convives se préparait une ligne. De la musique techno – le genre qui passe dans les clubs – laissait entendre son martèlement, et derrière le canapé, je vis trois personnes en train de danser. Mais ce que je ne pourrai jamais oublier, c'est l'attitude de Claire ; pas sa tenue ni même sa façon de se coller contre Atwell, qui d'une main caressait sa cuisse nue – mais l'éclat de son visage. C'était la drogue, mais c'était aussi autre chose, une joie brute et animale. Elle n'arrêtait pas de rire, la bouche grande ouverte, d'une manière artificielle, ses lèvres humides.

Je retournai à ma voiture, démarrai et mis le chauffage à fond. Je grelottais tout en pleurant. Puis j'entrai dans une colère noire et donnai des coups de poing contre le plafond de l'habitacle. J'en voulais à Claire, bien sûr, et aussi à Atwell, mais je crois que je m'en voulais surtout à moi-même. Sur le moment du moins. Parce que tout ce que j'avais prévu de faire, c'était de retourner à Somerville et d'attendre ma femme, en espérant qu'elle revienne saine et sauve, et qu'un jour, elle ne soit rien qu'à moi.

L'habitacle se réchauffa et je retrouvai mon calme. De l'endroit où j'étais garé, je pouvais voir la Subaru de Claire stationnée sur le bas-côté. Je décidai d'attendre. Je savais par expérience qu'elle n'y passerait pas toute la nuit ; elle serait de retour avant l'aube, quelle que soit l'heure. Et je savais que je lui pardonnerais, que je ferais ce que ma mère faisait toujours avec mon père. J'attendrais qu'elle me revienne. Mais plus je restais assis dans ma voiture, le moteur ronronnant, les grilles d'aération soufflant leur chaleur, plus je me sentais furieux contre Claire. Je savais qu'elle était accro et que c'était plus fort qu'elle, mais elle avait eu l'air si heureuse dans le salon d'Atwell, si vivante.

Il était deux heures et demie du matin quand deux silhouettes apparurent près de la Subaru. Sous le clair de lune, je les vis se rapprocher et s'embrasser, puis Claire ouvrit la portière – je devinais sa parka à capuche au-dessus de ses jambes nues – et monta tandis qu'Atwell regagnait sa maison. Ses feux stop s'allumèrent, puis elle fit demi-tour. La lumière de ses phares révéla brièvement ma voiture, garée à l'ombre d'un bosquet de pins, mais Claire n'y prêta pas attention. Elle dévala la rue à toute vitesse en direction de la Route 2.

Je la suivis. Elle filait vite sur les petites routes, et une fois sur l'autoroute en direction de Boston, elle ralentit pour respecter la limite de vitesse. En cette nuit de Nouvel An, la police traquait sans doute les automobilistes ivres. Quelque chose m'agaçait dans cette prudence dont elle était capable, malgré tout ce qu'elle avait ingéré et fait cette nuit-là. De la même façon, je savais qu'en rentrant dans l'appartement que nous partagions, elle se faufilerait discrètement pour ne pas me réveiller. Et lorsque nous évoquerions ce qui s'était passé cette nuit-là, elle fondrait en larmes en répétant qu'elle était une personne horrible et en demandant pardon. Elle tenait à sa double vie mais fuyait la confrontation. C'était sa façon d'être. Je me souviens d'avoir pensé à ce moment-là que j'aurais eu plus de respect pour elle si elle m'avait tout simplement quitté en admettant qu'elle préférait vivre avec Eric Atwell et s'adonner à son addiction. Au moins, nous aurions pu parler en toute franchise.

Il y avait quelques autres voitures sur l'autoroute, mais pas beaucoup. Je restai juste derrière elle, sans m'inquiéter qu'elle me remarque. Elle ne m'avait pas remarqué garé sur le bas-côté devant chez Atwell, et elle ne me remarquerait probablement pas davantage maintenant. J'avais emprunté plusieurs fois cette route, et je savais que nous approchions d'un pont. Il n'était protégé que par un garde-fou. J'imaginai soudain la scène : Claire perdait le contrôle de sa voiture, quittait la route et tombait sur celle en contrebas. Sans réfléchir davantage, j'accélérai pour la dépasser sur la voie de gauche. Durant quelques secondes, nous roulâmes côte à côte et je la regardai. Mais tout ce que je vis, c'était son visage de profil dans l'obscurité. Peut-être tourna-t-elle la tête vers moi, mais je n'aurais su le dire. Qu'avait-elle vu alors ? Mon propre visage, tout aussi sombre. M'avait-elle reconnu ?

Je la dépassai mais restai sur ma voie. Le pont approchait à vue d'œil et j'imaginais des scénarios. Et si je venais la tamponner en me déplaçant sur sa voie ? Nous laisserait-elle entrer en collision, quitter la route et passer par-dessus la barrière ? Au plus profond de moi, je savais qu'elle ne le ferait pas. Ma femme fuyait les collisions. Ça ne l'avait pas empêchée de fiche sa vie en l'air, mais je savais que si je me rabattais, elle ferait une embardée pour m'éviter.

C'est ce que je choisis de faire. Je me rabattis devant elle en lui coupant la route au moment où nous approchions du pont, et elle fit exactement ce que j'avais prévu. Elle passa au-dessus du garde-fou.

Une fois rentré, j'attendis l'arrivée de la police. Ils sonnèrent à huit heures du matin à ma porte pour m'annoncer que ma femme était morte. C'était un soulagement, évidemment. J'avais peur de l'avoir blessée de manière horrible. Je craignais aussi qu'elle ait tué quelqu'un en tombant au milieu de la route en contrebas. Mais par chance ce n'était pas le cas.

C'est une situation assez étrange que de faire le deuil de quelqu'un qu'on a tué. Dans les premiers temps, ma tristesse se doublait d'un énorme sentiment de culpabilité. Je me demandais sans cesse ce qui se serait passé si j'avais simplement laissé Claire rentrer à la maison cette nuit-là. Peut-être que, prenant conscience qu'elle avait touché le fond et désireuse de s'en sortir, elle m'aurait demandé de la faire interner dans un centre de désintoxication. Ou peut-être aurait-elle continué de voir Atwell et de se droguer, et je l'aurais laissée faire. J'aurais attendu, dans l'espoir qu'elle change.

La lecture de son journal intime m'avait aidé. Le méchant dans notre histoire y était clairement défini, et ce méchant, c'était Eric Atwell. En trouvant un moyen de le tuer, j'avais surmonté le plus gros de ma peine. Après quoi le temps avait fait son œuvre. Je ne m'en suis toujours pas remis, mais j'ai réussi à vivre avec la douleur. J'ai acheté la librairie et je me suis plongé dans le travail. Même si j'avais arrêté de lire des romans policiers – les morts violentes y occupent trop d'importance – j'en savais assez sur le sujet pour conseiller mes clients. J'étais libraire, et j'étais doué pour ce métier. C'était suffisant.

# 31

Le téléphone sonna puis bascula vers la messagerie vocale. J'appuyai sur "Raccrocher" et j'étais sur le point de réduire mon téléphone portable en miettes quand il se mit à vibrer. C'était Gwen Mulvey qui me rappelait.

— Bonjour.

— Que se passe-t-il ? demanda-t-elle.

— Vous êtes au courant ?

— De quoi ?

— Un homme est mort à Boston. Il s'appelle Marty Kingship, et c'est lui Charlie. *Notre* Charlie. Il a tué Merle Callahan, Ethan Byrd et Jay Bradshaw. Il a également tué Bill Manso et Elaine Johnson, et avant-hier soir, il a tué Nicholas Pruitt à New Essex dans le Massachusetts.

— Doucement, dit-elle. Où se trouve-t-il maintenant ? Vous dites qu'il est mort ?

— Je viens d'appeler le 911 et de leur donner l'adresse. Ils doivent être en route.

— Qui l'a tué ?

— Moi. Je lui ai tiré dessus hier soir dans la nuit. Plutôt ce matin même. Il s'apprêtait à tuer Brian et Tess Murray en s'inspirant du meurtre du *Mystère de la maison rouge*.

— Qui était-ce ?

— Un ancien policier de Smithfield, dans le Massachusetts, qui avait pris sa retraite et habitait à Boston. C'est également lui qui avait tué Eric Atwell. Il l'avait fait pour moi. C'est moi qui lui avais demandé de le tuer. C'est comme ça que tout a commencé. Tout est de ma faute. C'est à cause de moi. Marty était fou, mais c'est moi qui suis à l'origine de tous ces meurtres.

— Du calme, Mal ! Où vous trouvez-vous en ce moment ? Où puis-je vous rejoindre ?

J'accordai un instant de réflexion à cette possibilité. Revoir Gwen juste une fois… Mais je savais que je n'avais aucun moyen d'y parvenir sans finir dans une cellule, et j'avais décidé, il y a longtemps de cela, que jamais je ne me laisserais enfermer.

— Non, désolé, dis-je. De toute façon je ne peux pas parler longtemps. Dès que nous aurons raccroché, je me débarrasserai de ce téléphone. J'ai cinq minutes. Que voulez-vous savoir ?

Je perçus une brève respiration.

— Est-ce que vous êtes blessé ? demanda-t-elle.

— Non, ça va.

— Saviez-vous depuis le début que c'était lui ?

— Marty ? Non, bien sûr. Nous avions orchestré le premier meurtre en ligne, sans jamais nous révéler nos identités respectives. Seulement il a découvert la mienne, et après ça il est tombé sur ma liste et a décidé de s'en inspirer. Ce n'est qu'hier soir que j'ai découvert qui il était. Si je l'avais su plus tôt, je vous l'aurais dit.

— Vous avez dit que Nicholas Pruitt était mort. C'est le nom que vous m'avez donné l'autre soir, n'est-ce pas ? La dernière fois que nous avons discuté.

— Je pensais que Pruitt était Charlie, mais ce n'était pas lui. Il est mort d'une overdose d'alcool, associé à je ne sais quelle drogue. Cherchez les empreintes de Kingship dans la maison, vous les trouverez probablement.

— Mince.

— Écoutez, quand vous parlerez de cette affaire avec les enquêteurs, dites-leur juste que je vous ai appelée et donné ces informations. Vous n'avez pas besoin de leur dire que vous êtes venue me voir à Boston. Je veux que vous récupériez votre travail.

— Je ne pense pas que ça arrivera.

— Et moi je crois que si. On vous attribuera le mérite d'avoir découvert le lien entre les crimes et la liste. Transmettez-leur les informations qui leur manquent. Il a tué Eric Atwell avec une arme qu'il m'a dit avoir prise lors d'une perquisition. Expliquez-leur qu'on s'est rencontrés sur un site Internet appelé Duckburg. Tout se passera bien.

— J'ai encore beaucoup de questions.

— Il faut que je raccroche. Désolé, Gwen.

— Juste une dernière alors ?

— Allez-y, dis-je, en sachant déjà ce qu'elle allait demander.

— Qu'est-ce qui est arrivé à mon père ? Est-ce que Marty Kingship a tué Steven Clifton ?

Je dus avoir un moment d'hésitation car elle ajouta :

— Ou bien était-ce vous ? Il faut que je sache.

— L'année qui a suivi la mort de Claire... est ponctuée de blancs dans ma mémoire. Je faisais des rêves horribles, j'étais rongé par les remords, et peut-être aussi que je buvais trop...

— D'accord.

— Durant cette période, je faisais un rêve récurrent. Parfois je me demande si ce n'était vraiment qu'un rêve. (Il faisait froid là où je me trouvais, mais je sentais la sueur perler sur ma nuque tandis que je parlais.) Dans ce rêve, je percutais votre père avec ma voiture. Je sortais pour voir s'il était blessé, et naturellement il l'était, mais il n'était pas mort. Ses jambes étaient tournées d'un côté et son buste de l'autre. Je lui expliquais qui j'étais et pourquoi j'étais là, puis je le regardais mourir.

— D'accord. Merci, me dit Gwen d'une voix indéchiffrable.

— Tout ça ressemble encore à un rêve. Ça ressemble à un rêve.

— Vous êtes sûr qu'on ne peut pas se voir ? Je pourrais vous rejoindre en voiture... Je viendrais seule.

— Non, dis-je après un moment. Désolé, Gwen, je ne peux pas. Je ne supporterais pas que l'on m'arrête...

— Je vous ai dit que je viendrais seule, me coupa-t-elle.

— ... Et je ne veux pas répondre à d'autres questions. Je ne veux plus revivre le passé comme j'ai eu à le faire ces derniers jours. J'ai eu la chance de vivre ces dernières années sans encombre, même si, au fond, je savais que ça ne durerait pas. Désolé mais je ne peux pas vous revoir. C'est impossible.

— C'est vous qui décidez, déclara Gwen.

— Je ne crois pas, non. Je n'ai pas le choix. Vous le voyez sans doute différemment, mais pour moi, ces cinq dernières années ont été… Chaque nuit je fais des cauchemars. Je continue à vivre parce que je ne sais pas faire autrement, mais c'est une vie sans joie. Je n'ai plus peur, mais je suis fatigué.

Je crus percevoir un soupir à l'autre bout de la ligne.

— Y a-t-il autre chose que vous vouliez me dire ? demanda Gwen.

— Non.

— D'accord. Mais tout ce que vous m'avez dit est vrai ?

— Oui. Je vous ai dit toute la vérité.

# 32

*Claire Mallory*
*Eric Atwell*
*Norman Chaney*
*Steven Clifton*
*Merle Callahan*
*Ethan Byrd*
*Jay Bradshaw*
*Bill Manso*
*Elaine Johnson*
*Nicholas Pruitt*
*Marty Kingship*

VOILÀ LES NOMS des morts. Leurs véritables noms. Pour tous, excepté Marty Kingship.

J'ignore ce qui m'a poussé à modifier son nom pour les besoins de ce récit. Peut-être parce qu'il a des enfants et que, comme tous les enfants, ils sont innocents des crimes commis par leurs parents. Et peut-être aussi parce qu'il est le seul à blâmer pour ce qui s'est passé. À part moi, bien sûr.

C'est curieux, je viens de me rendre compte que Marty Kingship et moi partageons les mêmes initiales. Lapsus freudien, je présume. Je présume également que les lecteurs perspicaces seront convaincus qu'il n'y a pas de Marty Kingship, mais seulement Malcolm Kershaw, et que c'est moi qui ai commis tous ces meurtres. Ce n'est pas vrai. J'aimerais que ce soit le cas, dans un sens. Ce serait là une manière ingénieuse de clore ce récit.

Ce qui est vrai, c'est que je suis responsable de tout ce qui s'est passé. Marty a été le principal exécutant, mais j'ai été l'architecte. Tout a commencé avec moi.

C'est l'exacte vérité. Certes j'ai commis le péché d'omission, mais chaque fois que j'ai dit qu'une chose était vraie, elle l'était. Vous pouvez me croire.

Je suis à Rockland, dans le Maine.

Après avoir abattu Marty Kingship (il avait presque l'air heureux en touchant le sang qui coulait à travers son pull; puis il a frissonné et il est mort), je suis d'abord allé voir Brian Murray. Le coup de feu l'avait évidemment réveillé. Il a levé la tête et marmonné quelque chose. Je me suis assis à ses côtés et je lui ai dit que c'était le bruit d'une bouteille de champagne. Il s'est retourné et s'est remis à ronfler.

Puis je suis allé voir Tess. Humphrey était descendu du canapé en face d'elle. Il avait disparu en entendant le coup de feu. "Tu parles d'un chien de garde", comme avait dit Marty.

Tess respirait encore, tournée sur le côté. Pour peu qu'elle ait vomi, je la pensais tirée d'affaire. Par conséquent, rien ne m'obligeait à appeler le 911 sur-le-champ.

J'appellerai les secours, oui, mais avant cela je voulais me ménager un peu de temps.

Je suis repassé à mon appartement et j'ai préparé un sac. Des vêtements chauds, un nécessaire de toilette, ma photo préférée de Claire. Elle avait été prise lors de notre lune de miel, deux semaines à Londres, sous la pluie, les plus belles semaines de ma vie. Nous étions dans un pub, Claire est assise en face de moi, un petit sourire aux lèvres, pas vraiment certaine de vouloir être photographiée, mais heureuse tout de même.

J'ai envisagé de retourner une dernière fois à Old Devils, histoire de dire au revoir à Nero, mais cela me prendrait du temps, un temps dont je n'étais pas sûr de disposer. Il fallait que j'appelle la police pour les informer de la présence d'un cadavre chez Brian et Tess Murray. Je voulais le faire au plus vite évidemment, à cause de Tess et des substances dans son organisme. Mais je n'avais pas envie non plus que Brian se réveille au petit matin et trouve un cadavre dans sa chambre.

Le ciel commençait à s'éclaircir quand je suis arrivé dans le New Hampshire. J'ai quitté l'autoroute pour m'arrêter devant une épicerie ouverte vingt-quatre heures sur vingt-quatre, et j'ai acheté assez de conserves et de bières pour tenir une semaine – j'ai réglé en espèces. Après avoir rangé mes courses dans le coffre sur le parking, j'ai appelé le 911 sur mon portable. Je me suis identifié et j'ai dit qu'il y avait un homme mort au 59 Deering Street à Boston. Puis j'ai appelé Gwen, et quand elle m'a rappelé, nous avons eu la conversation que j'ai rapportée. Après quoi j'ai réduit le téléphone en miettes à l'aide d'une brique trouvée sur le parking, et jeté les morceaux dans une poubelle à l'extérieur du magasin. Si la police essayait de me repérer, elle découvrirait que je me dirigeais vers le nord. Je ne me tracassais pas trop pour ça.

Je m'aperçus qu'il avait beaucoup moins neigé au nord de la ville. Un voile blanc recouvrait tout, mais il s'agissait plus de givre que de neige, et à l'aube, le ciel formait un damier de nuages fins. Le monde était incolore.

J'ai atteint Rockland en milieu de matinée. J'ai songé un moment à attendre quelque part que la nuit tombe à nouveau, mais finalement, j'ai décidé de courir le risque. Il n'y avait qu'une seule autre maison ayant vue sur l'ancienne propriété d'Elaine Johnson ; il fallait espérer que la personne qui habitait là ne passe pas sa matinée à regarder par la fenêtre. Lors de ma précédente visite, j'avais remarqué la présence d'un garage. La porte était ouverte et je me souvenais qu'il était vide. La voiture d'Elaine, une Lincoln rouillée, probablement trop longue pour le garage, était dans l'allée, immobilisée par la glace.

Je retrouvai la maison immédiatement, à quelques centaines de mètres de la Route 1, et m'engageai dans l'allée enneigée avec suffisamment de vitesse pour ne pas rester coincé. Je contournai la Lincoln et entrai dans le garage, coupai le moteur, puis sortis de voiture et tirai la poignée rouillée pour refermer la porte. Auparavant, j'avais jeté un bref regard en direction de la petite maison cubique à bardeaux de l'autre côté de la rue ; de la fumée s'élevait de la cheminée. C'était une bonne chose que l'avant du garage ne donne pas sur la rue. Avec un peu de chance, personne ne remarquerait que sa porte était à présent fermée.

Je brisai alors un des carreaux de la porte de derrière, passai la main à l'intérieur et déverrouillai la serrure. Une fois entré avec mon sac et mes provisions, je me procurai un morceau de carton et du ruban adhésif pour colmater le trou.

Le chauffage fonctionnait toujours, bien qu'au minimum. Il faisait froid, mais c'était supportable. Je déballai mes provisions et plaçai la bière au réfrigérateur, à côté de ce qui restait des provisions d'Elaine. Elle s'était visiblement sustentée de fruits en conserve et de fromage blanc. Le canapé du salon, de style mid-century, avec pieds en bois et dossier bas, semblait en bon état, et je décidai que je dormirais là. Il me fallait des draps propres et une couverture ; j'en trouvai à l'étage, dans le placard de la grande chambre. Je ne parvenais pas à chasser de mon esprit l'image de Marty, sortant de ce même placard avec son masque de clown pour effrayer Elaine Johnson. J'avais beau ne pas la porter dans mon cœur, elle n'avait pas mérité de mourir ainsi. Une fois redescendu au salon, je sus que jamais plus je ne remonterais dans cette chambre.

Quatre jours ont passé et je suis toujours là. Je travaille sur ce manuscrit et me nourris de ragoût de bœuf en conserve et de soupe à la tomate. Il ne reste plus une seule bière, en revanche je suis tombé sur plusieurs bouteilles de Gallo Burgundy à la cave que je m'attache assidûment à vider.

Je passe le plus clair de mon temps à lire. En journée, je m'assieds dans un confortable fauteuil club devant une fenêtre ; le soir, je lis sur le canapé à l'aide d'une lampe stylo, caché sous une couverture. J'ai recommencé à lire des romans policiers, pour la simple raison que c'est tout ce qu'il y a ici, mais aussi parce qu'il ne me reste pas beaucoup de temps et que je veux relire certains de mes préférés. Je me rends compte que les livres qui m'attirent le plus sont ceux que j'ai découverts quand j'avais dix ou douze ans : les romans d'Agatha Christie, de Robert Parker, de Gregory Mcdonald et son personnage de Fletch. J'ai lu *Le Blues des alcoolos* de Lawrence Block d'une seule traite, et j'ai pleuré après l'avoir terminé.

J'aurais aimé qu'il y ait plus de livres de poésie sous ce toit. J'ai trouvé une anthologie de poésie américaine datant de 1962. Je suis également parvenu à réécrire de mémoire certains de mes poèmes préférés. "Winter Nightfall", bien sûr, de Sir John Squire, "Aubade" de Philip Larkin, "Crossing the Water" de Sylvia Plath, et au moins la moitié des strophes de "Elegy Written in a Country Churchyard" de Thomas Gray.

Il n'y a pas Internet ici, et je n'ai pas de téléphone.

Je suis sûr qu'ils me cherchent, moi, l'homme qui a tué Marty Kingship, l'homme qui détient les réponses pour toute une série de meurtres. Je ne sais pas dans quelle mesure Gwen les a aidés. Je suppose qu'elle leur a rapporté l'intégralité de notre dernière conversation téléphonique. Sauf peut-être ce qui concerne notre entrevue à Boston, le soir de sa suspension. Je me demande si elle pourrait deviner où je me trouve. Jusqu'ici en tout cas, personne n'est venu frapper à cette porte.

Il leur restera encore beaucoup de questions. J'imagine que Gwen en a encore. C'est une des raisons pour lesquelles j'écris ces mémoires. Je veux mettre les choses au clair. Je tiens à dire toute la vérité.

J'ai raconté que j'avais entièrement brûlé le journal de Claire après l'avoir lu. Ce n'est pas tout à fait vrai. J'en ai gardé une page, probablement parce que je voulais conserver une preuve qu'elle m'avait aimé, quelque chose écrit de sa main.

L'extrait date du printemps 2009 et voici ce qu'elle écrivait :

> Je ne parle pas assez de Mal dans ces pages, et du bonheur qu'il me procure. Chaque soir je rentre tard, et chaque soir il est là sur le canapé à m'attendre. Le plus souvent, il dort, un livre ouvert sur le torse. La nuit dernière, lorsque je l'ai réveillé, il était si heureux de me voir. Il m'a dit qu'il avait lu un poème que j'aimerais sans doute.
> Je l'ai aimé, peut-être même adoré. Il est de Bill Knott et je vais le recopier ici afin de ne jamais l'oublier. Il s'intitule "Goodbye".
>
> *Si tu es toujours en vie quand tu liras ceci,*
> *ferme les yeux. Je suis*
> *sous tes paupières, tout s'assombrit.*

À propos de quoi d'autre ai-je menti ?

Je ne sais pas si c'était un mensonge ou une omission, mais quand j'ai tué Norman Chaney à Tickhill, je laisse entendre qu'après l'avoir étranglé, je l'ai abandonné sur le sol sans rien faire d'autre. En réalité, après avoir vérifié son pouls, pris de panique sans doute, j'ai ramassé le pied-de-biche et je l'ai frappé au visage et à la tête à plusieurs reprises. Je ne décrirai pas ici à quoi il ressemblait quand j'en ai eu fini. Je me suis assis par terre, sûr que je ne me relèverais plus jamais, certain d'avoir perdu la raison. C'est Nero qui, en arrivant, m'a finalement sauvé. Il m'a donné une raison de me lever et de sortir de cette maison. Je crois que mon récit donne l'impression que j'ai sauvé Nero, mais c'est lui qui m'a sauvé. Parfaitement banal, c'est vrai. Mais la vérité l'est parfois.

Quand j'ai parlé à Gwen de ce rêve dans lequel je tue Steven Clifton, je disais également la vérité. La vérité telle que je la connais. Je ne me souviens pas vraiment de ce qui s'est passé durant l'année qui a suivi la mort de Claire (je suppose que je devrais dire : "la nuit où j'ai provoqué l'accident de Claire"), mais je me souviens bien de ce rêve, ce rêve très net dans lequel je heurte Clifton en voiture. Et à certains moments, des moments de lucidité, je me souviens de tout, tout s'articule dans ma tête. Mais ces moments ne durent jamais.

Steven Clifton était terrifié. Je me souviens de son visage. Pâle comme un linge, presque effacé. C'était le visage de Gwen. J'imagine que ce n'était pas un rêve, après tout.

Il reste une dernière omission dont je dois faire état. Quand Marty et moi avons discuté dans le salon des Murray, le soir où il m'a tout raconté, je l'ai interrogé sur le commentaire qu'il avait laissé sur le site de Old Devils, celui signé "Dr Sheppard".

Il parut perplexe. "Dr Sheppard, avais-je dit, c'était le tueur dans *Le Meurtre de Roger Ackroyd*."

Maintenant que j'y pense, il me paraît possible que ce soit moi qui aie laissé ce commentaire. Je crois m'en souvenir, oui. Comme je l'ai dit, il y a eu bien des nuits ces dernières années où je ne parvenais pas à démêler la réalité du rêve. Claire et son visage de profil dans l'obscurité, tournant la tête vers moi juste avant que je la pousse du haut du pont. Norman Chaney, ou ce qui restait de lui sur le parquet de sa maison de Tickhill. Le choc de l'impact au moment où Steven Clifton fait un vol plané dans l'air estival. Il arrive que la bière me soulage, et peut-être avais-je tellement bu que je me suis laissé un message à moi-même sur la page des "Huit crimes parfaits".

Et si c'était bien moi, alors il était en quelque sorte prémonitoire. Je suis en train de relire *Le Meurtre de Roger Ackroyd* en ce moment même, une fois de plus. J'en ai trouvé un exemplaire au bas d'une pile dans un coin de la salle à manger. C'est l'édition de poche ; sur la couverture, Ackroyd est étendu dans son fauteuil, un couteau planté dans le dos. C'est un livre assez ennuyeux, en fait, jusqu'à ce qu'on arrive aux deux derniers chapitres. J'ai déjà évoqué l'avant-dernier, celui qui s'intitule "Toute la vérité".

Eh bien, le dernier chapitre s'intitule "Apologie" et c'est ici que l'on comprend que le récit tout entier n'est qu'une longue lettre de suicide.

Il neige dehors, et le vent bat contre les fenêtres. J'ai pris un énorme risque et allumé un feu dans la cheminée. Mais bon, je ne pense pas que quiconque remarquera un peu de fumée au milieu d'une tempête comme celle-ci.

C'est tellement agréable de s'asseoir au coin du feu avec un verre de vin. Pour mon dernier livre, j'ai choisi *Ils étaient dix*. Si ce n'est pas mon roman préféré, ce n'est pas loin de l'être. Approprié aux circonstances, qui plus est.

J'aimerais ajouter quelque chose ici sur le fait que bientôt, j'aurai rejoint Claire, mais je ne crois pas à ces absurdités. Quand on meurt, on retourne au néant, le même néant dont nous sommes sortis à notre naissance. Sauf que cette fois, évidemment, ce néant est éternel. Mais si c'est là que Claire se trouve, dans le noir, dans le néant, alors c'est là qu'est ma place.

Mon plan est le suivant. Quand la tempête prendra fin et que les chasse-neige auront fait leur œuvre, je remplirai les poches de mon manteau d'hiver avec les lourds presse-papiers en verre de la bibliothèque du salon. À la tombée de la nuit, je me rendrai à pied au centre-ville de Rockland, et de là, je gagnerai la digue, celle qui s'étend à un kilomètre et demi dans la mer, formant un brise-lames protégeant le port. Je marcherai jusqu'au bout de la jetée, puis arrivé au bout je continuerai. Je ne suis pas impatient de sentir l'eau glacée, mais j'imagine que je ne sentirai pas la morsure du froid très longtemps.

J'éprouverai une certaine satisfaction à mourir de noyade, car j'accomplirai ainsi l'un des crimes de ma liste. *Le Bouillon rédempteur*, le roman de MacDonald.

Peut-être se demandera-t-on s'il ne s'agit pas plutôt d'un suicide. Ou peut-être qu'on ne retrouvera jamais mon corps…

J'aime assez l'idée de partir en laissant derrière moi une dernière énigme.

REMERCIEMENTS

Annie's Book Swap, Danielle Bartlett, James M. Cain, Angus Cargill, Agatha Christie, Anthony Berkeley Cox, Caspian Dennis, Bianca Flores, Joel Gotler, Kaitlin Harri, Sara Henry, David Highfill, Patricia Highsmith, Tessa James, Bill Knott, Ira Levin, John D. MacDonald, A. A. Milne, Kristen Pini, Sophie Portas, Nat Sobel, Virginia Stanley, Donna Tartt, Sandy Violette, Judith Weber, Adia Wright, et Charlene Sawyer.

## TITRES ORIGINAUX DES HUIT CRIMES PARFAITS

*Le Mystère de la maison rouge : The Red House Mystery*
*Préméditation : Malice Aforethought*
*A.B.C. contre Poirot : The ABC Murders*
*Assurance sur la mort : Double Indemnity*
*L'Inconnu du Nord-Express : Strangers on a Train*
*Le Bouillon rédempteur : The Drowner*
*Piège mortel : Death Trap*
*Le Maître des illusions : The Secret History*

## CATALOGUE TOTEM

207 John D. Voelker, *Itinéraire d'un pêcheur à la mouche*
206 Thomas Berger, *Little Big Man*
205 Peter Swanson, *Huit crimes parfaits*
204 Andy Davidson, *Dans la vallée du soleil*
203 Walter Tevis, *L'Homme tombé du ciel*
202 James Crumley, *Le Canard siffleur mexicain*
201 Robert Olmstead, *Le Voyage de Robey Childs*
200 Pete Fromm, *Chinook*
199 Keith McCafferty, *La Vénus de Botticelli Creek*
198 Tom Robbins, *Jambes fluettes, etc.*
197 Nathaniel Hawthorne, *La Lettre écarlate*
196 Jennifer Haigh, *Le Grand Silence*
195 Kent Wascom, *Les Nouveaux Héritiers*
194 Benjamin Whitmer, *Les Dynamiteurs*
193 Barry Lopez, *Rêves arctiques*
192 William Boyle, *L'Amitié est un cadeau à se faire*
191 Julia Glass, *Jours de juin*
190 Mark Haskell Smith, *Coup de vent*
189 Trevanian, *L'Été de Katya*
188 Chris Offutt, *Sortis des bois*
187 Todd Robinson, *Une affaire d'hommes*
186 Joe Wilkins, *Ces montagnes à jamais*
185 James Oliver Curwood, *Grizzly*
184 Peter Farris, *Les Mangeurs d'argile*
183 David Vann, *Un poisson sur la Lune*
182 Mary Relindes Ellis, *Le Guerrier Tortue*
181 Pete Fromm, *La Vie en chantier*
180 James Carlos Blake, *Handsome Harry*
179 Walter Tevis, *Le Jeu de la dame*
178 Wallace Stegner, *Lettres pour le monde sauvage*

Retrouvez l'ensemble de notre catalogue sur
www.gallmeister.fr

CET OUVRAGE A ÉTÉ COMPOSÉ PAR
ATLANT'COMMUNICATION
AU BERNARD (VENDÉE).

ACHEVÉ D'IMPRIMER EN MARS 2022 SUR LES PRESSES
DE NORMANDIE ROTO IMPRESSION S.A.S., 61250 LONRAI
POUR LE COMPTE DES ÉDITIONS GALLMEISTER
13, RUE DE NESLE, 75006 PARIS

IMPRIMÉ EN FRANCE

DÉPÔT LÉGAL : FÉVRIER 2022
N° D'IMPRESSION : 2201083